꼬리 자르기

달아실한국소설
23

김홍정
소설집

꼬리자르기

|차례|

비늘

그 여자, 엄동숙을 다시 만난 것은 믿기 어려운 우연이다. 새벽부터 퍼붓는 폭우가 멈추질 않고 공방을 찾는 손님이 없었다. 문을 일찍 닫으려 할 때, 그 여자 엄동숙이 들어섰다. 우산을 접어 우산꽂이에 넣고 젖은 옷을 털며 진열대에 걸린 가방들을 천천히 둘러보았다. 나는 갑자기 숨이 막혀 발작이라도 일어나지 않을까 염려스러워 계산대 뒤에서 일어설 수 없었다. 흘깃 그 여자가 메고 있는 가방이 아주 낯익다. 우리 공방에서 무두질한 가죽이 틀림없다. 우리 공방에서 무두질한 가죽에는 반드시 비늘 하나를 달고 빛을 발하게 하는데, 그 가방에 달린 비늘은 진열장을 밝힌 불빛을 받아 오색빛깔이 화려하게 제빛처럼 반짝이고 있다. 진열장을 둘러

김홍정 소설집

보던 그 여자가 보테가 베네타의 까바풍 원단을 사용한 가방 앞에 멈춘다. 나는 숨을 죽이고 진열장을 비추는 경비 모니터 화면을 직시한다. 세포질 문양을 강조한 뽀루토로나 가죽 원단과는 다르게 그 까바풍 원단은 숨겨진 비늘이 드러나도록 무두질한 것이다. 돌기처럼 부풀린 비늘에 숱한 무두질을 하면 제가 원래 담고 있는 황홀한 빛을 발한다. 흥분을 억누르는 듯 여자의 숨소리가 고르지 않게 들린다. 여자의 숨소리에 잊고 있던 충동이 꿈틀거리기 시작한다. 길게 숨을 뿜으며 호흡을 멈추자 팽팽하게 긴장하던 등판에서 감추고 있는 작은 비늘들이 일제히 일어선다. 그 비늘을 달고 있는 가방. 그 여자는 그 비늘 때문에 나를 떠났다.

"네가 감추고 있는 사실을 보여줘."

연수의 공예 작품을 보기로 한 약속 때문에 그 여자와 만나기로 한 시간에 좀 늦었다. 용납될 수 없는 일이다. 그 여자가 무심코 한 말을 두고 오랫동안 고민하다가 편지를 보내기로 작정했다. 나는 날갯죽지 사이 등판에 솟은 비늘에 대해 사실대로 썼다. 또 통증을 참고 떼어낸 후 말리고 무두질해서 반짝거리는 비늘 하나를 편지와 함께 보냈다. 그 여자가 묻고 싶었던 말은 연수와의 관계였을 것이다. 하지만 나는 그 여자에게 감추고 있는 사실을 그대로 썼다. 편지를 받고 놀라 달려온 듯 가쁘게 숨을 몰아쉬었다. 그녀의 눈이 붉게 핏빛으로 물들었다.

비늘

"도대체 그 비늘이란 건 뭐야? 그걸 왜 내게 보내?"

그 여자는 전혀 낯선 사람처럼 퉁명스러웠다.

"실은 그 비늘은……"

"말하지 마. 듣고 싶지 않아. 말하지 말고 벗어. 어서 벗어."

그 여자가 내 윗옷을 벗겼을 것이다. 당황한 나는 식은땀을 흘리기 시작했고, 벗어날 수 없는 긴장감으로 온몸이 팽팽해졌다. 등판의 비늘이 날 선 칼날처럼 솟았을 것이다. 그 여자는 벌떡 몸을 일으켰다.

"정말 비늘이네. 어떻게 이럴 수 있지?"

더러운 몸을 본 그 여자는 화들짝 놀라 두어 걸음 뒤로 물러섰다. 나는 수치심으로 온몸이 벌겋게 달아오르기 시작했다.

"아, 어떻게 내게 이런 일이? 뜯어내고 싶어. 내 몸 안에 온갖 파충류들이 꿈틀거리는 거 같아. 그 파충류들이 낳은 알에서 애벌레들이 스멀스멀 기어 나와 돌아다니는 게 느껴져. 견딜 수 없어!"

나는 어찌할 바를 모르고 당황했다. '제발 화를 내지 마. 부탁이야.' 변명하려 하지만 한마디도 할 수 없었다.

"너는 짐승이야. 차라리 짐승이 낫지. 파충류야? 어류야? 미치겠어. 네가 사람이야? 더는 참을 수 없어. 어떻게 네가……"

여자는 화를 내고 급하게 방문을 닫고 나갔다. 밖에는 장대비가 쏟아졌고, 빗소리를 들으며 나는 방 한구석에서 우두커니 서 있었다. 그해 여름 나는 외출하지 않고 방안에서 갇혀 지냈다. 그 여자

김홍정 소설집

의 부드러운 흰 어깨와 매끄러운 몸을 기억에서 떨칠 수 없었다.

그 여자가 공방의 문을 열고 들어와 서성대고 있는 것이 너무 불편하고 낯설다. 그 여자가 보낸 '두 번 다시 만나지 말자.' 그 말 때문이 아니다. 어쩌면 이승에서는 다시 만나기 싫다는 말, 어떤 기억조차 하지 말라는 그 말을 하지 않았기 때문에 다시 나타난 것은 아닌지 두려울 뿐이다. 화를 내고 돌아가며 그 여자는 제 생각을 다 말하지 않았을 것이다.

다음 날 나는 그 여자의 마음을 알게 되었다.
그 여자의 전화를 받고 나간 강둑에는 여전히 장대비가 쏟아지고 누런 황토물로 변한 강물이 으르렁대고 있었다. '이까짓 것들!' 그 여자는 내가 준 물건들을 붉은 거품을 뿜는 흙탕물에 하나하나 꺼내어 잊어버리는 의식이라도 하는 것처럼 내던졌다. 그 물건들은 사소한 것이 아니라 지워질 수 없는 의미를 담고 있었다. 미련하고 황당하겠지만 나는 그 물건 하나하나마다 의미를 두고, 그 여자를 만날 때마다 의미를 마음에 새기며 주었다. 물론 처음부터 어떤 의미를 부여한 것은 아니다. 의미를 부여하기 시작한 것은 젊은 나이에 홀로 된 큰누이 장막교회 장 권사 때문이다. 장 권사는 내가 카잔차키스 소설 『성 프란시스코』를 읽고 깎은 나무 십자가를 크리스마스 선물로 주자, '은혜롭다.'라고 말하며 목에 걸었다.

비늘

그 나무 십자가는 아시시의 수도자들이 제 손으로 깎고 다듬어 평생 목에 거는 성물을 모방한 것이다. 장 권사는 그 십자가를 목에 걸고 있으면 주님을 모신 느낌이라고 좋아했다. 그 이후 사소한 물건이라도 어떤 특별한 의미를 두려고 했다.

그 여자가 그 황토물 속에 던져버린 첫 번째 것은 분홍색 만년필이다. 분홍색 만년필은 이 세상에 단 하나밖에 없는 것이라는 내 말을 그 여자는 어쩌면 그대로 믿었을 것이다. 그 여자에게 분홍색 만년필을 선물로 주려고 난 등록금을 보태기 위해 모아둔 돈을 모두 썼다. 그 만년필을 고른 것은 '파카 만년필은 여성들이 선호하는 립스틱 색상을 과감하게 도입한 유일한 제품'이라는 상점 주인의 말 때문이다. 물론 상점 주인이 파카가 의도했던 성적 이미지를 알고 있는지는 모르지만, 분홍색 만년필을 받은 그 여자는 약간 얼굴이 붉어졌다가 이내 시큰둥한 표정을 지었다. 난 그녀의 표정에 약간 실망했다. 내가 그녀에게 만년필을 건네며 성적인 어떤 행위를 기대하리라 생각하는 그녀를 이해할 수 없었다. 그 여자는 분홍색 만년필을 본 적이 없는데 어떻게 구했냐고 물었다. 왜 그 색깔을 택했느냐고 묻고 싶었을 것이다. 나는 '이 분홍색 만년필은 당신을 위해 직접 내가 색을 칠하고 코팅을 했어.'라고 말하고 싶었다. 나는 그때 그 여자가 좋아할 말이라면 어떤 거짓말이라도 할 준비가 되어 있기 때문이다. 하지만 그렇게 말하지 않고 그냥 웃었다. 그 여자는 내가 환하게 웃는 것을 좋아했다. 그 여자의 별스럽

김홍정 소설집

지 않은 말에도 이를 드러내고 환하게 웃었고, 그 여자는 내가 웃을 때마다 정말 기뻐했다.

"나를 위해 만년필 가게를 다 돌아다녔나 봐?"

상투적인 말이었지만 너무도 기뻤다. 내가 환하게 웃자 그 여자는 틀림없이 내가 그렇게 했을 것이라 확신하는 것 같았다. 어쨌든 그 분홍색 만년필은 그 여자를 위해 온갖 정성을 다해 준비한 선물이 되었다. 그 분홍색 만년필을 선물한 후 다른 선물을 무엇으로 할지 늘 고민했다.

그날 그 여자는 오래전부터 약속되어 있던 헤어지는 의식의 절차처럼 제일 먼저 그 분홍색 만년필을 강물에 던졌다. 그 여자를 위해 처음으로 마련한 선물, 분홍색 만년필은 붉은 강물 속으로 사라졌다. 이어서 그 여자는 내가 직조공장 고 사장 외동딸 은희를 한 달 동안 가르치고 번 돈으로 마련한 연두색 가죽 손가방도 강물 속으로 내던졌다. 그 여자가 생일 선물로 가지고 싶어 하던 것이다. 연두색 가죽 손가방은 어디서도 구할 수 없었다. 마음이 급해진 나는 가죽공예를 전공하려는 연수에게 가방을 부탁하기로 했다. 어찌 창피한 줄도 모르고 그런 부탁을 연수에게 할 생각을 했는지 믿어지지 않는다. 좀처럼 만나지 않던 연수와 앵산공원에서 만나기로 약속했다. 연수는 거절하지 않았다.

연수 부친은 소를 도축해서 고기를 팔았다. 벗겨낸 가죽을 가공

하는 것은 연수 숙부의 몫이다. 연수 부친은 소를 잡을 때 항상 두 손을 모으고 절을 했고, 연수 숙부는 가죽을 마름질할 때 백 번 이상을 잡아당겨 늘리고 밀고 두드렸다. 가죽에 색을 물들이는 절차는 매우 복잡하고 정밀하여 여러 약품을 써야 한다. 약품들은 서로 섞이면 고약하고 매캐한 냄새가 퍼져 참기 어렵다. 연수네는 동네에서 쫓겨나 봉황산 너머 정방뜰 끝자락에 오두막을 짓고 살았다. 그곳은 다른 사람들이 살지 않는 공동묘지 근처다.

웅진성을 점령하려는 소정방 군사들은 그곳에 진을 치고 의자 왕에게 항복을 권했다. 나라를 세운 이래 항복한 적이 없던 백제의 왕은 웅진성에서 꿈쩍도 하지 않았다. 이미 사비성은 당의 군사들이 모조리 불살라버리고 백성들은 사로잡혀 온갖 굴욕을 견디고 있다는 말을 들었다. 웅진성 밖에 살던 백성들이 끌려와 성 아래에서 죽임을 당했다. 임금은 움직이지 않았다. 무진에서 올라올 남방성 주력을 기다리고 있었다. 열흘이면 족하다. 두려움에 떨던 웅진성 방령 예식은 당과 내통하여 목숨을 구걸하고 벼슬을 얻기로 했다. 예식은 임금을 앞세워 철옹성인 북방성에서 나왔다. 임금은 항복의 의례를 하고 포로가 되어 당으로 끌려가 그곳에서 죽었다. 당의 군사들에게 죽은 백제 사람들이 밤마다 귀신이 되어 그곳을 돌아다닌다는 말이 돌았다.

김홍정 소설집

그곳에 집이라곤 연수네 도축장뿐이다. 어릴 적 나는 부친을 따라 가끔 연수네 도축장으로 고기를 얻으러 갔다. 연수 부친은 우리 제사나 명절에 맞추어 쇠고기를 집으로 가져왔다. 부득이한 사정으로 갑작스레 쇠고기를 얻으러 갈 때마다 연수 부친은 아주 정중하고 친절했다. 고모는 연수 할배가 우리 인동 장씨댁에서 머슴살다가 분가한 백정이라 했다. 하지만 아버지의 의류 도매업은 번번이 실패했고, 생계가 막막한 우리는 그나마 가진 집을 쪼개 팔아 겨우 지내고 있었다.

연수 부친의 도축장은 늘 바빴다. 부산물로 남은 가죽을 연수 숙부가 무두질해 부들부들하게 만들었다. 그 가죽들을 서울로 가져가 성수동 점포에서 팔았다. 연수네 가죽공장은 번창했고 큰돈을 벌었다.

연수가 중학교에 진학하자 연수와 연수 모친이 호서극장 다리 건너 제민천 인근 마당이 넓은 우리 집으로 이사 왔다. 그 집은 우리가 살던 집의 안채였으나 가세가 기울자 그 집을 연수네에게 비싼 값에 팔고 우리는 길가에 점방이 붙은 바깥채로 옮겼다. 이미 회복할 수 없는 화병을 얻은 부친은 일을 할 수 없었고, 병원비와 생활비, 학비에 시달리자 마침내 바깥채마저 연수 부친에게 팔았지만, 연수 부친은 우리를 그 집에서 살게 두었다. 부친이 돌아가시자 모친은 길가에 붙은 방 하나를 터서 국수 가게를 냈다. 종가 안주인이 낸 국수 가게는 동네 사람들의 비웃음거리일 뿐이었다. 마

비늘

당에 널어놓은 국수는 늘 그대로여서 매일 국수로 끼니를 이었다.

내가 대학에 실패하고 빈둥거리자 연수는 조심스럽게 가죽공장 일을 권했다. 돈을 많이 벌 수 있지만 일하려는 사람이 없다는 말을 덧붙였다. 모친에게 성수동 연수네 가죽공장에 가서 돈을 벌어야겠다고 말했다. 국수장국을 끓이던 모친은 말없이 방 안으로 들어가 자리에 누워 닷새나 밖으로 나오질 않았다. 인동 장씨 가문이 아무리 쇠했기로서니 한때는 왕실의 권세가 집안에 넘쳤다고 고모는 내게 일렀다. 나는 고모 말씀대로 모친 앞에서 한 시간이나 넘게 무릎을 꿇고 잘못을 빌었다. 연수와는 더는 말도 하지 않겠다는 다짐을 한 뒤에 모친은 점방에 나와 국수를 말아 팔았다. 나는 연수에게 그 말을 할 수는 없었고 이듬해 대학에 진학할 때까지 연수를 만나지도 않았다.

앵산공원은 내가 다니던 초등학교 뒷산으로 왕벚꽃나무가 무성하다. 철부지 초등학생들은 늘 그곳에서 숨바꼭질이나 전쟁놀이를 했고, 중학교를 진학한 후에도 그곳에서 스스럼없이 만났다. 앵산공원에서 만나는 아이들 중 누구와 누구는 연애질을 한다는 말이 돌았다. 연수는 앵산공원에 한 시간이나 먼저 와서 나를 기다렸다. 내가 과외 수업을 마치고 곧장 오겠다고 시간 약속을 했지만, 연수는 일찍 와서 풍경을 스케치했다고 했다. 연수가 그날 나를 기다리며 그린, 엽서 크기 샐비어 수채화를 책갈피로 쓰라고 내게 주었다.

김홍정 소설집

나는 연수에게 연두색 가죽 손가방을 만들 수 있냐고 물었다. 연수는 대수롭지 않게 연습 삼아서 만들어보겠다고 했다. 연수는 그 가방을 만들며 누구에게 줄지 묻지 않았다. 연수는 정밀하게 그린 가방 그림을 가지고 숙부가 운영하는 성수동 가죽공장으로 갔다. 연수 숙부는 무두질한 가죽 조각을 내주며 대학에서 미술을 공부하는 학생이 가죽을 왜 만지려는 것이냐며 핀잔했다. 연수는 그 연두색 가죽 손가방을 한 달 넘게 공을 들여 만들었다. 연수는 내게 그 손가방을 넘겼고, 나는 과외 교습비로 받은 돈을 연수에게 주었다. 한사코 돈을 거절하던 연수는 그 돈으로 학교 앞 미리네에서 점심을 사거나, 바나나 빵집과 칠성당 제과점에서 빵과 양갱羊羹을 사서 내게 주었다.

연두색 가죽 손가방을 들고 그 여자를 만나러 가면서 내 몸이 공중을 둥둥 나는 것처럼 혼란스럽고 긴장했고 들떴다. 그 여자가 생일 선물의 대가로 영화의 한 장면처럼 가벼운 입맞춤이라도 할 것이란 생각 때문이다. 연두색 가죽 손가방을 생일 선물로 주자 그 여자는 플레어스커트를 너풀거리며 춤을 추었는데 호서극장에서 몇 번이나 본 〈바람과 함께 사라지다〉의 스칼렛처럼 보였다. 그것이 나와의 운명을 암시한 것일지도 모르지만 춤을 추는 그 여자는 비비안 리보다 훨씬 아름답고 예뻤다. 그 여자는 가방을 어깨에 걸고는 고맙다는 말을 열 번도 넘게 했다.

그 가방을! 그 여자는 누런 황토물이 철철 흐르는 강에 멀리 힘껏 던졌다. 연두색 가죽 손가방은 금방 물속으로 가라앉지 않고 물 위를 한참 떠내려가다가 물속으로 사라졌다. 나는 그 가방을 바라보며 물속으로 뛰어들고 싶었지만 참아야 했다. 내가 수영을 전혀 할 줄 모르기 때문이 아니다. 그 여자에게는 던져버릴 물건들이 아직 더 남았기 때문이다. 한 가지 다행스러운 것은 그 후에도 연수는 연두색 가죽 손가방에 대해 묻지 않았다.

그날 나는 그 여자에게 그만하라고 소리 지르고 싶었지만 아무 말도 하지 못했다. 그 여자는 어느새 내가 아끼던 로봇탁상시계를 손에 들고 있었기 때문이다. 나는 달려가 그 여자의 손에 들고 있는 로봇탁상시계를 빼앗으려 했다. 하지만 내가 그 여자의 손을 잡기도 전에 그 여자는 그 시계를 힘껏 던졌다. 시계는 순식간에 강물 속으로 사라졌다. 풍당. 아니 풍!

그 시계는 주석과 구리가 섞인 합금 로봇이다. 7cm 정도의 크기로 팔과 다리 관절 부위가 접혔다 폈다 할 수 있게 만들어져 있고, 몸통 부분에 시계의 시침과 분침이 도는 계기판이 있다. 내가 좋아하는 아톰의 형상은 아니었지만, 서양 장난감 레고블록에 등장하는 남자의 형상을 본뜬 것이라고 들었다. 나는 그 로봇탁상시계만큼은 누구에게도 줄 마음이 없었다. 그 로봇은 빈방에서도 숱한 시간을 지루하지 않게 보낼 수 있는 나의 유일한 상대자였기 때문이다. 나는 그 로봇에게 수시로 이름을 바꿔주었고, 늘 대화했다. 아담이나 롯과 같은 성경 속의 이름도 붙였고, 번뇌를 없애는 가섭, 수행으로 깨우침에 이른 나후라라고도 불렀다. 어릴 때 보았던 만화 속 차돌바위 이름을 붙이기도 했다. 차돌바위는 홍길동과 함께 등장한 캐릭터다.

그 여자가 '당신이 가진 것 중에서 가장 귀하게 여기는 것을 내게 줘.'라고 말했을 때 나는 약간의 경련을 일으켰다. 물론, 입에 거품을 물고 넘어진 것은 아니다. 하지만 그날 내가 느낀 경련은 이 세상에서 겪은 어떤 일보다 가장 고통스러웠다. 온몸과 정신이 마구 뒤틀리고 하늘과 땅이 뒤바뀌는 소용돌이에 휘말렸다. 그뿐이 아니다. 천 길 낭떠러지 지옥에 떨어졌다. 나는 그 여자에게는 거짓을 말하지 않으리라고 다짐했기 때문에 아담이나 가섭이나 차돌바위가 내게 가장 귀한 것이 아니라고 말할 수 없었다. 그건 참이고 진심이다. 그 로봇탁상시계를 주기로 결심했다. 나는 예배당에 가서 열심히 기도했다. 어려운 결정을 내려야 하는 순간에, 내 방 책상 앞에 앉아서 드리는 기도는 왠지 허전했기 때문이다. 용기가 생기지 않는다. 예배당에 어두운 구석 자리에 앉아 무릎 꿇고 기도하면 용기가 생기고 확신이 든다. 신과 나만의 은밀한 대화이기 때문이다.

로봇탁상시계는 달랐다. 신은 내 기도를 외면했다. 신은 처음부터 그 기도는 들어주지 않기로 작정한 듯하다. 아니 기도의 대상이 아니었을지도 모른다. 종일 점심도 거르고 자리에서 일어나지 않고 간절히 기도했다. 확신이 없다. 나는 그 여자에게 처음이자 마지막으로 거짓을 말하기로 했다. 틀림없이 신도 용서해주실 거라고 생각했다. 나는 집으로 돌아와 책상 위를 둘러보았다. 모윤숙의 『렌의 애가』를 넘겨주기로 작정했다. '시몬!/ 이렇게 밤이 깊었는데 나는 홀로 작은 책상을 마주 앉아 밤을 새웁니다./ 눈을 들어 하늘을 쳐다보면 작고 큰 별들이 떨어졌다 모였다 그 찬란한/ 빛들이 무궁한 저편 세상에 요란히 어른거립니다.' 그 여자가 『렌의 애가』를 읽는 사람이기를 간절히 소망했다. 하지만 나는 금방 그 소망을 접어야 했다. 문득 그 책의 표지 안쪽에 쓰여 있는 글씨를 발견했기 때문이다. 표지 안쪽에 쓰여 있는 메모는 이렇게 적혀 있었다. '난 네가 시몬이었으면 좋겠다.' 그 책은 연수 모친이 연수에게 선물한 책으로 연수는 내게 꼭 가지고 있으라며 준 초판본 산문집이다. 갑자기 세상이 어두워졌다. 렌의 절규를 잊은 내가 사는 이 세상은 이미 암흑 속에 파묻혔고, 나는 허공을 헤매는 갈까마귀가 되어 마구 우짖었다. 어쩔 수 없다.

로봇탁상시계를 주기로 했다. 로봇탁상시계를 호주머니에 넣고 그 여자의 집으로 갔다. 사거리를 지나 오래된 중동성당을 오르는 고개 위에 있는 이층집, 그녀 집 앞에서 그 여자가 나오기를 기다렸다. 어두워질 무렵 그 여자가 밖으로 나왔다. 그 여자에게 로봇탁상시계를 넘겨주었다.

"이게 너에게 가장 귀한 것이었어?"

그 여자는 고개를 갸웃거리고는 피식 웃고 집 안으로 들어갔다.

김홍정 소설집

나는 우두커니 서 있다가 긴 고갯길을 걸어 내려왔다. 그때 그 고갯길은 내 삶에서 가장 긴 언덕길이 되었다. 실상 그 길은 겨울만 되면 대나무 쪽을 대어 만든 외발썰매를 타던 놀이터다. 언덕 위에서 한번 구르면 사거리 이학 국밥집 앞까지 거칠 것이 없이 단숨에 내려오던 길이다. 단숨에 내려오던 언덕, 로봇탁상시계를 건네고 어둠이 깊어져 별들이 온통 제 갈 길을 향하고 있을 때, 성당 문턱에 앉아 처음으로 성모마리아에게 기도를 올렸다. '성모마리아여! 저 별들을 멈추게 하소서!' 성모께서는 내 기도를 들어주셨다. 정말로 별들은 제 갈 길을 가지 않고 그 자리에 그대로 서 있었다. 얼마나 다행이었는지 모른다. 별들이 운행하지 않고 물끄러미 나를 바라보고 있다는 생각. 성모께서 내 기도를 들어주었다는 안도감. 나는 진심으로 원하는 기도를 해야 할지 망설였다. 그 기도는 그 여자가 로봇탁상시계를 불필요하게 여기고 내게 돌려주는 것이다. 그 기도는 하지 못했다.

그 로봇탁상시계를 그날 강물 속으로 냅다 던져버렸다. 그것은 나를 던진 것이다. 나는 강물 속으로 빨려들어 흙탕물이 되어 헝클어진 채로 떠밀려갔다. 강물은 으르렁대며 웃기도 하고 손가락질을 하며 두 손을 들었다가 내렸다가 춤을 추기도 했다. 그 여자가 나를 부르는 소릴 듣지 못한 것은 오로지 강물이 웃는 소리 때문이다.

그 여자는 화를 내며 남은 물건들을 한꺼번에 강물 속으로 던져

비늘

버렸다. 어떤 것들은 금방 가라앉았고, 어떤 것은 물살에 실려 떠내려갔다. 그 어느 하나 내 손으로 돌아올 수 없었다. 내 손으로 직접 쓰고 삽화를 그려 만든 첫 시집도 그렇게 강물에 떠내려갔다. 그 시집에는 내 그리움을 담은 구절들이 오롯이 들어 있었다. 숨이 막힐 것 같은 고독을 견디게 했던 그 시어들, 비록 오로지 그리움의 대상이 그대뿐이라는 상투적인 언어들이었으나 한 자 한 자 적어가며 가슴이 설레고, 불끈 솟는 열정을 담은 시어들이다. 그 시집에 그려 넣은 삽화들은 파스텔로 그렸거나 가는 붓으로 정밀히 묘사한 수채화다. 파스텔로 부드럽게 색을 입힌 하늘이나 푸른 숲이나 울긋불긋한 꽃들은 눈에 보이는 것들보다 선연한 기억의 흔적들이다. 그 흔적들은 그 여자의 스커트에 그려진 것들이나 블라우스에 디자인된 문양일 수도 있고, 티셔츠의 연한 색상일 수도 있다.

시집보다 더 아픈 것은 정성스레 쓴 편지들이다. 요일별로 색상을 달리하여 또박또박 정서한 문장들로 쓴 편지들은 나의 편린이다. 나의 비늘, 나는 그 여자에게 비늘들을 보여주었다. 하지만 그날 나의 비늘들이 하나씩 떼어져서 남김없이 물속에 흩어지는 것을 보았다. 이 세상 사람 그 누구도 내 몸에 숨겨져 있던 것을 아는 이는 없었다. 누구든지 비늘은 물고기들에게나 있는 것으로 알고 있다. 비늘 덕분에 물고기들은 물속에서도 숨을 쉰다. 물의 흐름을 타고 움직이다가 비늘을 세우면 물에 와류가 생겨 공기 방울들이 스며들 틈이 생기고, 그 공기 방울들을 물고기들은 삼키게 된다. 그것뿐이 아니다. 물을 거슬러 오를 때 물고기들은 가끔 공중으로 뛰어올라 높은 바위를 넘기도 한다. 높은 바위를 뛰어넘을 때 물고기들은 자신이 지닌 온갖 비늘들을 활짝 펼치거나 곤두세워 바위 표면에 비늘을 단단히 박고 도약한다. 나도 마찬가지다. 내몸 구석구석에 숨겨져 있는 비늘들은 제각각 다른 기능을 했다. 그것을 아는 사람은 없다. 그 비늘을 본 단 한 사람, 내 모친은 내 몸에 우둘투둘하게 돋아 있는 비늘들을 피부병으로 알고 늘 병원에 다니게 했다. 의사들조차 그 비늘을 피부병으로 보고 쓸데없는 약을 오랫동안 처방했지만 소용없는 일이었다. 나는 그 여자에게 그 비늘들을 하나씩 떼어내어 편지에 담았다. 햇빛에 비춰보면 그 비늘은 오색빛깔이거나 무지개 일곱 빛깔로 빛나는 것을 볼 수 있다. 물론 그 빛깔을 제대로 알아내기 위해선 편견을 버려야만 했다. 그 여자는 아마 자신의 눈빛으로 그 비늘을 보려 했을지도 모르겠다. 인간은 비늘이 있어선 안 되고, 설령 있어도 그 비늘은 떼어버려야 마땅했다. 그날 그 여자가 흩뿌려놓은 편지들을 보며 나의 비늘들을 전혀 이해하지 못했거나 소중히 여기지 않는다고 확신했다. 그것이 더 아팠다. 그때 이미 내게는 남아 있는 비늘이 별로 없었다. 그나마 남아 있는 비늘 몇 개를 더 떼어내면 숨이 멎을 수도 있겠다는 생각뿐이었다. 그런 일은 실제 이루어지지 않아서 확신할 수는 없었지만 그럴 가능성이 있겠다는 두려움에 떨었다.

　그 여자가 그 자리에 남아 있었는지 돌아갔는지도 기억이 없다.

　　　　　　　　　　　　　　　　　　　　비늘

그저 나는 그 강물이 멈추는 곳으로 달리다가 지치면 걸었다. 학교로 돌아가지도 않았고, 예배당에 가지도 않았다. 별들을 멈추게 해준 성모님에 대한 미안함 때문에 성당 앞길을 피해 먼 길로 돌아다녔다.

　그 여자는 자주 '나를 좋아해요?'라고 물었다. 그 말 외에도 '나를 왜 좋아하지요?'라든가, '좋아해서 어떻게 할 건데요?'라고도 했다. '나를 좋아하면 무엇을 줄 건데요?'라는 말을 들을 때 나는 뼈를 찌르는 통증으로 시달렸다. 나는 가진 것이 없었다. 부친이 오랜 지병 끝에 돌아가신 후 집안은 급속히 기울었고, 모친이 겨우 꾸리는 국수 가게로 근근이 생계를 유지했다. 공부하는 틈틈이 모친의 일을 돕는 일이 나의 몫이었다. 그렇다고 모친의 일을 전적으로 도운 것은 아니다. 모친은 일보다는 공부에 전념하라 하셨지만, 생활비도 빠듯하여 늘 학비를 구하기 위해 일했다. 과외로 입시지도를 하거나, 건설 현장 노무자 일로 모든 것을 해결할 수는 없었다. 그런 틈에도 그 여자에게 무엇인가를 주기 위해 노력했다. 나는 일기장에 그 여자를 위해 할 수 있는 일과 줄 수 있는 것을 적었다. 우선순위를 정하고 그 순서에 맞게 줄 수 있도록 조금씩 돈을 모았다. 한꺼번에 모든 일을 할 수 있는 사람은 많지 않다. 나는 가진 돈이 없어 그렇게 할 수 없었고 결국 순서를 정할 수밖에 없었다. 저녁을 먹고 차를 마시는 일도 쉽지 않았다. 차나 커피, 심지어

술을 마시기 위해 돈을 낭비할 수는 없었다. 그렇다고 나의 어려운 경제문제를 그 여자에게 말한 적은 없다. 그 여자는 그런 비겁한 이야길 들어줄 사람이 아니다. 나는 그 여자에게 불편하지 않은 사람이 되기 위해 노력했을 뿐이다.

참을 수 없는 일이 있었다. 졸업을 앞둔 가을학기다. 나의 가정 형편을 잘 아는 지도교수가 사립학교 강사 자리를 추천해주었다. 물론 학기 수업은 과제물과 시험으로 대체하기로 했으니 내게는 참으로 요긴한 자리다. 면접을 보는 자리에서 그 사립학교 서무과 장과 교장 선생은 양복 정장 차림을 요구했다. 구두를 사야 했고, 와이셔츠와 넥타이를 마련해야 했다. 그 돈이 내겐 없었다. 다행히 국수 가게 옆 세탁소 주인이 그날그날 입고 갈 양복을 빌려주었다. 제철 양복이 아닌 철이 지났거나 철을 앞둔 양복이었지만 그런대로 수업에 임할 수 있었다. 하지만 와이셔츠는 빌려 입을 수 없는 처지였다. 연수가 그런 사정을 알고 와이셔츠 두 벌을 가져왔다. 급한 터에 나는 고맙게 생각하고 그 셔츠를 입고 늘 출근했다. 첫 월급을 타서 연수에게 저녁을 샀다. 그 사실을 알게 된 그 여자는 왜 연수에게 저녁을 샀느냐고 물었다. 거짓을 말할 수 없어 와이셔츠를 선물 받았기에 저녁을 샀다고 말했다. 그 여자는 연수가 와이셔츠를 왜 내게 사주었는지, 연수와 무슨 관계인지를 따져 물었다. 아무 말도 할 수 없었다. 연수와 그렇고 그런 관계이면서 왜 자신에게 접근했냐고 화를 냈다. 내가 할 수 있는 대답은 모두 무시되어 달

비늘

리 할 말이 없었다. 그 여자는 한참 동안 말하지 않았다. 갑자기 그 여자가 앉았던 자리에서 벌떡 일어나 소리를 질렀다. '내 질문을 무시하는 것이냐, 아니면 약을 올리는 것이야' 물으며 울음을 터트렸다. 나는 그 여자를 달랠 방도를 찾질 못했다. 와이셔츠를 돌려주겠다고 했다. 그 여자는 와이셔츠를 돌려주러 갈 때 같이 가자고 했다. 양복은 어떻게 하냐고 물었다. 그 여자는 양복도 돌려주라고 했다. 결국 양복도 돌려주고 와이셔츠도 돌려주었다. 그리고 사립학교 출근도 그만두었다. 내가 종일 방에 처박혀 있었는데 연수가 찾아왔다. 연수가 공연히 입장 곤란하게 만들어 미안하다는 말을 할 때, 울고 싶었고 죽고 싶었다. 고작 와이셔츠 두 장 때문이다. 사립학교를 추천해주신 교수님에게 불려가 믿을 수 없는 놈이란 소릴 들었고, 두 시간 동안 연구실에서 잘못을 빌었다.

그 후 나는 그 여자에게 줄 것이라곤 없었다. 만나지 않았고 편지도 쓰지 않았다. 남은 비늘도 별로 없었고 억지로 떼어낸 비늘자리에서는 이상스레 비늘이 더 생기지 않았다. 학교는 종강으로 치닫고 남학생들은 하나둘 군대로 갔다. 여학생들은 교수들의 추천을 받아 취업하거나 학교 선생이 되었다. 나는 학교에 가질 않고 다른 남학생들처럼 군에 갈 날을 기다리고 있었다. 인근 학교에서 연락이 왔다. 군에 가기 전 임시 교사를 해달라는 요청이었다. 연수가 미술 교사로 발령받아 근무하는 학교다. 생물 교사를 구할 수 없자 정교사 자격증을 가진 사람이면 된다는 말을 듣고 나

김홍정 소설집

를 연수가 추천을 했던 모양이다. 근무 기간은 생물 교사가 부임할 때까지였다. 서무과장은 양복 이야긴 하지 않았다. 그냥 입던 옷을 입고 수업을 했다.

두 달이 지났다. 아이들은 내게 단벌이란 별명을 붙였다. 늘 같은 옷을 입고 출근을 했던 탓이었다. 수업 시간에 물고기의 비늘에 대해 말했다. 물고기들은 비늘이 옷이고 그래서 단벌이어서 나와 같다고 했다. 나 또한 물고기들이 가지고 있는 비늘을 가지고 있다고 말했다. 아이들은 비늘을 보여달라고 했다. 나는 끈질기게 비늘을 보고싶어하는 아이들의 요구를 들어주지 않았다. 봄철 체육대회가 한참 진행되어 아이들의 경기를 보고 있었는데 짓궂은 한 아이가 내 티셔츠를 뒤에서 활짝 올렸다. 순간 그 아이의 얼굴이 하얗게 질렸다. 그 아이는 내 등판의 비늘을 뚜렷하게 보았다.

"진짜 비늘이야! 물고기 선생님이다아!"

"그래? 정말이야?"

"그렇다니까! 내 눈으로 똑똑히 봤다구. 내가 바보야? 내가 장님이야?"

아이들 사이로 비늘 소문이 순식간에 퍼졌다. 아이들이 내 뒤를 따라다니며 귓속말로 속삭이더니 한 녀석이 '비늘! 비늘!' 외치자 나머지 녀석들도 '비늘! 비늘!' 하면서 소리를 높였다. 어떤 녀석은 물고기를 외쳤고, 어떤 녀석은 파충류라고도 떠들었다. 운동장 전체에 비늘 소리가 퍼졌다.

비늘

학부모 대표들이 교장실로 몰려왔다. 학부모회장이 먼저 말을 꺼냈다.

"장 선생의 몸에 비늘이 있다는 말이 무엇이오? 그리고 수업 시간에 물고기에 대해 말하며 비늘은 누구에나 있다고 했다는데 그 말이 사실이오? 왜 그런 수업과 상관이 없는 말을 해서 아이들 학업을 방해하는 것이오? 교장 선생님께서 이 문제를 해결하시오. 정식 교사도 아니라는데 얼른 처리하고 다른 선생을 모시는 것이 어떻소?"

학부모회장의 말이 교장실 밖까지 들렸다. 논란이 있었지만 새로 선생을 뽑는 어려움도 있으니 실제 비늘이 있는지 확인이나 하자고 결정했다. 교장실로 불려 들어갔다. 교무실 선생들은 아이들의 호기심이나 장난이니 걱정하지 말라 했지만 나는 침울할 수밖에 없었다. 만약 나의 등에 남은 비늘 몇 개를 보여주면 어떤 표정을 지을지 예측할 수 있었다.

"장 선생, 비늘을 보여주겠소?"

교장 선생은 황당한 표정을 지으며 말했다. 나는 얼굴이 붉어지고 말을 더듬었다. 그때였다. 연수가 교장실로 들어왔다.

"한 말씀 드리겠습니다. 우리 설화에 아기 장수 이야기가 있지요."

아기 장수 설화. 연수는 아기 장수는 작은 날개를 가지고 있거나 등판에 비늘을 가지고 있거나 온몸에 붉은 핏빛을 두르고 있는 영웅으로 그려지는데 그 이야기는 신화이거나 상징이라고 말했다. 학

김홍정 소설집

부모 대표들은 연수의 말이 장황하기도 했고, 도대체 무슨 상관이 있냐는 듯 무관심했다. 연수는 마음이 급했는지 실제 비늘을 지닌 사람들이 있다고 우선 단정했다. 현대 의학은 이를 일종의 피부 변형으로 보고, 실제 장 선생은 어릴 적부터 그런 치료를 받은 적이 있어 일종의 피부 변형이라고 두둔했다. 연수가 말을 마치고 교장실을 나갔다. 교장실에 있던 학부모 대표들은 의견이 갈렸다. 얼굴도 아니고 등에 있어 보이지도 않는 변형된 피부를 문제 삼을 필요는 없다는 견해가 압도적이었다. 연수의 말이 학부모 대표들을 설득했다. 학부모회장은 미안하다며 내게 악수를 청했다. 나는 자리에서 일어나서 한 말씀 드려도 되냐고 물었다. 일어서려던 학부모들이 다시 자리에 앉았다.

"사실 제 등에는 비늘이 있습니다. 이 비늘들은 나의 정신세계와 일상을 지배하지요. 그것은 물고기들이 몸을 보호하기도 하고 이동을 위한 도구로 사용하는 것과 다르지 않지요. 엄밀하게 말하면 인간의 조상을 찾아 거슬러 오르면 물고기들의 조상인 어룡이나 크게 유전학적으로 다르지 않습니다. 돼지의 장기를 인간의 몸에 이식하려는 연구 과제가 진행되는 것이 또 그 증거의 하나로도 볼 수 있지요. 새삼 아이들이 제 몸의 비늘을 보고 놀란 것은 이 비늘이 진화의 전 단계인지 후 단계인지 알 수 없는 까닭에 확신하지 못한, 엄연히 존재하는 낯선 가치에 대한 무지의 소산은 아닐까요? 아까 연수 선생님께서는 피부 변형이란 말을 쓰셨는데, 제가 어릴

비늘

적 의사들이 그리 보았지요. 제 모친께서는 어려운 형편에도 이를 고쳐보려고 여러 노력을 하셨지만, 효과는 없었습니다. 의사들의 배만 불린 격이었지요. 제 비늘 보시겠습니까? 보여드릴 수 있지요. 물고기가 자기 비늘을 부끄러워한다는 말을 들어 보지 못했으니까요. 하지만 제 비늘을 보신들 무엇을 하실 수 있겠습니까? 제 비늘들은 저의 사유 체계의 근본이라 바뀌지 않습니다. 글쎄 모르지요. 연수 선생의 말처럼 제가 아기 장수일지도 모를 일이고요. 분명히 말씀드리지만 저는 이제 이 학교를 그만두겠습니다. 아이들은 제 비늘에 대해 호기심을 지나쳐 놀림감으로 마치 기형적인 외계인을 보듯 할 것이니 관습과 보편성이 지켜져야 하는 수업인들 제대로 되겠습니까? 그동안 즐거웠습니다. 새 선생님을 뽑으시지요."

나는 학교를 나왔다. 연수는 끝까지 나를 말렸지만 이미 마음이 굳어진 뒤다.

신체 이형으로 인한 훈련 및 내무생활 부적격. 군의관도 나를 군 생활 부적격자로 판정했다. 군에 입대하고자 했던 내 뜻은 철저히 무시되었다. 간단한 4주간의 기본 교육으로 나의 군 경력이 마무리되었다. 신체 이형으로 인한 훈련 및 내무생활 부적격이란 결격 사유는 나의 사회생활조차 빼앗았다. 나는 집에서 칩거했다. 모친의 국수 가게를 찾는 이들이 점점 줄자 어쩔 수 없이 일용 노무직으로 나섰다. 등에 무거운 짐을 지면 등에 남은 나의 비늘들이 일제

　　　　　　　　　　　　　　　　김홍정 소설집

히 반발하여 고통스러웠다.

연수를 다시 만난 것은 우연이었다. 연수는 내가 찾아간 것으로 알고 있지만 그건 진실이 아니다. 건설 현장에서 노임을 받고 같은 작업조의 노동자들끼리 갹출하여 술을 마셨다. 그날 확실히 술에 취했던 것 같다. 제민천을 따라 걸었는데 발걸음이 그 여자의 집으로 향하고 있는 것을 문득 알았다. 나는 얼른 뒤로 돌아 뛰었다. 국밥집을 지나고 칼국수, 중화요리, 삼겹살집도 지나 막다른 골목으로 달리다 문득 선 곳이 연수네 집이었다. '연수야!' 하고 부른 것도 사실이다. 연수가 놀라 밖으로 나와 내 손을 잡았다. '술을 마셨네?' 그날 내가 연수에게 한 말을 다 기억할 수 없다. 나는 연수에게 내 비늘에 대해 좋게 말해줘서 고맙다고 말하고, 곧장 집으로 돌아와 깊은 잠을 잤다. 다음 날 오후 연수는 내게 연수 숙부의 전화번호를 알려주었다. 내가 가죽 공방으로 가서 일하겠다고 고집을 피웠다고 했다. 아무래도 술김에 한 말인 것 같았다. 나는 연수에게서 가죽 공방 전화번호를 적었다. 이튿날 나는 서울로 떠났다.

동물의 가죽은 어느 하나도 같은 것이 없다. 같은 소라도 가죽은 조금씩 다르다. 나는 연수 숙부에게 가죽 원단을 만드는 기술을 배웠다. 가죽에 붙은 털과 기름기를 제거한 후, 늘리고 밟고 두드리고 깎는 무두질을 해서 일정한 두께를 지닌 가죽 원단을 만든다. 우리의 손에 들린 가죽들은 어차피 원래 제 가죽이 아니다. 부드러울 것 같은 암소 가죽보다 황소 가죽이 좋은 원단이 되는 것은 반복되는 무두질을 견디도록 단단하기 때문이다. 가끔 노루와 개 가죽으로 물건을 만들기도 하지만 소가죽만은 못하다. 무두질을 견디는 소가죽의 단단한 탄력성 때문이다. 무두질은 일한 만큼 돈이 된다. 돈을 버는 것보다 더 다행스러운 일은 모든 가죽에는 얇은 비늘이 남아 있다는 것을 알게 된 것이다. 그 비늘들은 거친 무두질로 대부분 사라지지만 세밀한 무두질이 가해지면 흔적을 남겨 문양이 되기도 하고 정교한 마찰을 거쳐 부들부들한 표면으로 탈바꿈하기도 했다. 연수의 숙부는 '네 등판의 비늘도 제대로 무두질하면 때깔이 유별난 특상품이 될 수 있지.'라며 껄껄 웃었다. 그즈음 연수도 학교를 그만두고 가죽 공방을 냈다. 연수가 운영하는 가죽 공방에 납품하는 가죽은 죄다 내가 만들었다.

꼬박 십 년이 지나고 연수 숙부가 물러나며 가죽 공방을 내게 물려줬다. 연수의 사촌들은 가죽은 보기도 싫다며 외국으로 갔다. 연수네에서 대물림한 가죽 일은 연수와 내가 맡았다. 치매가 심해진 모친은 연수를 몹시 싫어했다. 인동 장씨 대를 이를 장자를 무두장이로 만들었다고 억지를 부렸다. 모친은 드러내어 그 소리를 입에 달고 살았다. 모친은 어느 날 느닷없이 연수의 공방으로 쳐들어갔다.

"연수 이년, 인동 장씨 대를 끊어 논 년이 니년이다아! 워치기 할 것이냐? 사내를 후렸으면 새끼는 내질러야지. 짐승만도 뭇헌 녀언!"

김홍정 소설집

고래고래 소리를 지르는 힘이 어디서 나왔는지 이웃 사람들이 모두 몰려나와 구경꾼으로 장이 설만큼 요란했다. 연수는 화를 내지 않고 모친을 달래서 집으로 데리고 왔다. 서리가 내리기 시작하자 모친의 치매로 인한 패악질이 더 심해져 부득이 요양병원으로 모셨다. 모친은 요양병원을 방문한 내 손을 놓지 않고 '새끼가 있으야 혀.' 같은 말만 했다. 연수는 겨우내 침묵했다. 불편해하던 연수가 내게 공방을 맡기고 이태리로 떠났다. 이태리 가죽 공방들을 둘러본 연수는 봄 학기가 되자 아예 이태리로 가죽 디자인을 배우러 갔다.

연수가 돌아온 것은 다섯 해가 지난 가을이었다. 연수는 이태리 가죽 공방에서 주최하는 디자인 대회에서 여러 차례 입상했고, 돌아올 때는 제법 언론의 주목을 받았다. 연수가 돌아오자 연수 대신 운영하던 가죽 공방을 연수에게 돌려주었다. 연수는 공방의 규모를 반으로 줄이고 금강으로 물이 들어오는 연미산 인근 인적이 드문 곳에 새로 가죽 공방을 열었다. 그곳은 연수네 도축장이 있던 정방뜰이 보이는 강 건너 언덕이다. 가죽 공방 관련자들이 개업 축하를 겸해 몰렸다가 돌아갔다. 나도 사람들과 함께 서울로 돌아갈까 생각하다가 다시 공방 안으로 들어갔다. 연수는 사람들이 돌아간 공방에 우두커니 앉아 있었다.

"무얼 그리 골똘히 생각해?"

연수는 창밖을 가리켰다.

"감나무 끝에 달리 까치밥을 보고 있어."

"까치밥? 홍시?"

연수는 내가 묻는 말에 대답하지 않았다. 한참 동안 나는 연수 곁에 앉아 남은 까치밥을 보았다.

"할 말이 있어."

연수는 머리를 뒤로 쓸어 넘기며 이야기를 시작했다.

"이태리에서 들은 이야기야. 등에 비늘을 달고 태어난 사람은 최고의 무두장이가 된다고 하더라. 믿을 수 없었는데 최고의 기술을 가진 무두장이를 만났지. 베네치아에 가죽 공방을 운영하는 무두장이야. 그 사내가 자기 등을 보여주더라고. 충격이었어. 등에 비늘이 선명했어. 오색빛깔이었다가 무지개색을 띠기도 하더라고. 혹시 네 등을 좀 보여줄 수 있어?"

나는 조금 멋쩍었지만 망설이지 않았다. 윗옷을 벗고 햇빛을 등지고 섰다.

"무슨 빛이 보여?"

"응, 오색빛깔이 선명해."

내가 서둘러 옷을 입으려 하자 연수는 조금만 더 그대로 있으라고 했다. 잠시 후 연수는 자기 옷을 벗었다. 속옷마저 벗고 햇살이 비치는 창 앞에 섰다. 나는 눈을 둘 곳을 찾질 못했다.

"제대로 봐."

연수의 불룩한 젖가슴과 잘록한 허리, 우묵한 우물과 고슬고슬한 거웃을 보았다.

"찾았어?"

연수는 양팔을 천천히 들어 올렸다. 날개를 펴고 날아오를 참이었다. 연수의 여리고 가냘프게 보였던 작은 몸에 팽팽한 긴장감이 숨겨져 있었다.

"무얼 찾으라는 건데?"

"잘 찾아봐. 샅샅이 봐야지."

연수가 천천히 몸을 돌렸다. 순간 나는 연수의 몸 곳곳에서 반짝이는 빛을 보았다. 가슴 아래와 브래지어 끈 자국이 있는 등과 탱탱한 엉덩이의 골을 따라 반짝이는 빛.

"어? 비늘이야? 연수 너도 비늘이 있었어?"

울컥 눈물이 솟았다.

"몰랐지? 만져볼래?"

"아, 어찌 이런?"

우리는 벌거벗은 채로 천천히 서로의 몸을 살폈다. 미처 발견하지 못했던 아주 미세한 비늘들이 깨알처럼 빛을 반짝이고 있었다.

"어머니에게 아이를 낳아주기로 했어. 비늘을 가진 아이. 어머니께서 좋아할까? 좋아하시겠지. 장수가 될 것이니. 인동 장씨의 대를 이을 장수. 딸을 낳으면 갖바치의 가문을 잇겠지?"

"잊지 말고 기억해. 내가 죽으면 내 등가죽을 떼어내어 네가 무두질을 해. 어떻게 빛이 날지. 연수 너밖에 믿을 사람이 없어. 약속한 거야?"

비늘

연수는 고개를 저었다.

"아니, 지금 할 거야. 네 몸을 무두질해봐야지. 뒤로 돌아봐."

연수는 나의 등을 천천히 늘이고 잡아당기고 문질렀다. 비늘을 지닌 등은 곧 제빛을 발하기 시작했다.

겨울이 지났다. 연수는 욕실에 내 칫솔을 마련했고, 옷장 한곳에 내 속옷과 양말을 챙겼다. 연수의 가죽 공방에는 사람들이 늘 몰렸다. 이태리 정통 가공 기술을 갖췄다는 TV 보도 때문이다. 연수의 무두질은 숙부에게 내려받은 갓바치 솜씨였다. 나는 그런 사실을 말하지 않았다. 가끔 비늘이 아직도 있냐고 묻는 사람이 있었지만 웃고 넘겼다.

연수는 아이 둘을 낳고 기른다. 그 아이들이 메고 다니는 가방은 늘 화제다. 연수는 아이들에게서 학교 선생들이 가죽 공방을 방문하겠다는 말을 듣고, 작은 가죽 소품을 선물로 준비하고 오후가 되면서 학교 선생들을 줄곧 기다린다. 마침 새벽부터 내리던 비가 잠시 그쳤다가 오후부터 폭우가 쏟아진다. 연수는 널어놓은 가죽들을 걷고 정리하러 공방 별채로 간다. 그 폭우 속에서 공방을 찾은 선생들은 없을 터다. 어둠이 내리고 공방의 문을 닫으려 할 때, 그 여자 엄동숙 선생이 공방 안으로 들어선다. 애써 나를 모른 척하는 그 여자, 엄동숙의 가방이 유독 돋보인다. 그 여자의 가방에서 비늘이 찬란하게 빛을 발하고 있기 때문이다.

달빛

그런 꿈이었다니까. 글쎄 웅진성(공산성) 임류각에서 우두커니 서 있는데 성벽 넘어 옥녀봉성으로 흰 달빛이 쏟아지더라고. 성벽 아래 은개골에는 늘 안개가 그득하니까 옥녀봉성이 섬으로 보였어. 그 섬에 한 여인이 있어. 섬뜩할 것인데 안 그렇더라고. 그냥 누군가 하는 생각뿐이었지. 아마 여인이 보인 게 그 얘길 들어서 그런가 보다 했어. 수경이 발굴지에서 떠나기 전 쥐똥나무 얘길 들려준 적이 있거든.

전장으로 나선 남편을 기다리는 여인이 있었다는 거야. 남편과 함께 전장으로 갔던 사내가 겨우 살아왔다는 말을 듣고 찾아가 물었다네. 한참이나 시선을 돌리며 멈칫거리던 사내가 '당신 남편은 틀림없이 죽었을 거요. 그 지독한 싸움에서 살아남을 사람이 있겠소. 기다리지 마쇼.'라고 한 거야. 낙심하고 돌아와서 아무리 기다려도 남편이 돌아오지 않았지. 겨울이 지나자 기다리기에 지친 여인은 더 기다릴 수 없어 따라 죽기로 작정하고 음식을 먹지 않았지. 이상한 일이야. 여인이 죽을 지경에 이르자 갑자기 자기 무덤 주위에 쥐똥나무를 심어달라는 말을 남긴 거야. 여인이 죽자 사람들이 죽은 사람 소원이니 들어주자고 쥐똥나무를 심었다더군. 일이란 게 그렇지. 참나 글쎄 남편이 죽지 않았다고. 싸움에서 패하여 쫓기다가 목숨을 구했으나 사로잡혀 채찍질을 당하고 먹을 것도 제때 못 먹고 죽어라 일만 한 거야. 언제든지 달아나려고 눈치를 살피는데 마침 폭우가 퍼붓고 홍수가 나서 군영이 다 휩쓸려가자 그 틈을 타서 겨우 달아났지. 천신만고하여 집으로 돌아왔으니 오죽했겠는가. 사내는 집에 오면 반겨 줄 아내와 배부르게 먹을 음식을 생각했는데 집은 비어 허물어지고 먹을 것이라곤 푸성귀 하나도 없는 거야. 기다시피 하여 이웃 사람을 찾아가니 아내가 죽었다고 일러주었지. 그 남편이 겨우 아내의 무덤을 찾았더니 무덤 곁나무에 검은 열매가 다닥다닥 매달린 거야. 그걸 먹고 기운을 차렸다고 하더라고.

그러면서 쥐똥나무가 무더기로 자생하면 그 자린 무덤 자리라고

달빛

억지를 부리는 거야. 믿기 어려운 말인데 수경이 하도 우기니 파보라고 하더라고. 거참 나올 게 없지, 뭐가 있겠어. 그런데 이상하게 사흘 내내 그 꿈을 꾸니 이게 무슨 일인가 했지. 혹시 무슨 계시는 아닐까 하여 웅진성 벽을 따라 걸었던 거야.

나흘째부터 비가 내리더라고. 무슨 비가 그리 오는지. 결국 서둘렀던 발굴 작업이 모두 중단되었어. 성과도 없고 피곤한 얼굴로 서로 눈치만 살피고 임시로 설치한 천막 안에서 나올 생각을 못 했다고. 밀린 일을 처리한다고 사무실로 돌아간 연구원들은 아예 웅진성으로 나올 생각을 안 했을 거야. 천막 안으로 들이치는 빗물이 흐를 골을 파고 있었지 아마, 그때 이 연구원이 작은 택배 상자를 전해주더군. 달랑 편지 한 장. 반지 하나.

「인연이 다했다는 생각이에요. 너무 오래 기다리는 일이 지치게 해요. 몸이 무겁고 천 길 땅속으로 무너져 내리는 느낌이고요. 생생했던 기억들이 사그라져서 떠오르는 것이 없어요. 어쩔 수 없어요. 이 반지를 돌려드릴게요. 수경.」

그날 밤도 성벽을 돌았고 비를 맞았거든. 몸이 으슬으슬하더니 열꽃이 피더라고. 그래도 성벽 도는 것을 멈추지 않았지. 뭔가 느낌이 있을 거라는 막연한 기대를 한 것인지도 몰라. 어쨌든 한가하거나 마음이 여유롭지는 않았어. 일은 쫓기고 성과는 없고, 그런 판에 결국 수경이 떠났으니까. 수경에게 야속한 마음이 그득했지. 그 반지가 무슨 소용이 있겠어. 수경의 반지는 아픔의 씨앗이야. 수경을 잊으려면 반지를 버려야지 하는 생각이 앞서지만 그렇게 버리기에는 너무도 아린 오랜 과거가 고스란히 담겨 있는 반지거든. 발굴꾼들은 과거에 집착하는 습성을 지니고 있지. 그래 저고리 안주머니에 두었지.

수경이 떠나며 넘긴 발굴 노트에 '느낌이 우선. 발굴자 직관.'이라고 쓰여 있더라고. 수경은 다른 발굴자들과는 달리 생각하는 연구자야. 무언가 다가오는 느낌을 중시해. 간절한 바람이 있어야 이룰 수 있다고 생각하거든. 자주 물었지. '간절해? 간절하게 원하는 거냐고?' 물론 간절했지. 그래도 일은 일이지. 우린 모두 진퇴양난이었다니까. 나오는 게 있어야 하는데, 없거든. 미칠 일이야. 설정한 기간은 끝나 가는데, 어느 곳에서라도 뭔가 하나라도 터져야 실마리를 풀 수 있거든. 난감했거든. 오 교수도 독이 오를 대로 올랐지. 매서운 눈빛을 마주할 수 없었어. 게다가 함부로 파 제치는 것을 극도로 싫어하거든. 꼭 집어내야 해. 자료에 근거해서. 유추는 몰라도 직관은 아니지. 계산을 할 수 있어야 하거든. 그래 오 교수의 말이 옳은 거야. 발굴은 과학이야. 과학이라고. 그렇잖아, 그냥 파는 게 아니지. 맥을 잡아야 금이 나오는 이치지. 그 맥이 문제라고.

달빛

수경은 발굴지를 떠나기 전에 늘 동북쪽 성벽에 있었지. 거긴 옥녀봉성으로 이어지는 등성이가 골짜기를 앞뒤로 두고 이어진 곳이야. 그러니까 강에서 올라오는 언덕이 길게 이어지다가 급하게 삐쭉 솟아오르지. 다시 푹 주저앉으며 버드나무골을 가르는 냇물로 이어진다고. 그렇지. 예사로운 지형은 아니야. 뭔가 다른 곳과는 구별되지. 그렇다고 마구 팔 수는 없는 일이야. 주저앉아 펑퍼짐해진 밭두둑의 끝이 냇물로 이어지지. 사람들이 살 만한 곳이야. 웅진성 아래 동네가 있었을 것이야. 동네 가지고는 안 돼. 절 자리라고도 할 수 없어. 웅진성과 관련된 절은 마을 끝 사방四方 자리에 하나씩이야. 그 냇물의 끝자리가 절 자리라는 거지.

그래 물론 그 냇물을 따라 이어지는 동네가 대추골이야. 동네 사람들은 수원골이라 하고. 그 끝이 월성산으로 향하는데 그쯤에 수원사가 있었다고. 미륵선화가 현신했다는 기록이 있어. 삼국유사에 기록이 있거든, 분명하지.

신라의 진지왕 때 일이다. 흥륜사 승려 진자眞慈가 원컨대 미륵부처께서 선화로 현신하셔서 몸소 뵙고 시중들 수 있기를 발원했다. 한 승려가 웅천 수원사로 가면 친견할 수 있을 것이라 했다. 진자는 너무 기뻐하여 열흘 동안 한 걸음마다 절을 하며 수원사에 도착하여 절 입구에서 고운 눈매를 지닌 소년을 만났다. 소년은 진자를 안으로 모시고

김홍정 소설집

사라졌다. 진자는 절 안으로 들어와 승려들에게 미륵불을 만나러 온 사연을 말하자 남쪽 천산으로 가라 했다. 진자는 천산 아래에서 한 노인을 만나서 물으니 노인은 이미 미륵선화를 만났는데 어찌 다시 찾느냐고 물었다.

수경이 그러더라고. 볼 수 없는 일이 있는데 그걸 볼 줄 알아야 한다는 거야. 유물은 보이지 않는 곳에 있고 그걸 보는 이들이 발굴자들의 눈이라고. 그냥 스쳐 지나는 것도 예사롭게 보지 않고 두 번 세 번 다시 보는 거라더군. 그걸 찾지 못하고 보이지 않는다고 하면 안 된다고. 유물은 원래부터 보이지 않는 자리에 있었던 거지. 물론 못 보는 경우가 많지. 그런데 볼 수 없는 것을 보라고 수경은 우겨댔지. 말이 되냐고. 그건 아니지. 어쨌든 그 고개를 동쪽으로 거슬러 오르면 옥녀봉성에 이르게 된다고. 그 등성이로 가는 성벽을 타고 오르면 동문이 있었을 거라고 우겼지. 지금 동문 자리에서 초석이 나왔지. 서둘러 동문이라 마무릴 했지만 그 바깥에도 그 정도 초석들은 있었지. 몇 개의 전각 자리도 있는데 성 밖으로 봐야 한다고. 그게 문제야. 옥녀봉성은 웅진성 밖의 성이란 말인데, 웅성이나 월성으로 볼 수 있다는 거야. 그건 아닐 것이고 또 하나의 산성이라고 하더라고.

그 산성에 여인이 나타난다는 거야. 그게 누구냐고 물었지. 다짜

고짜 왕의 여인이냐고 물었지. '왕비냐? 군대부인이냐? 아니면 궁중 여인이냐?' 수경은 선명하게 보이는 것은 그 여인이 입은 복식이 자색이었다고 말하더군. 자색 옷이라면 달솔이나 은솔 벼슬아치의 여인이라는 말인데, 그건 아니야. 옥녀봉성은 궁궐이 아니라고. 그냥 웅진성을 지키는 산성이라니까. 그런데 자색 복식의 여인이라 우겨대니 환장할 노릇이야. 더 답답한 것은 수경의 직관을 모른 척할 수 없다는 거야. 웅진성 안에 있는 연못을 찾을 때와 다르지 않아. 결국 오 교수는 또다시 수경과 한판 벌일 참이야. 어쨌든 연구자는 기록과 근거를 가지고 봐야 하거든.

참으로 이상한 거야. 수경이 여인을 본 것은 옥녀봉성이 처음이 아니야. 수경은 처음 나타난 여인이 웅진성 서쪽 오약골에서 정지산으로 이어지는 등성이에서도 있었다고 하더라고. 거기가 옥녀봉성과 다르지 않아. 강으로 쏟아지는 석벽이 있고 그 위로 평평하고 야트막한 구릉이 있거든. 작은 등성이라고 해야 적절할 건데, 바로 그 자리에 있었다는 거야. 그 여인이 바라보는 곳은 웅진성이 아니라고 하더라고. 절묘하지. 정지산 등성이에 나타난 여인은 강을 등지고 서 있었고 풀어헤친 긴 머리가 고마나루 쪽으로 늘 흩날렸다고 하더군. 달빛이 허옇게 쏟아지는데 강바람에 머리칼과 흰옷이 흩날리는 것이 너무나 선명하여 두려운 것이 아니라 오히려 미치도록 슬프다고 하더라고. 그 여인. 한동안 수경은 그 여인에 매달려

김홍정 소설집

웅진성 서북 끝에서 서성댔다니까. 그러다가 무슨 일이 터진 줄 아는가.

세상이 벌컥 뒤집힌 거야. 거긴 발굴할 자리가 아닌데, 강을 가로지르는 다리 공사를 하다가 유물이 터졌지. 무령왕릉 묘지석의 기록과 일치된 거야.

병오년 백제왕대비께서 수명이 다하여 돌아가시어 유지에서 삼년상을 마치고 대묘로 옮겼다.(丙午年…百濟國王大妃壽 終 居喪在酉地 己酉年…改葬 還大墓立)

대묘로 옮겨 다시 장례를 치렀다고 했으니 이미 대묘는 조성되어 있었지. 병오, 정미, 무신년 지나 기유년이니 유지라고 부를 수 있는 곳에서 삼 년간 상례를 한 거야. 그 유지가 어디지? 이건 연구자들의 몫이었지. 늘 궁금했지. 미루어 짐작해도 함부로 팔 수는 없지. 그런데 수경은 달빛에 서 있는 여인을 봤다고 한 거야. 그 자리에서. 그 자리가 뭐냐고? 몰라서 묻는가? 자 이렇게 생각하자고. 우선 지석 뒷면에 신지申地를 사들여 대묘를 조성한 것으로 기록되어 있으니 궁성인 웅진성과 대묘를 잇고 다시 웅진성과 그 자리를 이으면 그 꼭짓점 사잇각이 30도가 되는 거야. 360도를 30도 간격으로 나누어 십이간지로 방위를 표시하면 30도 자리가 유지가

달빛

되는 거라고. 바로 그거야. 유지라고 기록한 지석의 기록이 지녔던 수수께끼가 풀렸다니까. 그렇지. 무령왕 왕비의 빈전殯殿. 이해할 수 없는 일이야. 빈전에서 살았던 궁성, 웅진성을 바라보던 왕비께서 돌아가야 할 곳, 거기는 무령왕께서 잠들고 있는 자리, 유택이라는 거야. 한 여인이 사랑하는 이를 향해 시선을 두고 있는 것, 영혼의 교감, 이건 전형적인 달빛 이미지란 말이지. 이런 얘기가 있지. 이집트에서 유래된 이야기야.

땅의 신 게브와 하늘의 신 누트가 결합하자 태양신 라가 화가 났다. 게브와 누트를 갈라놓고 게브로 하여금 아이를 낳지 못하도록 결합 금지를 명했다. 아이를 낳을 수 없게 된 게브는 날마다 슬피 울었다. 게브의 비탄을 들은 달의 신 토트가 달빛을 일부 가져와 태양신 라의 저주를 막은 5일 동안 다섯 아이를 얻었다. 오시리스, 하로에리스, 세트, 이시스, 네프티스를 얻었다. 달빛을 얻은 여인은 토트의 책을 읽을 수 있고, 힘을 얻어 주술사가 되어 신들의 비밀과 숨겨진 모든 것을 알 수 있게 되었다.

달빛이라니까. 어찌 보면 수경이 달빛에 휩싸인 그 이야길 편드는 것처럼 보이지만 때로는 참으로 어색한 분위기를 이겨내는 것은 달빛 속이어야 하네. 그렇지 않은가? 달빛이 고즈넉하거나 푸른 빛이 도는 달빛 속을 걸을 때, 이루어지지 않는 소원은 없다네. 간

김홍정 소설집

절하면 마음이 편안해지는 것이 사람 세상의 일이지. 수시로 기도하는 이유일 걸세. 그렇다고 무슨 영험한 계시가 있었다는 것은 아닐세. 그건 아니야. 아직도 무령왕 빈전에 대한 논란은 멈추지 않으니 수경의 이야기가 낯선 설화처럼 들리기도 한다네. 좀 더 덧붙이겠네. 수서隋書의 기록이야.

고구려, 백제는 사람이 죽으면 옥내에서 빈殯을 치르고 3년이 지나면 매장한다(死者殯於屋內 經三年 擇吉日而葬 『隋書』 高句麗傳).

『수서』는 당 태종의 명을 받아 안사고와 공영달이 집필한 85권으로 구성된 수나라 통사야. 『수서』의 기록을 미루어 살펴보면 무령왕비 빈전이 있었다고 해서 이상할 것은 없지. 그 기록대로 빈전을 더 생각해보기로 하지. 무령왕이 즉위 23년 5월 죽은 후 3년이지나 서른두 살의 젊은 왕비가 죽어 빈전이 세워졌다네. 물론 『삼국사기』 백제본기 성왕대의 기록에 무령왕비에 대한 기록은 없네. 그저 왕대비가 죽은 거지. 그런데 아무리 봐도 성왕은 왕대비, 지금의 무령왕릉 속의 왕비의 아들은 아닌 것처럼 보이네. 성왕이 왕대비의 아들이 되려면 왕대비가 열 살쯤에 아이를 낳아야 하는 거야. 그 왕대비는 성왕의 비호를 얻기는 어려웠을 것이네. 그저 성왕이 등극한 후 3년, 그리고 죽은 후 3년 그 긴 세월을 무령왕의 곁

달빛

으로 가기만을 기다리고 있었다고 보면 어떤 마음이었을까 하는 점일세. 한 여인으로서 말일세. 그 빈전에 머물고 있을 때 웅진성을 바라보지 않는 이유일세.

이런 생각은 수경이 들려준 직감일 뿐이지. 물론 수경의 직감을 곧이곧대로 믿기 어렵지. 그래도 수경의 말을 조금이라도 공감한다면, 한 여인을 바라보는 지극한 마음이 빚어낸 계시라고 할 수 있지 않을까? 더구나 그때는 아직 빈전이 발굴되기 전이니까. 연구자들은 수경의 직감을 믿지 않고 터무니없는 얘기라 했지. 우연히 정지산 도로공사가 진행되던 중 정지산 유적이 발굴되었네. 연구자들은 과정을 잊고 결과를 중시하지. 연구자들의 주장대로 국가 사적이 되었네. 하지만 꼭 그런 것만도 아니야. 다른 주장이 있거든.

정지산 빈전에서 출토된 유물은 부여 동남리 절터, 청양 관현리 가마터에서 나온 유물들이 청양 가마 거푸집에서 생산한 것으로 보인다는 주장이 있다. 동남리 절터가 사비 천도 후 세워진 사찰이니 6세기 후반까지 있었던 것으로 보아 정지산 빈전은 임시 건물이 아니라 영구적인 건물이어야 한다는 학설이 있다. 그뿐이 아니다. 빈전이라면 신성시해야 하는 성격에도 불구하고 정지산 유적에 백제시대 백성의 무덤으로 추정되는 묘가 출토되어 빈전으로 보기 어렵다고 주장하는 학설도 있다.

이런 주장이 있더라도 난 굳이 수경의 소견을 따르고 싶었네. 그 빈전이라고 여겨지는 자리를 눈여겨본 이는 수경이 유일했으니까. 물론 연구자들은 동조할 수 없었지. 이렇게 로맨틱한 이야길 발굴 연구자가 말할 수 있는가 말이야. 그건 아니네. 도저히 받아들일 수 없어. 그래도 나는 어떤 이의를 말하진 않았지. 그때 늘 수경을 바라보고 있었으니 하는 말이야. 내 눈길은 늘 수경을 향하고 있으니 그때나 지금이나 다를 것이 무어냐 말이지. 그래 그 말이지.

설화는 그렇게 시작되는 거라고. 그럴듯한 의도와 직관이 새겨진 이야기라고. 만들어지기도 하고, 덧붙여지기도 하고 삭제되기도 하고, 변형되기도 하지. 사후에 만들어진 얘기라면 더 말할 필요가 없지만 일이 시작되기 전 계시처럼 드러난 일이라면 어찌할 수 없지. 믿느냐 안 믿느냐는 것이 있을 뿐이지.

그 여인, 내가 본 그 여인 말일세. 수경은 이미 웅진성 발굴터를 떠났거든. 수경은 오로지 내 마음속에서만 있었을 것이야. 그 여인이 그걸 알았을지도 모르지. 그러니 그 여인이 선택한 것은 내가 아니라 수경인 셈이야. 어쩌면 수경이라면 더 훨씬 근사하게 이야길 만들었을 것이네. 수경은 떠났고, 나는 남아서 그 여인이 머무는 달빛 속으로 걸어 들어간 것이네. 그 여인은 나를 돌아보지 않

달빛

더군. 그저 강을 건너 북쪽을 향하고 있었을 뿐이네. 자색 복식을 한 백제의 여인이 바라보는 곳은 백제 사람들의 눈으로 봐야 하는 것이네. 물론 수경의 생각이지만 나도 그렇게 생각했지. 곰곰이 생각했네. 옥녀봉성에서 서성이는 여인이 바라보는 곳은 어디였을까? 문득 한 생각이 스치더라고. 근거는 없으니 그저 그렇다는 것인데, 양물직이산이 떠오르더군. 금강 남쪽 봉수대에서 봉화를 받는 북쪽 천태산으로 이어지는 양물직이산 언덕, 그곳이라고 여겼지. 그곳에 여인이 바라보는 이가 있다. 말을 타고 달리면 양물직이산에서 웅진성까지는, 여인이 서 있는 저 옥녀봉성까지는 한 시각이 채 걸리지 않을 걸세. 걸어서도 한나절이 안 걸리니까, 언제든 가고 싶으면 갈 수 있는 곳이지. 굳이 흰 달빛을 얻어 강바람을 맞으며 기다리고 있을 이유는 없었네. 그럼 그 여인의 일이 아닌 게 되지. 수경의 느낌이라면 그렇지, 그거였네. 내가 가야 할 길이었다니까. 내가 가서 해결할 일이지 여인의 일이 아니라고 봤네.

사랑하는 이가 돌아올 수 없다면 그곳으로 찾아가야 했던 거야. 그곳에 그리운 이의 무덤이 있으리라 생각했지. 우연이라 여기지만, 그때 그 양물직이산에서 무덤 흔적이 터졌네. 바위틈에 작은 공간들이 남아 있는 무덤, 스치고 지난다면 그냥 돌을 쌓아 무덤을 만들던 시대의 흔한 고분들이라고 보면 될 일이지. 물론 그때까지 양물직이산에서는 드러난 유물도 없고, 근거를 댈 만한 어떤 것

김홍정 소설집

도 찾질 못해 발굴이 지지부진했거든. 그런데 그날은 그게 아니더라고, 아마 수경이라면 하는 생각으로 마음을 바꾸자 무언가 수경과 교감이 있던 것 같아. 수경은 사실 옹진성을 떠날 때까지 양물직이산에 혼신을 다해 매달리고 있었거든. 오 교수가 수경을 발굴터에서 떠나게 하기로 작심한 것도 그때쯤일 거야.

　수경이 말했거든. '하나가 아니죠. 이건 묘가 아니라 능이라고요.' 드러나지 않고 숨어 있던 능들이라고. '뭐라고? 그럴 순 없어.' 조간신문을 읽은 오 교수가 미친 듯이 날뛰기 시작했어. '능이라고? 이런 허술한 능을 봤어? 말이 되는 소릴 해야지.' 모두 입을 다물었어. 누구도 나설 수 없었지. 일이 너무 크게 벌어진 거야. 늘 언론을 주의해야 하는데, 세심하지 못했던 거지. 언론은 특종을 꿈꾸거든. 먼저 얻은 정보가 오보인지 아닌지 살펴보기 전 선정적인 내용이 있느냐가 먼저거든. 우선 남보다 먼저 날리지. 그럴듯하게 포장해서. 「추정 왕릉 출토. 백제사 새로 써야 할 듯」 사실이라고는 쓰지 않았지. 모두 추정이라는 거야. 추정이야 누구도 할 수 있는 거니까. 다른 언론이 뒤를 이었지. 지방지에서 시작된 보도가 부풀려진 채로 중앙지로 날아갔고, TV 기자들이 달려들었거든. 이제부터는 확인하고 말고도 없어. 뭔가 내놓아야 하는 거야. 하다못해 기왓장이나 벽돌이나 시대가 한참 뒤지는 부서진 항아리 파편이라도 죽 늘어놔야 하는 거지. 사실 늘어놓을 것이 별로 없었지.

　　　　　　　　　　　　　　　　　　　　　　　　　달빛

이 근동 어디를 파도 그 정도는 찾아낼 수 있는 게 발굴자이니. 그런데 상황이 다른 곳으로 번졌어. 유물이 아니라 학설이 논란이 된 거야. 백제사를 새로 써야 한다는 기사. 유물도 없는데, 백제사를 새로 써? 그게 될 법한 일이야?

수경은 연구자가 되었고 수경의 말은 연구자의 확신으로 인용되었지. 서둘러 오 교수가 나서야 했어. '네가 연구자야? 여길 떠나. 다신 돌아오지 말라고. 나가.' 수경의 눈을 봤지. 눈물이 그득했어. '능은 웅진성 서남쪽 신지[1] 부근에 있어야 한다고. 여긴 정북이야. 방위도 몰라? 네가 말해. 네가 저지른 일이니까, 네가 수습해. 감히 어디라고 연구자란 말을 쓴 거야.' 수경은 아무 말도 할 수 없었지. 기자들에게 능이라고 말한 적도 없었거든. 일꾼들 누군가가 발굴자들끼리 하는 말을 전한 거겠지. '아마 뭔가 큰 것이 터질 것 같아. 역사를 새로 써야 할지도 몰라.' 이런 수준의 말을 듣고 말일세. 사실 발굴자들이 늘 마음에 품고 있고 술자리에서 하는 얘기가 그거 아니겠는가. 그래도 수경을 두둔할 수 없었지. 오 교수의 눈빛이 독사의 눈빛이었거든. 그때 누구든 걸리면 죽는 거니까 입 다물고 있는 게 상책이지.

기자들이 몰려들 시간이 되자 오 교수는 무령왕 지석의 기록을 꺼내놓고 능은 아니고 웅진성 외곽에서 살고 있던 귀족의 무덤쯤

---

1 신지후地 : 웅진성에서 24방위 중 16시 방향에 있는 땅으로 무령왕릉이 있는 곳.

김홍정 소설집

으로 낮추려고 했지. 기자들은 적당히 기사를 날리고 돌아갔어.

수경은 결국 발굴지를 떠나기로 했지. '남은 것은 이 반지뿐이어요.' 수경의 눈물에 반지를 돌려준다는 말이 배어 있다고 생각하진 않았어. 수경이 발굴지에 남아 있을 수는 없는 상황이었으니까. 그저 위로의 말이나 하려고 했어. '아무 말도 하지 마.' 수경의 손을 잡았지. 그런데 수경이 손의 힘을 풀며 내 손을 놓으려 하더라고. 당황한 것은 사실이지만 슬그머니 수경의 손을 놓았지. 왜 그랬는지 몰라. 수경의 손을 놓지 말아야 했거든. 수경의 손을 놓자 수경은 발굴단 천막 밖으로 뛰어나갔어. 따라 나가지 않았어. 그냥 우두커니 서 있었다니까.

그날부터 비가 쏟아지기 시작했지. 수경은 웅진성을 떠났어. 수경의 반지를 돌려받은 것은 사흘인가 지난 후였고, 수경이 떠난 후부터 그냥 성벽을 돌았지. 하루도 비가 그치질 않았지만 비를 맞으며 새벽에도 돌고, 낮에도 돌고, 밤에도 돌았지. 비가 온 새벽에는 웅진성은 안개가 그득하지. 옥녀봉성 꼭대기만 푸르게 남고, 그래서 옥녀봉섬이라고 부르기도 했잖은가. 참으로 이상한 일이야. 수경이 반지를 보내온 날부터 그 여인을 보게 된 거야. 물론 꿈이긴 해도 너무도 생생하여 꿈같지 않았거든. 하지만 무리한 탓인지 독감에 시달렸어. 열꽃이 피고, 온몸이 통증에 시달렸거든. 성벽 돌

달빛

기를 멈추고 간이 숙소에서 끙끙 앓고 비몽사몽이었을 거야. 더 놀라운 일은 옥녀봉성의 여인이 숙소를 찾아온 거야. 여인을 따라 나갔는데 여인이 훌쩍 옥녀봉성으로 오르더라고. 그리고 양물직이 산을 바라보더라니까. 아니야 그 산을 손으로 가리키는 것 같았어. 그게 맞을 거야. 벌떡 일어났지. 꿈인지 아닌지는 모르고 벌벌 떨리는 몸을 겨우 진정하고 녹차를 우려서 따뜻한 찻물을 마셨어. 여러 잔. 그리고 서둘러 성을 내려갔지. 거침없이 달렸어. 서문을 지나 철교로 내달았지. 누가 봤으면 미친놈이라 했을지도 몰라. 나를 이끌고 앞서 달리는 누군가가 있다고 생각했거든. 다리를 건너고 정안천 둑길로 달렸어. 정신없이 수촌 마을 길을 돌아 언덕으로 올랐어. 거칠게 파헤쳐진 땅들은 온통 빗물로 질척이고 있고 진창이 된 발굴지는 발목까지 척척 감겨들었어. 백토로 그려둔 경계선도 이미 사라져 분간을 할 수 없어. 마침 달이 밝았어. 달빛에 희미하게 드러나는 흔적으로 미루어 묘는 하나가 아니야. 그때 비로소 수경의 말을 알 수 있었지.

그날처럼 달이 밝았어. 구름에 갇힌 달이 구름을 벗어나자 발굴지의 백토들이 허옇게 드러났지. 그거 알아? 달빛에 젖은 백토들은 시신을 쌌던 베로 보인다니까. 왈칵 눈물이 솟는 거야. 모든 게 분명해졌지. 능이 나올 수 없는 곳이야. 시기를 추정하기 어렵지만, 고분이라고도 말하기 힘들다고 볼 수밖에. 흰 베가 선명했으니

김홍정 소설집

까. 주저앉고 싶었어. 서 있을 기력이 없어. 도대체 이게 뭐지. 눈 앞에 펼쳐진 것은 분명했어. 이건 동네 못자리일 뿐이라고. 그렇다니까. 그러니 유물이라곤 있을 수 없지. 확신이 들더라고. 물론 허망하기도 했고. 갑자기 울컥해져서 수경의 반지를 내동댕이쳤지. 수경을 잊고 싶었거든. 백토가 뒤섞인 진창 속으로 처박히는 것을 봤어. 망설이지 않고 발굴지를 벗어나 웅진성으로 돌아와야 했다고. 더는 미련을 둘 수도 없는 일이니까. 바람이 사납게 웅웅거리더라고. 빗발도 더 거세지고. 맥이 풀려 어둠 속을 걸었지. 공연히 나선 것은 아닌지 후회했지. 다리를 건너는데, 청룡천 다리야. 걸음을 멈추었지. 그냥 멈춘 건 아니고 누군가가 뒤를 따라오는 것 같더라고. 참 별난 일이었어.

스무 걸음도 옮기기 전이야. 몸이 자꾸 뒤로 젖혀지더라니까. 이상하다 하면서 다시 몇 발자국 옮기다가 뒤돌아보니 그 여인이 거기 있더라고. 거참, 옥녀봉성에 나타난 그 여인. 아냐 어쩌면 수경일지도 몰라. 이상하지. 그저 되돌아가야 한다는 생각이 들더라고. 가서, 되돌아가서 버린 수경의 반지를 찾아와야겠다는 생각이 들더라니까. 오직 그 생각뿐이었어. 달려갔지. 기운이 남았던 것은 아니야. 양물직이산으로 이르는 길은 빗물로 뒤범벅되어 단숨에 뛰어오르고 싶은데, 진창에 발이 빠져 제대로 걷기도 어렵더라고. 겨우 백토가 드러난 자리로 왔는데, 그때쯤 비가 그쳤어. 처음에는 희미했는데 구름 사이로 달빛이 선명하더라고. 다가가서 보니까 너무도 뚜렷한 거야. 달빛 때문이지. 다행이었어. 허연빛이 도는 흙에 선명하게 빛나는 반지를 보았지. 가슴을 쓸어내리며 다가가서 보니 옥환이 반짝이는 거야. 순간 숨을 쉴 수가 없었어. 물론 그게 글쎄, 그게 수경의 반지가 아니었다고. 반으로 자른 옥환이더라니까. 부절符節. 누군가 반으로 잘라 나눈 약속. 주변을 돌아봤어. 수경의 반지를 던진 자리가 아니더라고. 도저히 분간조차 할 수가 없었다니까. 그렇다고 발굴꾼이 진창이 된 백토를 마구 헤집을 수는 없지.

날이 밝았어. 이미 비도 그쳤고, 연구실로 돌아갔던 연구원들이 돌아왔어. 오 교수는 그 옥환을 보고 눈살을 찌푸리며 그런 헤픈 감정은 버리고, 될 법도 없는 일로 함부로 상상하지 말라고 하더라고. 틀림없이 무덤이 하나는 아닐 것이라 말했거든. 목소리가 크고 단호했을 수는 있었을 거야. 그렇지 않겠어? 그 옥환이 부절이라면 다른 무덤이 있어야 반쪽짜리 다른 옥환을 찾을 수 있을 게 아니겠냐고. 오 교수는 늘 고집스럽고 확신에 차 있지. 평생 발굴지에 머물렀지만, 반으로 나눈 옥환 때문에 있지도 않은 다른 무덤을 헤집자는 말을 처음 듣는다며 부절을 본 연구원들에게 입을 다물라고 지시했지. 없었던 일이 된 거야. 연구원들이 겉으로는 그 지시에 따르는 것처럼 보이지만 실은 남아 있을 반쪽 부절을 찾으러 발굴지로 들어간 거야. 연구원들은 이미 확신했거든. 이튿날부터 유물이 터지더란 말이지. 먼저 환두대도를 찾았지. 이어서 금동신발,

김홍정 소설집

말 재갈…… 마구 쏟아지더라고.

　유물이 나올수록 발굴은 지연되고 발굴지가 확장되면서 웅진성과는 다른 세력이 아닌지 의심이 커졌다고. 하지만 발굴 성과를 발표하는 날이 다가와 갑자기 발굴을 멈춘 거야. 그 발굴은 아직 끝나지 않았다고 다들 생각하지. 안 그렇겠어?

미궁迷宮

"그건 곤란합니다. 지금 저 무덤에 가해진 훼손은 곧 복원해드리겠습니다만 당장 다른 곳으로 옮겨달란 요구는 과하고 저희와는 무관한 일입니다."

"무슨 소리얏. 내 꿈에 나타나서 고인이 피눈물을 철철 흘렸단 말이예욧. 이미 손상 입은 이 무덤에 고인을 그냥 모시는 일이 가당키나 한 일이냐곳."

젊은 여자는 말끝마다 핏대를 올리며 당장이라도 무덤을 옮기지 않으면 집안에 큰 해코지가 있을 것이라며 공갈을 쳐댔다.

"죄송합니다. 무조건 저희의 잘못입니다만 원래 있던 모습보다 더 깔끔하게 해드리겠습니다. 정말 죄송합니다. 외국인 작가라서

김홍정 소설집

무덤에 대해 무지한 탓이었습니다. 물론 미리 주의하지 못한 저희 주최 측 잘못도 큽니다만, 외국인 작가가 작품에 대한 욕심이 앞서서 벌어진 사고입니다. 용서해주셔요. 이해 부탁드립니다."

부득이 입회했던 경찰관이 나섰다.

"우선 사건은 전모가 드러났고, 가해자 측에서 보상한다고 하니 좋게 마무리되었으면 합니다. 아마 계속 이장을 원하시면 민사 소송으로 해결해야 할 것입니다. 물론 남의 묘를 훼손했으니 형사사건이 틀림없고, 이를 원만히 해결하려면 법적 합의가 필요하나 이런 경우 법보다는 서로 양보하여 합의하는 것이 좋다고 생각합니다."

"무슨 소리예욧. 망자가 편치 않다고 하시는데, 꿈에 나타나 피눈물을 철철 흘리셨단 말이예욧. 피눈물을요. 놀란 망자들의 원혼을 어찌 달랠 거예욧. 달랠 수 있어욧? 경찰이 책임지실 거예욧?"

"아니지요. 경찰이 책임질 일은 아니고요. 그저 서로 해야 할 일을 안내할 뿐이지요. 자 그러면 가해자와 피해자 대표 한 분씩만 지구대로 가시고요, 나머지는 알아서 처리하시지요. 도주 의사는 없는 것으로 보고 수갑을 채우지는 않겠습니다. 이 외국인 의사소통하실 한 분 동행을 더 허락합니다. 내려가서 순찰차에 타시지요. 피해자 가족분은 본인 승용차를 타고 지구대로 오시죠. 지구대 아시죠? 면사무소 인근 교회 옆입니다."

경찰관은 젊은 여자의 짜증 섞인 말을 듣자마자 행정적인 절차를 이행하려 했다. 선 작가는 낭패한 일이 커지는 것을 막으려 했다.

"경찰관님, 죄송합니다. 다만 뭐 이런 일로 외국 작가를 연행까지 합니까? 저희가 보증하겠어요. 초청받은 외국 작가입니다. 나라 입장도 생각하시고, 만일 형사사건으로 처리되면 당장이라도 저 외국 작가의 대사관에 연락해서 대사관 직원이 입회해야 합니다. 이 행사가 국가와 지방자치 단체가 지원하는 비엔날레 행사이잖습니까? 좋게 해결할 수 있는 일을 굳이 키울 필요가 있을까요? 국가 체면도 고려해야지요. 잠깐만 기다려주세요. 아니면 먼저 지구대에 가 계시면 저희가 찾아가겠습니다. 먼저 합의하고 자체적으로 원만하게 마무리될 수 있도록 배려해주시지요."

젊은 여자는 국가가 지원하는 비엔날레 행사라는 말을 듣자 조금 화를 가라앉히는 모습이었지만 그냥 물러날 기세는 아니었다.

"무슨 국가가 지원하는 예술 활동에 남의 무덤을 파헤쳐옷. 말이 되는 소릴 하세옷. 참네, 국가 좋아하시네. 국가라면 누가 기죽을 줄 아나."

"죄송합니다만 다시 한번 더 부탁드립니다. 자연미술활동입니다. 이 외국 작가의 말씀을 따르면 이 묘 주변에 흩어진 이 돌들이 그냥 예사롭게 보이지 않았다고 합니다. 그리고 저 바위 있잖습니까? 저 바위에서 어떤 영감을 느꼈다고도 하고요. 그래서 저 바위를 중심으로 좌우로 길게 줄을 걸고 그 줄에 천을 달고 자기네 나라 바위에 그려진 그림을 그려 넣으려고 했다는 겁니다. 굳이 이 묘를 훼

김홍정 소설집

손할 생각은 애당초 없었는데, 이곳에 흩어진 이 돌들이 작품에 거슬려 한쪽에 돌무더기로 쌓으려 한 셈이지요. 마치 우리 동네 성황당을 생각한 모양입니다."

젊은 여자는 주의를 집중하지는 않았지만, 흥미를 느낀 듯 되물었다.

"성황당이라고요?"

"아니 굳이 성황당이랄 것은 없고요. 성황당을 저분이 알지 못할 것이니 작가의 의도와 무관할 것입니다. 이건 제 의견입니다만, 저 외국 작가가 말씀하신 대로라면 우리가 쉽게 이해할 수 있는 성황당과 견줄 수 있다는 말입니다. 이 말은 어디까지나 제 생각이고요. 이해하시죠?"

"저도 작품이라니까 더는 말하기 그렇고, 사실 국가적인 사업이라는데 그걸 막으려는 생각은 없지만 그래도 남의 묘를 이렇게 훼손하는 것은 아니지요. 예의에 벗어났고요."

"아, 그렇습니다. 예의에 벗어난 것을 모르지 않습니다. 다만 외국 작가는 이 행사장 주변에서 여러 곳을 다녔지만, 이곳이 자신이 알고 있는 장소와 분위기가 흡사하고 어떤 강한 느낌이 있었다고 합니다. 그러니 양해 부탁드립니다. 이 묘는 오늘내일 중으로 원래대로 회복하겠습니다. 죄송합니다."

젊은 여자는 한발 물러설 것처럼 보였다. 젊은 여자와 함께 온 사내가 여자를 뒤로 끌었다. 선 작가는 그들의 눈치를 살피며 외국 작가의 손을 잡았다.

"잘 마무리될 겁니다. 걱정하지 마세요."

"경찰서에 가야 합니까? 큰일입니다. 우리는 경찰이 두렵습니다."

외국 작가는 자신이 겪었던 자국 경찰의 행태를 떠올리며 얼굴이 창백해졌다.

"걱정하지 마세요. 한국 경찰은 서로 합의만 되면 별 무리 없이 잘 처리합니다. 별일 없을 겁니다."

통역의 얘기를 들은 외국 작가는 눈시울을 붉히며 고개를 숙였다. 젊은 여자와 얘기를 나누던 사내가 다가왔다.

"선 작가라고 하셨나요? 여기 행사 책임자시고요?"

"그렇습니다. 금강자연미술비엔날레 책임자입니다."

"금강자연미술비엔날레요? 그건 뭡니까? 자연미술이라고요?"

"아, 저희 작가들이 하는 미술 행위입니다. 자연의 물상과 더불어 인간의 미술 행위를 하는 건데, 쉽게 이해하시려면 자연을 지켜 내는 의도를 담고 있다고 생각하시면 됩니다."

"자연미술. 그건 생소합니다만 자연과 함께한다는 말은 좋게 들립니다. 저희도 자연을 숭배하니까요. 그래서 하는 말인데, 선 작가님을 믿고 좋게 해결하려 합니다만 저희도 놀란 마음이고 누가 압니까? 제 아내의 꿈에 고인들이 나타나지 않으셨다면 저희도 이런 일을 까마득히 몰랐을 것입니다. 꿈에 나타나셨다니까요. 자다 말고 일어나 엉엉 울며 오빠들에게 전화를 걸고 그 새벽에 말입니다.

그래서 다들 전국에서 몰려온 거지요. 다들 생업을 놔두고요. 물론 그 손해로 말할 것 같으면 적지 않지만 그런 것을 따지지는 않겠습니다. 조상님 묘를 돌보는 일이니까요. 우선 묘를 원래대로 잘 복원해주시오. 그리고 돌아가신 영혼들을 위로하는 한풀이 굿이라도 한판 열어주시면 좋겠습니다. 원혼은 풀어주셔야지요. 안 그렇습니까?"

"굿을 열라고요?"

"왜요? 어렵습니까? 무리한 요구는 아닌 것 같은데요?"

"물론 그렇습니다. 그러면 혹시 목사님을 모셔서 예배를 드리는 것은 어떻겠습니까?"

"예에? 망자의 원혼 풀이를 목사가 한다고요?"

"사실, 이게 국가 행사고, 외국 작가들이 많이 참여하는 것이라서 무속 행위를 하게 되면 다른 문제가 생길 수도 있어서 부탁드립니다. 말은 목사님을 모셔서 하는 것이지만 예배 후 제사 음식을 차려서 영혼을 달래는 형식은 갖추도록 하겠습니다."

"에이, 그건 아닙니다. 그럼 관두슈. 그까짓 예배가 뭐 대단하고. 손해배상 청구를 하는 편이 낫겠소. 얘긴 그만둡시다. 뭐 알아들을 만한 사람인 줄 알았더니, 에이 참."

지구대의 경찰관들은 모두 바빴다. 묘 현장에 출동했던 경찰관은 순찰 중이어서 자리를 비웠다.

　　　　　　　　　　　　　　　　　　미궁

"저기 묘 훼손했던 일 때문에 왔는데요. 담당하신 경찰관께서는 언제 돌아오시나요?"

"한 30분이면 들어오실 건데요. 그거 마무리 안 되었습니까? 적당히 합의하세요. 이장해달라면서요? 트집 잡는 겁니다. 이장이 가당한가요? 합의금으로 해결하세요. 그 피해자분들과 같이 오셨나요? 가해자는요? 여기 이 외국 여자분이신가요? 이리 젊고 야리야리하신 분이 그리 엄청난 일을 저지르셨대요? 그거 중범죄고요. 구금 사유입니다. 작품 활동은 그만두고 추방당하게 생겼어요. 대사관에는 연락하셨나요? 예술 작가라면서요. 근데 남의 무덤을 왜 파헤쳤대요?"

"아 그렇게 되어서 걱정입니다. 무덤인 줄을 모르고 야트막한 흙더미가 돌들과 뒤섞여 있어서 평평하게 하고 그 자리에 돌을 쌓고 문양을 그리고 색을 입히는 작업을 하려 한 모양입니다. 저 작가도 이번 사태에 놀라고 당황해서 어쩔 줄 모르고요. 정말 죄송하게 되었습니다."

"저 외국 작가가 무덤인 줄 몰랐군요. 근데 참으로 신기한 것은 말입니다. 무덤 속 망자가 후손에게 나타났다는 얘깁니다. 저희도 들은 말인데 등이 오싹합디다. 그런 일이 일어날 줄 상상이나 했겠어요. 얘길 들어보니 저라도 무덤에 달려갔겠어요. 돌아가신 부모님이 꿈에 나타나 내 무덤을 지키라며 피눈물을 철철 흘렸다고 하더군요. 여기 신고서에 그리 썼기에 혹시나 하는 마음으로 출동한 건데 실제 그런 일이 벌어졌으니 말입니다. 거참."

"허 경사, 꼭 그리 볼 일만도 아냐. 그게 그렇다고. 워낙 무덤을 방치했으니 죽은 부모가 화가 난 거라고. 무덤인 줄도 몰랐다잖아. 그러니 평소 관리를 잘해야지. 벌초도 제때하고, 돌들도 치우고. 아마 그 돌들은 지난 홍수에 쓸려온 걸 거라고. 거기 강변으로 이르는 골짜기 곳곳이 쓸려나갔잖아. 그랬으니 그렇지."

"어허, 괜한 소리 말아요. 피해자들 들으면 편들었다고 오해하고 민원 들어와요. 모른 척해요. 잠깐 저기 앉아서 기다리시죠."

지구대는 전화가 빗발치고 분주했다. 지구대 안에서 대기하던 경찰 중 둘이 경찰봉과 권총집을 급하게 챙겨 들고 지구대를 나갔다. 곧 순찰차의 사이렌 소리가 요란하게 울렸다. 외국 작가는 고개를 숙이고 앉아 있다가 훌쩍거리기 시작했다.

"내 나라로 돌아갈까 봐요."

"아닙니다. 걱정하지 마세요. 잘 해결될 겁니다. 오해로 비롯된 것을 피해자도 경찰관도 다 알고 있습니다."

"문득 그 자릴 갔는데 무덤 저쪽에 큰 바위 벽면이 아주 평평해서 그 벽면에 암각화를 그릴 참이었거든요. 그리고 줄을 늘어뜨리고, 줄에 천을 달고 그 천에 어저께 다녀온 반구대 고래 암각화와 이곳의 상징인 짐승, 곰을 그려 넣으려 했죠. 사실 처음에는 용을 그려 넣어서 용과 곰의 조화와 싸움으로 신성성을 표현하려 했는데, 암각화에서 고래를 보니 우리나라의 암각화에서 본 고기잡이

배가 생각나니까 생각이 바뀌었지요. 한국의 암각화에 고래를 잡는 고기잡이배가 있고 어부들이 있고 하니까 아 정말 잘 조화를 이루리라 생각했지요."

"그래요. 저도 그 생각에 놀랐거든요. 암각화를 그려 넣은 이들이 살던 시기는 신석기이고, 우리 금강에는 구석기부터 신석기, 청동기로 이어지는 유물이 있으니 참 좋은 기획이라 생각했지요."

"구석기 유물도 있어요?"

외국 작가의 눈이 커지며 얼굴이 밝아졌다.

"그럼요. 나중에 가보시지요. 한국에는 구석기 유물이 전국에 있어요. 그중 대표적인 유물이 이곳 금강 주변에서 출토되었고요. 우리 연미산만 해도 1,600년이 넘는 시절의 이야기를 담고 있는 곳이니까요."

"그래서 곰이 나오죠?"

외국 작가는 고개를 끄덕이며 주위를 살펴보았다. 비로소 놀란 마음이 진정되는 모습이다.

"피해자들에게서 전화를 받았어요. 망자의 원혼을 푸는 굿풀이를 하는 것으로 사건을 종결하고 싶다는 말을 들었습니다. 동의하시면 합의서에 서명하시고 돌아가서 작업하시면 됩니다. 잘 생각하셨습니다. 그냥 서명하시고 합의하세요. …… 예, 서명하셨고요, 한풀이 굿 비용은 이 계좌로 이체하셨습니다. 확인했으니 사건을 마무리하도록 하겠습니다. 그리고 선 작가님이 아셔야 할 일은 시장님으로부터도 전화를 받았어요. 우리 지방의 큰 행사를 준비하는 과정에 일어난 일이라며 유감을 말씀하시더라고요. 그렇더라도 합의가 있어야 사건을 종결지을 수 있으니 절차를 밟은 겁니다. 이해하시죠. 돌아가세요"

사건은 종결되었다. 외국 작가는 자신의 실수로 불필요한 경비를 쓰게 했다며 연신 미안해했다. 선 작가는 일이 쉽게 마무리되어 다행으로 여겼다.

"오빠들, 할 말이 있으면 해요. 부모님 묘에 대해 하실 말씀이 있나고요. 큰오빠, 시에서 묘 옮기라고 하니 뭐라 했죠? 파묘해서 강물에 띄우자고 했잖아요. 그걸 말이라고 해요. 엄마가 강물에 뛰어들었을 때 큰오빠가 구할 수 있었다고요. 아니라고는 못 할걸요. 그 비 오는 날 엄마가 강으로 달려갔을 때 엄마를 따라갔다고 했잖아요. 엄마를 말렸어야 했어요. 말리고 싶지 않았지요? 엄마를 창피하게 여겼으니까요. 아닌가? 젠장."

"함부로 말하지 말거라. 나라고 엄마에 대한 정이 없었겠니? 엄마는 농사꾼으로 살았어야지. 아버지가 누구 때문에 돌아가셨니? 엄마 때문이 아니라고 말할 수 있니?"

"형은 그런 일이 모두 엄마 때문이란 거요? 엄마가 굿하고 남의 집 손액을 메꿔주고 벌어온 돈으로 우리 모두 먹고살고 공부한 거 아니요? 꼭 그렇게 지은의 결혼을 앞두고 엄마가 일을 못 하게 그 난장을 쳤어야 했어요?"

"무당네 손녀딸이란 소릴 듣게 할 수는 없었다. 지은의 시집이 그리 만만한 집이 아니라고 하더라. 그런데 굳이 혼사를 앞두고 그 동네 액막이굿을 맡아서 해야겠니? 다른 무당에게 미뤄도 될 일이었다. 그예 본인이 하겠다고 나설 일이 뭐냐? 그걸 못하게 하는 것이 뭐가 잘못이냐? 에이 참, 나는 아비로서 못할 소리는 아니라고 생각한다. 그건 지금도 마찬가지야."

"그래 지은이 그 난리를 겪고 혼인이 잘 되었수?"

"그런 소린 마라. 그저 잘 되길 바랐다. 지났으니 하는 말이다. 무당집 아이란 말 지긋지긋하다."

"그게 뭐 잘못이요? 무당이 목사나 신부와 다를 게 뭐요. 신을 모시는 게 그리 잘못이요?"

"신도 신 나름이다. 창조주와 잡신은 다르다. 그리고 엄마의 무당 일은 내림이다. 신내림의 저주는 엄마에게서 끊어야 할 일이었다. 지금 우리를 돌아봐라. 주님 뜻으로 이만큼이라도 살지 않니. 너, 향숙이나 내 딸 지은에게 내림이 된다면 난 견딜 수 없을 것이다. 그 얘길 한 거다. 그건 분명 엄마도 인정한 일이다. 다른 얘긴 마라."

"큰오빠, 그건 큰오빠의 억지야. 무당의 딸이라고 신내림을 받는 것도 아니야. 신의 선택이 우선인 거지."

"어휴, 내가 차마 할 소리는 아니지만 향숙아, 왜 하필이면 이번

김홍정 소설집

일이 네 꿈에 나타났겠니? 난 아무렇지도 않았다. 물론 지은에게서 아무 일도 없냐는 전화를 받았지만 대수롭지 않게 여기고 정상적으로 출근해서 일했고, 퇴근해서 자고 있다가 네 전화를 받았다. 물론 나도 놀랐다. 또 그건 네 잘못도 아니다. 나도 두렵지만, 엄마가 하필 왜 너를 찾아간 건지 잘 생각해봐라. 네게는 미안한 일이지만 나는 지금도 불편하다. 이참에 무덤을 파서 없애버리고 싶다. 근데 더 이상한 일은 그 외국 작가가 한 말이 그 장소에 가니 뭔가 이상하게 끌리는 것이 있었다고 하지 않았니? 그 기운이라는 것이 뭔지는 모르지만, 거기에 그런 기운을 느꼈다고 하니 어떤 기운이 있었던 것을 부정할 수 없다. 그것이 난 두렵다."

"그래 그건 나도 그래. 형 말을 듣고 보니 내 생각도 그렇고, 무슨 기운이 있다는 말이 영 찝찝하기는 마찬가지야. 하여튼 한풀이 굿은 향숙이가 알아서 하고 나는 모르는 일로 할 거야. 요새 사업이 어렵다. 원자력발전소 폐수로 횟집에 손님이 끊긴 것은 너도 알지? 내 탓이 아니야. 주문이 들어와야 활어차를 굴리든지 말든지 할 것인데, 횟집에서 주문이 끊기니 나도 놀고 있는 형편이야. 요즘 같으면 차 할부금도 갚을 수 없다. 어쨌든 난 오늘 돌아간다. 그나마 발전소 직원들 회식한다고 주문이 들어왔으니 얼른 가서 횟감을 챙겨야 해."

"결국 내 차지네. 그래 내가 알아서 할게. 어차피 엄마가 찾아온 것은 나니까. 내가 해야지 누가 하겠어."

미궁

"공연히 돈 들여서 어설픈 무당 부르지 말고 받은 돈으로 제수나 잘 차려서 제사나 지내라. 남은 돈은 네가 가져라. 네가 고생이 많았다."

남편은 오기 싫은 길을 따라왔다고 지구대에서 내민 합의서에 도장을 찍자마자 돌아갔다. 오빠들도 돌아갔다. 향숙은 혼자 엄마가 쓰던 무당집에 남았다. 무당집이라고 해야 여느 집과 다를 것이 없다. 엄마가 쓰던 깃발과 신장대, 무복들은 이미 다 태우고 남은 것은 누구라도 달라고 하는 사람이 있으면 주려고 남긴 징뿐이다. 이상스레 징은 엄마가 머물던 방의 선반에 올려 있었다. '나는 징소리가 늘 좋았어. 이상한 일이야. 징소리를 들으면 가슴이 뛰었으니까.' 향숙은 툇마루에 앉아 엄마를 묻었던 강둑 위 낮은 언덕을 바라봤다. 엄마가 굿을 하고 짐을 싸 들고 돌아오길 기다리던 곳이다. 금강 모래밭에서 오름길로 이어진 그 낮은 언덕 주변에 십여 년 전부터 미술가들이 들어와 작품을 만들고 전시하고 손님을 맞았다. 별스럽지 않은 일이나 미술가들이 몰려와 작업을 한다는 소식을 듣고 느낌이 편안하지 않았고 느낌이 이상했던 것을 부정할 수 없었다. 그 화가들이 들어오기 전에 들었던 엄마의 말 때문이다.

"이곳은 신령한 곳이야. 지금은 아무것도 없는 것처럼 보이지만 머지않아 사람들이 몰려올 거다. 그들은 고마신을 부르는 이들이

김홍정 소설집

다. 네가 잘 봐두거라. 고마신은 저 강 건너 고마나루 솔밭에 있는 것이 아니라 여기에 계신 것이다. 저기 고마신당은 헛것이야. 신령님께서 계시지 않으니까. 이 바람 소리를 들어봐라. 기운차게 들리지. 이 바람이 넘은 산줄기에 고마신이 산신이 되어 자리를 잡은 거다. 고마신이 누구냐? 저 북방산 줄기를 내닫고 한강으로 가로막힌 산줄기를 뛰어넘는 신이다. 그 신이 태화산을 넘고 곧장 이곳으로 와서 산신이 된 것이야. 그러니 이곳은 태화산의 끝이다. 너는 모르겠지만 태화산은 우주를 뒤바꿀 기운이 생동하는 곳이다. 예로부터 태화산 아래 사찰에는 스님들이 무리를 지어 공부했고, 그 기운을 그림으로 그려 온 세상에 펼칠 곳이다. 그 기운이 모인 이 산줄기, 고마신 몸신이 머무는 이곳에 그 환쟁이들이 몰려온다는 말이다. 그들이 그리는 그림은 새 세상을 이루는 개벽일 것이나 나는 시방 그것이 무엇인지 모른다. 비록 알지 못해도 그날이 오길 기다리며 나만이라도 이곳을 지키는 것이다."

향숙은 어둠이 올 때까지 우두커니 마루에 앉았다. 강 건너 마을에는 불이 커지고 카페의 환한 불기둥이 오르내렸다. 유리창마다 불이 켜지고 불빛에 비친 사람들이 들고났다. 자연미술을 한다는 선 작가의 말이 떠올랐다. '자연미술작업을 위해 전 세계에서 작가들이 이곳을 찾아왔지요.' 자연미술비엔날레를 준비하러 몰려온 사람들. 그들은 자신들이 꿈꾸는 새 세상을 원래의 자연으로 돌아가려는 원시반본原始返本이라고도 하고, 천지개벽이라고도 했다. 그동안 어디에서도 시도하지 않았던 미술의 한 유파라고 자신했다. 향숙은 그들 작품을 슬그머니 돌아본 적이 있었다. 그 숲에는 곰을 형상화한 작품들이 있었다. 하나같이 그 곰들은 고마신의 모습이었다. 아니 고마신이 아닐지라도 곰의 형상을 담은 모습이었다. 시간과 장소에 따라 다른 모습을 드러낸 곰들은 하나같이 인자하고 근엄했으며 두렵거나 억압하는 모습이 아니었다. 혹시 엄마가 말했던 고마신의 모습인가 생각도 해봤다. 피식 웃었다. 설마, 그럴리가. 그들 현대 미술가들의 생각과는 일치하지 않는 엄마의 허튼 주술이었을 뿐이다. '바람은 소리를 실어 나르고, 그 소리는 우리에게 낯선 세계의 이야기를 전해주고 우리는 그 소리를 듣게 해줍니다.' 자연미술 숲속 전시장 입구, 전시실 영상 속의 대사였다. 바람들은 실체를 숨기고 갈대숲의 움직임으로 자신을 드러내고 있었다. 그 갈대들의 움직임 속에 세찬 소리가 일어나 사방으로 날뛰기 시작하고 하늘 깊숙이 날아오르거나 혹은 강물의 흐름에 몸을 맡겼다. 향숙은 어둠이 깊은 하늘을 바라보았다.

택시는 무덤으로 가는 길옆에 멈추었다.

"여기부터는 택시가 들어갈 수가 없어요. 걸어가셔야 합니다. 짐이 많은데 들어다 드릴까요?"

"아닙니다. 수고하셨어요. 천천히 나르지요. 급하지 않아요."

향숙은 가방에 담은 과일들은 등에 메고, 생고기와 생선은 보퉁이에 여러 번 싸서 머리에 이고 한 손으로 고정했다. 남은 한 손에는 술병과 제기를 담은 가방을 들고 언덕으로 올라갔다.

"제가 좀 들어드릴까요? 짐이 많군요."

향숙은 몸을 돌려 뒤를 돌아봤다. 선 작가였다.

"괜찮습니다. 제가 할 일입니다."

향숙은 한사코 굿에 필요한 물품을 이고 지고 홀로 걷던 엄마의 모습이 떠올랐다. '남들이 이 물건들을 만지면 부정 타느니라. 백날 공을 들여도 다 소용없는 짓이다.' 고개를 끄덕이던 선 작가는 뒤에 남겨둔 보따리를 챙겨 들었다. 그건 엄마의 방 선반에 있던 징과 징채다.

"제가 들어야 합니다."

"아닙니다. 제가 들어도 부정 타지 않습니다. 저도 어릴 적 굿판에 필요한 제기와 악기들을 들고 다녔습니다. 걱정하지 마세요. 사실 저는 굿판에서 남긴 음식도 꽤 잘 먹습니다. 아무 탈도 나지 않고요."

"……"

"저 위에서 택시가 서는 것을 봤고, 차에서 짐을 내리는 것을 봤거든요. 진즉 알았으면 우리 작업차가 다니는 길로 물건들을 날라드려도 되는데요. 자 가시지요."

선 작가는 향숙의 앞으로 성큼성큼 길을 잡았다.

"여기에 사셨다고요? 외로우셨겠습니다. 사람이 다니지 않는 곳인데, 오래전 이곳에 들어올 때 저 아랫집이 무당집이었다는 얘기는 들었습니다만 그 묘가 무당집 묘인 것은 미처 몰랐습니다. 우리 자연미술 작품들이 늘어나면서 점차 전시장이 확대되어 공연히 이장을 권한 것처럼 보이지만, 실상은 그게 아니고 여기가 국가유적지로 지정되어 옮기라는 것입니다. 우리도 작은 작업장 하나 제대로 짓지 못한답니다. 그저 자연 공간에 모두 늘어놓고 작업을 하는 형편이지요."

"진작 이장해야 했는데…… 그랬다면 이번과 같은 변고는 없을 것인데……"

언덕 위에 이르고 묘를 가로막은 바위를 향해 걷다가 힘이 빠져 향숙은 그만 철퍼덕 주저앉았다. 머리에 이었던 꾸러미가 땅 위로 떨어졌다. 선 작가가 놀라 뒤돌아왔다.

"다친 곳은 없나요? 꽤 무겁네요. 진작 들어드렸어야 하는데."

"아닙니다. 괜찮습니다. 제물이라 조심해야 하는데……"

"그러잖아도 말씀드리려 했는데, 묘는 이쁘게 잘 만들었고요, 주변도 정리했습니다. 그런데 아이삭 주노 작가께서 꼭 저기에 작품을 하시겠다고 하셔서 말릴 수가 없었습니다. 아마 작품이 거의 완성 단계인데, 최대한 묘는 비켜서 줄을 걸었습니다. 한번 보시고 마음에 들지 않으시면 다시 걷고 다른 곳으로 옮겨 설치하도록 하겠습니다. 혹시 몰라 말씀드리는데, 워낙 아이삭 주노 작가의 완고한 부탁을 거절할 수가 없었습니다. 양해 바랍니다."

향숙은 입을 다물었다. 그렇지 않아도 부실했던 묘를 깔끔하게 만들고 한풀이 굿 비용까지 받았던 터라 불편하던 참이다. 제수를 마련하고 남은 비용은 봉투에 넣어 돌려주려고 가방 안에 두었던 터다. 선 작가는 슬그머니 들고 있던 보따리를 내려놓고 향숙의 옆에 앉았다. 아이삭 주노. 향숙은 외국 작가의 이름을 되뇌었다. 낯설지 않았다. 실내 전시장에 걸린 그녀의 작품 해설을 떠올렸다.

"별문제가 없겠지요. 그날 이후 제 꿈자리가 편했답니다. 그러니 탈이야 없을 겁니다."

「고부스탄은 돌을 뜻하는 고부와 땅을 의미하는 스탄의 합성어로 돌땅이다. 가스 유전이 개발되어 불의 바다로 변한 카스피해의 물이 넘쳐나던 시절 인근 벌판은 온통 물로 뒤덮였다. 바닷가에 살던 사람들은 그 바다에서 고기를 잡고 벌판에서 짐승을 잡아먹으며 살았고 옷을 만들어 입었다. 바닷물이 물러나고 바닷속 바윗덩어리가 솟아올라 땅이 되었을 때 황당한 기후의 변화에 인간은 먹을 것이 없어 헤매었고 먹을 것을 다투며 죽음에 이르렀을 때 슬피 울며 이를 갈았다. 그러다가 그들은 자신들의 힘으로 그 변화를 감당할 수 없는 것을 깨달았다. 그것은 오로지 신의 뜻이었을 뿐이다. 인간은 신에게 의지하기로 했다. 황무지를 건너 바닷속의 바윗덩어리 산 고부스탄으로 몰려온 인간들은 널찍하고 평평한 바위를 찾아 자신들이 먹고살던 평화롭던 바닷가 풍경과 바닷속 풍성했던 모습을 바위에 새겼다. 물고기를 따라가기 위해 작은 배에 오른 선조들의 모습을 새기고, 그 선조들의 손에 잡힌 물고기들과 들판을 달리던 사슴과 야생소, 말들을 새겼다. 그 물고기와 짐승들은 인간의 소망이었다. 살아남을 수 있도록 필요한 것들을 보내주길 기원하는 의식이었다. 놀라운 일은 신은 인간을 외면하지 않았다. 고부스탄 바윗돌에 물고기와 짐승을 새기는 인간들이 늘어날수록 멀지 않은 바다에는 숱한 고기 떼들이 몰려와 인간의 삶을 풍요롭게 했고, 바다 곁 마른 땅에서 솟아나는 뜨거운 검은 물은 추위를 견디게 했다.」

아이삭 주노는 아제르바이잔 카스피해 유전이 있는 바쿠에서 그림을 그렸다. 바쿠를 찾는 관광객에게 가죽과 판목에 카스피해의 풍경과 바쿠 인근 돌산의 풍경을 새기어 팔았다. 아이삭 주노는 쉬는 날마다 고부스탄에 들러 고부스탄의 암각화를 본떠왔고 그 암각화를 가죽과 판목에 새겨 바쿠의 그림 시장에 내놓았다. 관광객들은 그 그림값을 내며 진짜냐고 물었다. 아이삭 주노는 웃음으로 그들에게 답했다. 바쿠의 그림 시장에서 아이삭 주노는 웃는 소녀화가로 알려졌다. 그녀는 고부스탄의 암각화에 몰두하여 바쿠에서 새로 사업을 하는 가게의 장식 그림으로 암각화를 그렸다. 가끔 지역 경찰이 그녀의 작업장을 급습하여 고부스탄 암각화의 모조품

조각들을 찾아냈고, 그녀를 경찰서로 연행했다. 그때마다 아이삭 주노는 암각화 절도범으로 몰려 숱한 조사를 받았다. 하지만 아이삭 주노는 결백했다. 암각화를 모작하는 것은 죄가 아니었다.

TV에서 우연히 접한 자연미술 강좌는 그녀로 하여금 바쿠를 떠나게 했다. 그녀는 자연미술을 소개하는 헝가리로 갔고 그곳에서 한국의 자연미술을 소개받았다. 금강자연미술비엔날레. 아이삭 주노는 3년을 기다려 한국의 초청을 받았다. 그녀는 한국으로 들어오는 비행기 관광 자료에서 울산 반구대 암각화를 봤다. 충격이었다. 한국에 도착하자마자 그녀는 울산으로 가서 반구대 암각화를 볼 수 있었다. 고부스탄보다는 작은 규모의 바윗덩어리 조각에 불과하지만 반구대 암각화에서 고부스탄에서 신에게 자신의 염원을 갈구하던 인간의 모습을 발견했다.

연미산으로 돌아와 자연미술비엔날레 현장미술을 실행하면서 아이삭 주노는 큰 바위와 주변에 흩어진 바윗돌과 작은 평지를 찾아냈다. 그녀는 그 지형에 맞는 소망의 암각화를 그려내기로 작정했다. 아이삭 주노는 야생 소와 곰, 고래를 자신의 암각화로 새기기로 작정했다. 고부스탄에서 행사 중에 걸었던 긴 고깃배를 묶는 줄과 반구대암각화박물관에서 본 오방색 소망띠를 함께 걸었다. 고부스탄의 물고기, 사슴, 소, 말들과 연미산에서 본 곰의 형상을 바위에 그렸다. 소망띠에 반구대 암각화 속의 고래와 배를 탄 사람들의 모습을 그려 금강 주변 선사인들의 모습으로 전이하여 담고 싶었다. 고부스탄의 야생소, 연미산의 곰은 선사 시대 사람들에게는 도저히 감당할 수 없는 들판의 주인이고, 반구대의 고래는 거대한 바다의 제왕이었다. 반구대의 선사인들은 바다의 제왕 고래를 바위 속으로 가져와 바다의 주인이 자신들임을 새겨넣었다. 신에게 바닷물을 거슬러 올라온 고래를 바위 속 제물로 바쳐 온전한 삶을 얻기로 했다. 그렇다면 금강의 제왕은 누구인가. 그건 곰이었다. 연미산 자연미술공원에 흩어져 있는 곰들은 선행 작가들의 힘이자 간절한 소망이었다.

　TV 뉴스에 강풍과 폭우 경보가 쏟아졌다. 시간대별로 퍼붓는 강수량을 전쟁 속보 전하듯 알렸다. 구름이 그득했지만 아이삭 주노는 먼저 흩어진 평지의 돌들을 걷어내 크기별로 쌓았다. 그리고 평지에 낮게 깔린 잔디를 걷어내 다섯 색줄이 걸릴 자리에 덮었다. 돌을 걷고 잔디를 걷어낸 밤부터 일기 예보에 어긋나지 않게 비가 쏟아졌다. 골짜기를 흐르던 물길이 평지로 넘쳤고 이내 잔디를 걷어낸 평지는 물길을 따라 깊게 파인 골을 이루었다. 아이삭 주노가 기획했던 푸른 잔디와 색깔이 다른 바람 흐름길, 바위에 옮긴 암각화의 먹그림은 순식간에 빗물에 씻겨 피사체를 구별할 수 없을 정도로 흘러내렸다. 다른 작업을 하던 작가들도 겨우 비를 피했지만 설치해놓은 구조물들은 강풍에 넘어지고 몰려드는 물에 쓸려나갔다. 특히 백사장과 자갈밭에 세우려 했던 작품들은 흔적도 없이

　　　　　　　　　　　　　김홍정 소설집

강물 속으로 사라졌다.

비가 그치고 새로 마음을 다지고 작품에 몰입하고 있을 때, 한무리 사람들과 경찰관 둘이 나타났다. 비엔날레 작업장을 복구하다가 갑작스레 방문한 경찰관을 따라온 선 작가의 눈이 휘둥그레졌다. 경찰관이 내민 고발장에 적힌 모습과 다르지 않은 현장이 드러났다.

"아니 아이삭 주노, 무덤을 훼손하면 어떻게 해요. 이건 한국의 묘입니다. 이런."

"뭐가 잘못되었나요? 암각화를 새길 겁니다. 곰과 고래를 새길 거라고요. 뭐가 문제죠?"

향숙은 부모님의 묘역으로 들어섰다. 그녀가 먼저 잘 정리된 묘를 향해 절하고 돌아섰을 때 큰 바위로부터 상수리나무와 흩어진 참나무에 매인 오방색 줄을 보았다. 익숙하다. 엄마의 굿판에서 늘 보던 장면이다. 다만 다른 점은 그 색줄에 매달린 그림에서 힘차게 배를 타고 바다를 달리는 인간의 모습이다. 그 줄의 끝 바위에 그려진 소와 곰, 고래가 기운찬 기세로 뛰어오르고 있다. 바람이 불자 오색 줄이 날리고 배에 탄 인간들은 출렁이는 파도 속에서도 힘차게 물길을 가르고 거대한 고래를 향해 달리고 있고, 어떤 이들은 곰을 향해 달리고 있다. 그들은 어떤 걸림과 훼방에도 멈추지 않고 자신들의 길로 나선 사람들이다. 작살을 든 사내는 뱃머리에 서서 거대한 파도를 응시하고 있다. 곰이 함성을 지르고 고래가 기운껏 물을 뿜는다.

"네 앞에 나타날 것이다. 나는 볼 수 없지만 너는 볼 것이다. 그 새 세상의 주인이 누구인지 너는 선명히 알게 될 것이다. 그때 나는 네 발아래에서 깊은숨을 내쉬고 들이키며 내 길로 갈 것이다."

향숙은 가져간 제물을 바위 앞에 펼쳤다. 정성스레 생고기 덩이와 생선 묶음을 올렸다. 정갈한 소복으로 갈아입은 후 향을 피우고 술을 붓고 절을 했다. 바람이 기운차게 불었다. 향숙은 선 작가가 들고 온 보따리에서 징을 꺼내 바위 앞에 앉아 힘차게 징을 쳤다. 멈추지 않는 징소리가 바위를 덮고 상수리나무와 숲 사이를 가로질러 강물을 건넜다. 뒤늦게 제례 소식을 듣고 올라와 엉거주춤 서 있던 아이삭 주노는 징소리를 듣더니 바위를 가르는 오색 줄을 따라 몸을 움직였다. 점차 발걸음이 가벼웠고 손끝은 부드럽거나 곧은 선을 그리며 율동했다. 사뿐히 뛰어오르는 듯한 몸이 빙글 돌며 내려서자 가죽신을 벗은 흰 발이 새초롬했다. 향숙은 문득 신을 맞이한 엄마의 몸짓과 다르지 않은 것을 생각하며 놀랐다. 아이삭 주노의 진정된 모습이 근엄했던 엄마의 모습과 겹쳤다. 순간 향숙은 아이삭 주노의 얼굴이 엄마의 얼굴로 바뀌더니 천천히 찌푸린 얼굴이 펴지며 환하게 빛나는 것을 보았다. 성큼 날아오른 엄마

김홍정 소설집

의 몸이 강으로 달렸다. 향숙은 징소리를 들으며 강물 위로 배를 타고 떠나는 엄마의 모습이 강물 속 그림자로 새겨지고 남겨지는 것을 보았다.

파장破葬

"예전 같으면 벌써 폐농하고 굶고 지내야 헐 판이여. 근디 더럽거나 말거나 강물을 끌어다가 남새밭이나 무논에다가 뭐대니 저리 퍼런 겨. 그려, 누가 뭐래두 강물이 시퍼렇게 넘치니 마음이 다 후련허구 걱정이 읎다야. 배 곯는다구 생각혀봐라. 늬덜 전화 받는 것도 부담스러울 뿐인디. 근디 니 사업은 어쩌냐? 비가 안 오니께 공치는 날은 없을 겨. 공사는 여전허지?"

안부 전화랍시고 꿈에 떡 먹듯이 하던 장손이 서운하기도 하지만 소식조차 없는 장손 애비보다는 훨씬 고맙다. 장손은 아파트 공사 하도급으로 쉬지 않고 일을 해도 손에 잡히는 돈은 없다고 늘 투덜댔다. 여름으로 들어서자 장손의 전화질이 부쩍 늘었다. 속이야 뻔하다. 말이 좋아서 아파트 하도급 공사를 맡은 건축업자지 장손은 그저 그런 노동일로 잔뼈가 굵은 미장공이다. 강 노인은 장손을 생각하면 마음이 짠하다.

젊은 시절 먼 나라 페르시아 땅 뜨거운 모래밭에서 번 돈을 혼례도 없이 살림 차린 여자가 들고 달아났다며, 금벽으로 돌아와 매일 강가에서 술로 지낸 적이 있었다. 비가 열흘이나 퍼붓던 여름, 황토물 속으로 마침내 뛰어들었다. 눈앞에서 강물에 쏠려가는 장손을 본 마을 사람들이 집으로 달려와 장손이 죽었을 것이라 전했을 때 눈앞이 캄캄했다. 이상스레 시신이나 건질 수 있을지 모르겠다는 사람들의 말이 밉상 맞지도 않았고, 오히려 매일 술병을 붙잡고 살다가 죽는 것보다 낫겠지 속으로 생각했다. 그 장손이 어둠이 내려서야 집으로 돌아왔다.

"어찌 살았더냐?"

"그냥 한참 누런 황토물만 퍼먹고 이젠 죽겠구나 허고 있다 보니께 건너편 저 아래 산기슭으로 떠내려간 거쥬. 강물이 불어 산기슭까지 물이 찼으니께유."

"죽을라구 환장했더냐? 젊은 것이……"

"죽을 팔자는 아닌개뷰. 물구신이 다리를 잡아댕기는디 문득 보니 강 건너 테미바위 위에서 아부지가 손짓을 허더란 말유. 냅다

다리를 차고 앞으로 나갈려구 허다 보니께 몸이 저절로 그리루 갔다니께유."

"늬 애비가 나타났다구?"

"그랬다니께유. 아부지였슈."

"늬가 늬 애비 얼굴을 안단 말여?"

"몰류. 근디 아부지라구 생각혔다니께유. 사진에서 본 이가 틀림 읎었다니께유. 하여튼 아부지가 내민 나뭇가지를 잡고 테미바위로 올라갔는디 근디 아부지는 읎었슈. 한참 지나 정신을 차리구 보니 강을 건넜더라구유. 그래 달리 방법도 읎구혀서 전막까지 걸어가서 소주 한잔 더 하구 오는규."

"동네 사람들은 니가 죽었을 거라 허더라. 매칼읎는 사람들 같으니. 애비가 너를 살렸구나. 명은 질겄다."

장손은 이튿날 금벽을 떠났다.

죽음을 견디어낸 운수 때문인지 빈손으로 아파트 공사장을 전전하다가 솜씨가 있는 미장이들 몇과 손잡고 차린 금벽건설이 제법 자리를 잡았다.

"그래, 몸은 성치? 어디 여자는 읎더냐?"

"여자유? 말두 마유."

"그래두 집에는 여자가 있어야 허는 겨. 잘 찾아봐라."

"수일 내 금벽으로 댕겨갈 것이구먼유."

　　　　　　　　김홍정 소설집

"뭔 일 있더냐? 나두 인저 집에 읇어. 일 나가야 혀."

"뭔 일을유?"

"거 박 교수라구, 너도 알다시피 우리 동네에서 돌무더기 파내서 박사가 된 분인디, 요새 며칠 이 동네에서 풀방개처럼 드나들며 같이 일허자규 혀서. 모르긴 몰라두 담주부터는 집에 읇어야. 놀면 뭐허냐. 한 푼이라두 벌 수 있을 때 벌어야지."

장손을 만나고 싶지 않았다. 불안했다. 남은 논과 겨우 장만해 불려 논 집터, 과수원까지 눈독을 들이고 있는 것을 알고 있기 때문이다. 어차피 장손에게 내려갈 재산이다. 몽땅 처분해서 밑천으로 넘겨줄까 생각하기도 했지만, 이상스레 땅만은 손에 쥐고 있어야 할 것 같았다. 땅값이 뛸 것이란 소문이 무성하게 돌았다. 폐교된 초등학교를 생태역사 체험 빌리지로 개발하고 마을 전체를 선사유물 전시마을로 개편한다는 소문이 돌았다. 몇 해 전 마을 사람들 땅을 문화재청에 무상으로 내놓고 선사유물전시관을 끌어왔던 오 사장이 퍼트리는 소문이라 믿지는 않았지만, 어쨌든 이번에는 땅을 뺏기지 않겠다고 다짐하던 터다. 한편으론 몰려드는 관광객들에게 친환경 고구마나 토마토만 팔아도 여윳돈을 만들 수 있을 거로 생각했다. 강 노인은 통화를 끝내고 서둘러 회관으로 갔다. 회장 혼자 우두커니 상수리나무 그늘에 앉았다가 반갑게 강 노인을 맞았다. 아침저녁 만나는 사이지만 볼 때마다 반갑다.

"왜 인저 나오는 겨? 뭔 일 있나 그랬네. 하릴읇어서 집으로 갈

참이었어."

"장손이 전화를 혔더라구. 그거 받느라고."

"장손이? 사업은 잘 된댜?"

"그렇지 뭐. 회장 말여. 우리 동네가 개발된다는디, 오 사장이 그랬다구 허데. 읍내에는 소문이 싹 돌더라구."

"그이 말을 믿남? 전에도 그랬잖여. 솔직히 말혀서 요즘 시상에 제 땅을 무상으로 내놀 인간이 워디 있담. 새마을운동 하던 때라면 모르지. 그 양반, 괜히 그런 거짓으로 사람들을 속이는 겨."

"허긴 그려. 새마을운동 할 때는 우덜이 앞장서서 땅을 내놨지. 핵교로 들어가는 길도 그때 넓혀놓은 것이지. 그 땅이 그이 오 사장네 땅이었지 아마……"

"오 사장이 내놨간디? 그이 할애비가 내놓은 거여. 입은 삐뚤어졌어도 말은 바루 혀야지. 오천명, 그분이야 더할 것 없는 으른이 아닌가베. 한학은 또 얼마나 바르고. 선비여. 해주 오씨 가문의 유일이셨지."

"근디 그 손자분께서는 워찌 그런지 모르겠네. 시의원이나 바루 허지. 뭔 일을 그리 자꾸 일으키나 모르겠어."

강 노인은 슬그머니 일어나 구판장으로 가서 4홉짜리 소주 한 병과 쥐포, 소금 한 종지를 가져왔다.

"영실네 집에 있던감?"

"읎어. 그냥 달구 가져왔지."

"영실네두 당체 실속이 읎어. 그냥 저리 열어두구 어딜 쏘댕기는 지. 쩝."

"왜? 처조카 며느님 어디 잘못될까 그러시는가? 오 사장 보조 댕 긴다구 허든디?"

"그게 잘못이지. 구판장이라구 거저 허는 장사는 아니지. 조신하 게 점방을 지키구서니, 손님 한 분이라두 더 받으려구 허야지. 주 막 읎애구 구판장 낼 때 헌 말을 생각허야지."

"회장두 참, 그때는 새마을운동 헐 때니까 그런 거구, 시방이야 돈이 돼야지. 점방이든, 구판장이든 지키지. 제우 동네 사람들이나 드나드는디 치부책에다가 적어놓으면 되는 일 아닌감."

"그건 그렇구 박 교수 따러댕기믄서 일 할라남? 박 교수 말이 자 네 강구식이 아니면 그 일 지대루 할 사람 읎다구 그러던디. 우리 네는 그저 자네 보조 아닌가베. 일당이나 조금 만지면 될성 싶구. 상구 으르신 말씀이 자네가 혼자 돈을 탐내서 그런다고 허기두 허 더구먼, 자네가 어디 그럴 사람인가?"

"허허, 그 점잖으신 상구 으르신이 그런 말씀을 허셔? 노망드셨구 먼. 나두 생각 중인디, 박 교수 일이라니 돕지 않을 수 읎는 일이지."

강 노인은 회장의 잔에 소주를 따랐다. 미지근해진 소주 냄새가 상수리나무 주위로 퍼졌다. 쥐포 냄새를 맡은 구판장 득구가 살랑 살랑 꼬리를 치자 회장은 쥐포 한쪽을 떼어 멀리 던졌다. 득구는 앞발을 모아 뛰며 쥐포를 찾아 달렸다.

"가히놈헌티 자꾸 줘 버릇허믄 자꾸 달려들어서 귀찮여."

"흐흐, 그런가? 그런디 저놈도 얼마 안 남았구먼. 말복에 가마솥에 넣고 푹 삶아내야 겨울을 날 것 아닌감. 괜히 주는 게 아녀. 잘 멕이고 펄펄 뛰게 혀야 혀. 똥개는 그리 키우는 겨."

"회장두 일 따라갈 텨?"

"자네가 간다믄 나두 가야지. 왜 일 안 시킬 참이었남? 품이나 팔게 시켜줘."

"그 일이 그렇다는구먼. 나랏돈도 아니구, 뜻 있는 사람들이 십시일반 혀서 쬐금 돈을 맹글었댜. 그러니께 품삯이나 제대로 받었어? 내가 망설이는 디는 다 까닭이 있다니께."

"나랏돈이 아니랴?"

"그렇다는구먼. 또 헐 일이라는 게 그려. 포클레인으로다가 듬성듬성 몇 삽씩 떠서 옮겨놓고 땅 냄새를 맡으면 우리네야 다 알지. 사람 손은 포클레인으로 정리한 뒤에 필요헐 거구먼. 미리 얘기해두는 겨. 진짜 필요헌 것은, 만약에 말여, 만약에 송장이 무더기로 나온다면 말여, 그 뒤처리를 허는 거여. 자네 송장 수습하는 일을 혀봤남? 제우 땅바닥 쓸어서 돌맹이나 몇 개 건진 것이 전부 아닌감. 아마 동네 사람들도 그런 일루다가 생각헐 턴디, 내가 볼 때는 그게 아녀. 나도 그거 허기 싫어서 이러구 있는 겨."

"그르키 사람들이 많이 죽었댜?"

"그건 모르지. 배운 사람들이 알지 우리네가 어찌 그 일을 안디야. 몰러, 아무도 모르는 일여. 그리구 뭐하러 그 일을 새삼 들추는 지도 모르겄어. 그게 더 숭악헌 일여. 들춰서 어쩔 것이냔 말여."

강 노인은 잔을 비우고 다시 한잔을 채워 홀짝 마셨다. 득구는 회장 곁에 얌전히 앉아 꼬리를 살랑거렸다. 한 떼거리 바람이 강을 건너와 상수리나무 가지를 흔들었다. 영글지 못하고 쭉정이가 된 상수리 낱알 몇 개가 바닥에 후드득 떨어지자 득구는 상수리들을 향해 이리저리 날뛰었다.

"여그서 당제 안 지낸 지 얼마나 되었는가?"

"스무 해는 더 지났지. 저 금벽학교 세우고 허 교장 왔을 때, 애들 공부에 지장이 있다구 하두 성화를 해대서 깃발을 내리고 당목에 둘렀던 띠를 풀었지 아마."

"당제라두 한번 지내구 싶은 마음인디, 마을 사람들이 어쩔라나 모르겄네. 금벽학교도 폐교되었으니께, 그냥 마음이라두 편했으면 혀서."

"자네가 당제를 읎애는 것을 질 반대허더니 다시 세울라구 허는 겨? 나 회장 그만두거들랑 혀. 일허는 거 싫어. 돈 생기는 것두 아니구, 당제할라믄 기금이 수월찮게 들 것인디."

"그런가? 돈만 생각해서는 안 되는 일두 있는 거여. 그런 일이 있어."

박 교수는 공주교도소 수감자 학살과 관련한 사진 몇 장을 찾아낸 손 기자를 만났다. 손 기자는 사진 속에 불안과 절망에 사로 잡힌 눈을 지닌 청년들의 모습을 가리키며 이 사실을 입증해내야 하는 이유를 설명했다. 불법이었고, 학살이었다는 손 기자의 이야기를 들으며 박 교수는 불안하고 우울했다. 더구나 트럭에 실려 간 사람 중에 살아남은 사람도 없었고, 그들을 데려간 사람 중 누구도 증언에 나서는 이도 없었다. 더구나 당시 일을 지시한 경찰서장은 금강에서 물놀이를 하다가 물에 빠져 죽은 지 오래였다.

"귀신들이 경찰서장 놈을 끌어간 거요."

손 기자는 단호했다.

"본 사람이 있을 거요. 이 길로 차량이 이동했다니까요. 미군들이 이 길 초입 장깃대나루를 막고 모든 통행을 막았을 것이고, 강을 따라 창벽으로 간 트럭에 실린 사람들은 그 어디에서도 나타나지 않았단 말이오. 열 대가 넘는 차량 이동이었다니까요. 1950년 7월 9일 벌어진 일이지요. 이미 전날 미군 24사단이 천안전투에서 패하고 후퇴하여 금강 지역에 방어선을 구축한 날에 일어난 일로 보입니다. 24사단 34연대가 공주로 퇴각하여 들어오자, 인민군 4사단은 공주로, 인민군 3사단은 대평리로 몰려 대치했지요. 7월 14일 34연대는 공주를 내주고 논산으로 후퇴했단 말입니다. 대평리에는 미 19연대와 조치원에서 후퇴한 21연대가 집결 중이었고요. 게다가 분명한 것은 공주 곰나루 옆 정지산에는 옹진반도에서 퇴각한 한국군 17연대 2대대가 주둔하고 있었지요. 그들은 급했을 것입니다. 박 교수님 생각해보세요. 2대대장은 여순반란을 진압한 대대장이고, 공주교도소에 수감된 희생자들은 상당수가 여순반란 건으로 수감된 자들이지요. 인민군들이 몰려오면 그들은 풀려나 다시 활동할 것이니, 교도소에 수감 중인 좌익 빨치산이나 적에게 동조할 것으로 보이는 보도연맹원들을 죽이려 했을 것입니다. 그렇 겠죠?"

박 교수는 고개를 끄덕였지만 말은 하지 않았다. 손 기자의 이야 기 끝이 궁금했을 뿐이었다.

"아무리 전시의 위급한 상황이지만 여순사건 당사자들은 겨우 2 년이나 3년 형을 선고받고 복역 중인 죄수들이었단 말입니다. 더구 나 보도연맹원들은 죄인도 아니어요. 양민들이란 말이지요. 박 교 수님, 어떻게든 찾아봅시다. 2만 년 전의 유물도 찾아낸 교수님께 서 그깟 40년 지난 흔적을 찾지 못한다면 누가 믿겠습니까? 그것 도 수백 명의 목숨이란 말이지요. 어딘가로 데려가 죽였을 겁니다. 파고 묻었겠지요. 땅이야 그들보고 파라고 했다 해도, 하지만 죽이 고 묻은 사람이 있을 터, 찾아낼 수 있겠지요. 밝혀야 합니다. 억울 하게 죽은 영혼들이 울부짖고 있단 말입니다. 관에서는 모르는 척 합니다. 오죽하면 몇몇 유가족과 시민단체가 나섰겠습니까? 박 교 수님만 믿습니다. 고맙습니다."

손 기자는 이미 박 교수가 승낙한 것처럼 말했다. 박 교수는 황 당했다. 그렇다고 장깃대나루에서부터 미군들이 점령하고 있던 공 암 일대의 야산을 다 헤집을 수는 없는 노릇이다. 더구나 마을이라고는 공암과 왕촌으로 들어가는 초입 몇 개가 전부였다. 발품을 팔아 질문을 던지면 마을 주민들은 하나같이 모르는 일이라 입을 닫을 것이 분명했다. 난감했다. 박 교수는 금벽에 사는 강 노인을 떠올렸다. 서둘러서 배를 타고 강을 건너 금벽 마을로 갔다.

"살아남은 이가 읎었어. 내 아들놈도 그때 사라졌는디, 혹시 몰라서 강 건너를 수도 읎이 헤집고 댕겼다니께. 금방 돌아올 것 같더라구. 근디 읍내 사람들이 말을 안 혀. 내가 왜정 때 순사보조 노릇을 한 걸 그 사람들이 다 알지. 먹고 살기 위해 헌 일이지만 께름직허기두 혔구. 그건 지금도 마찬가지여. 해방하고 읍내에는 일절 발을 드밀지 않았거든. 맞아 죽을지 몰라 두려웠으니께. 그때만 해도 여긴 읍내 가려면 반나절을 걸어야 갈 수 있었거든. 곧이곧대로 말헌다면 여긴 오지여. 비라두 오면 마을은 그냥 섬이 되는 거여. 산을 넘어 대교로 가는 길을 빼면 온통 물바다니께. 드나드는 사람이 읎어. 여기에 내 땅이 있었으니 그냥 들어와서는 땅만 쳐다보고 살았다니께. 그러니 읍내 일은 몰라."

"아드님은 돌아오지 않았어요?"

"몰라. 그놈 얼굴은 그날 이후 본 적이 읎다니께. 그날도 그려. 내가 말혔지. 여기서 농사나 짓고 살어라. 바뀐 세상에서 살라믄 숨을 죽이고 있으야 된다고 혔다니께. 근디 그놈이 그여 나간 거여. 읎네 중핵교 선생 하나가 좌익을 혔는디 그 선생을 찾아간다구 나

김홍정 소설집

갔다니게. 이쪽 세상에서는 살 수 읎으니께 저쪽으로 붙어야 된다고 허드라구. 그게 될성싶은 말여? 이쪽은 뭐고 저쪽은 뭐여? 그리고 나이라곤 겨우 열일곱 살 된 것이, 근디 참 별일이여, 나중에 말여. 대여섯 해가 지났는디, 웬 색시가 아이를 디리구 이 금벽으로 왔다니게. 그 아이가 우리 장손이여. 나는 그놈이 어디서 숨어서라도 살구 있는 줄 알았지. 그 색시가 말을 안 혀. 그려서 더는 안 물어봤어. 물어보면 뭐 혀, 말을 안 허려구 작정헌 사람헌티 묻는다구 이바구를 허겄어."

"그럼 아직까지 아들 소식은 모르셔요?"

"모르지."

금벽은 변한 것이 없었다. 강바람에 상수리나무가 흔들리고 주위에 늘어선 버드나무들이 춤을 추는 것도, 금벽 뒤로 둘러선 숲에 길쭉이 솟은 소나무들이나, 듬성듬성 보이는 바위틈에 삐쪽삐쪽 내민 관목들도 달라진 것이 없었다. 박 교수는 상수리나무를 둘러싼 시멘트 평상에 걸터앉아 담배를 꺼내 물었다.

"이게 누구시랴? 박 선생님 아니신가? 나여, 나 모르시겄는가? 하긴 그게 언제적 일이여. 강구식이라믄 모를까, 이 박상구를 알 수 있을라구. 그래두 우리가 종씨였는디. 서운허네."

"아, 예, 박상구 어르신이시구먼요. 너무 많이 변하셔서 당장에 몰라 뵈었어요. 죄송합니다."

"죄송헐 것은 읎구. 내가 오래전에 풍을 맞았어. 많이 좋아져서 걷고 농사짓고 하는 거는 어려움이 읎어. 근디 어쩐 일이랴? 또 발굴허시는가? 그러믄 나도 일을 시켜줘. 강구식 그 사람은 발굴 작업하러 다닐 때, 나는 거시기 뭐여, 몸이 션찮다구 빼놓더라구. 그런 일은 아직 나두 헐 수 있는디 말여."

"아, 예, 그 강구식 어른을 만나러 왔어요."

"구식이를? 그 사람 곧 여기로 올걸? 회장허구 저 산으로다가 물질 넘어간다구 보러 갔으니께. 별일이여. 읍내 사람들이 이 강물 안먹구, 저기 워디라드라, 댐에서 넘어오는 물을 먹는다든가 허대. 이물이 워쩌서 그런다야. 박 선생님두 아시잖남? 뭐라 했드라, 원시인? 아 원시인이 아니고, 그려 구석기, 구석기 사람들도 여기서 살믄서 이 물 먹었잖은감? 근디 저 산으로 물질을 내서 그 물을 다시 되받어서 먹는디야. 산으로다가 물이 다니는 질을 내면 그 땅이 워치기 되는 겨? 산이 물 텀벙이가 되믄 편히 누워지신 구신들을 들쑤셔 별일이 다 벌어진다니께. 회장이 정신이 나간 겨. 그걸 허락헌다구 저 지랄이라니께."

박 교수는 금벽 마을 뒷산을 뚫고 지나는 수로를 찾으려는 듯 한참이나 올려 보았다. 수로는 보이지 않았다.

"수로가 안 보이는데요?"

"수로? 땅속으로다가 지나간댜. 땅 위로나 가면 괜찮지. 원래 물은 땅 위로 흐르는 벱이니께."

"아, 수로 터널을 뚫는 모양이군요."

"글씨, 난 모르겠는디 아마 그런다구 허대. 박 선생님이 시키는 일에 날 빼면 안 되어. 나두 얼마든지 헐 수 있다니께. 나는 박 선생님만 믿구 있을 겨. 그럼 일 보셔."

박 교수는 우두커니 금벽 앞을 흐르는 강물과 금벽 뒷산을 뚫고 지나는 수로를 생각했다. 박 교수는 스승 손보기 교수를 생각했다. 고고학에 뜻을 둔 대학원생 시절 우연히 금강으로 방학을 지내려 왔다가 강변에서 돌덩이 하나를 주웠다. 아무리 살펴봐도 그냥 돌덩이가 아니었다. 마음이 급해 달음질하여 민박집 강 씨네로 돌아갔다.

"아저씨, 혹시 이런 돌덩이들을 보신 적이 있으세요?"

"이게 뭐라? 아, 이거, 박 선생 이거 강가에서 주우셨지? 이런 거? 거기 잘 찾아보면 여러 개 주울 수 있을 겨. 우리도 가끔 짐치독 눌러놓으려고 주워다 놓은 게 있지. 저거랑 같지 않은감?"

박 선생은 자신의 눈을 의심했다. 뗀석기. 한반도에서는 나타난 적이 없는 구석기 유물이다. 박 선생은 서둘러 대학으로 돌아갔다. 연락을 받고 연구실로 허겁지겁 돌아온 손 교수는 당장 짐을 싸고 택시를 불렀다. 손 교수의 얼굴은 이미 붉을 대로 붉어졌다.

"자네, 이게 뭔지 아는가? 이건 그냥 돌이 아니야. 이 한반도에 구석기가 있었다는 증거라고. 도대체 거기가 어딘가? 그게 어찌 자네의 손에 들어왔단 말인가?"

손 교수의 눈에서 금방 불덩이가 쏟아질 듯 붉어졌다. 행복했지만 자신이 최초의 발견자가 아닌 것을 후회했다. 여름 방학 종강 시간에, 홍수로 금강 지역 언덕이 드러나자 우연히 지역을 탐사했던 외국인들이 구석기 가능성에 대해 남긴 기록을 지나가는 말로 한 적이 있었다. 놀이 삼아 나선 대학원생의 눈에 걸려든 뗀석기(타제석기), 그건 분명 구석기 유물이었다.

석장리 강가에 고사상을 차리고 축문을 읽는 손 교수는 눈물을 줄줄 흘렸다. 손 교수의 지시를 받은 박 선생은 강 씨와 친근하여 입을 무겁게 다물 줄 아는 몇 사람만을 불러 작업을 시작했다. 성과는 곧장 나타났다. 뗀석기뿐이 아니었다. 동굴 생활이 아닌 막집 흔적과 주먹도끼 등을 찾아내는 성과가 드러났다. 기자들이 몰려왔다. 보이지 않는 유물에 대해 손 교수는 기자들을 모아놓고 보고를 시작했다.

"지구의 역사를 시간으로 나눠 말할 때, 현대까지 이르기 24시간이라고 한다면 구석기 시대를 지나는 시간은 23시간 56분입니다. 이 유물들이 우리 역사를 이제 그 23시간 56분 안으로 데려가는 성스런 실체입니다. 지금으로부터 2만 년 전에 이곳에 사람들이 살았던 흔적입니다."

석장리 유물 발굴 후 강구식 씨는 박 교수를 따라 전국 구석기 유물 발굴자로 나섰다.

회장과 강 노인은 한 시간이 더 지나서 내려왔다. 강 노인은 박
교수를 집으로 데려와 오랜만에 대작했다.

"영감님, 사실대로 말씀해주셨으면 합니다. 강 건너에서 벌어진
일을 기억하시지요? 1950년 7월 초 미군이 들어오고 인민군이 대
교리까지 진출했던 그때 말입니다."

"우리 동네에는 인민군이든 미군이든, 국군이든 들어온 적이 읎
었시유. 전막으로 갔구, 고마나루 지나 디디울나루를 건너 인민군
이 들어왔다는 소문을 들었지유. 그리구 대평리에서 큰 싸움이 있
었다구 들었지만 우리 동네는 그저 조용했슈."

"이 동네 말고 저 강 건너 마을에 무슨 일이 있었냐는 얘깁니다."

강 노인의 얼굴이 붉어졌다. 입이 화근이었다. 박 교수는 돌덩어
리 하나를 주워서 새 역사를 쓴 사람이다. 그 박 교수와 술자리에
서 아들 얘기를 하다가 그만 강 건너를 수도 없이 헤맸다는 말을
박 교수는 고스란히 기억하고 있었다.

"그때 말입니다. 어디를 헤매고 다녔습니까? 거기가 어딘지만 일
러주세요. 나도 굳이 이 일에 개입하고 싶지 않지만 그럴 수 없게
되었어요. 수백 명입니다. 이 사진 좀 보세요. 이 사람들 눈을 보세
요. 이 젊은이들 말입니다."

강 노인은 박 교수가 내민 사진을 보았다. 흘깃 뒤를 돌아보는 이

목구비가 뚜렷한 얼굴, 강 노인은 온몸에 힘이 쭉 풀렸다. 갑자기 눈앞에 깜깜해지고 지붕이 돌기 시작했다. 벽걸이에 걸린 옷들이 흔들거리며 옷장의 서랍들이 들썩거리기 시작했다. 그 서랍에는 아들의 물품이 들어 있었다. 박 교수는 강 노인의 얼굴이 노래졌다가 핏발이라고는 하나도 남지 않고 어디론지 사라진 허연 모습을 보았다. 그것은 오랫동안 땅속에 묻혀 있던 시신을 방금 꺼낸 모습이었다. 박 교수는 강 노인의 손을 잡았다. 손이 차가웠다. 이제 강 노인은 몸 전체가 시꺼멓게 변할 것이다. 강에서 몰아오는 바람이 강 노인의 몸을 싸고돌면 풍화로 흩어져 내리는 암석이나 화석화된 뼈처럼 푸석거리며 날릴 것은 날아가고 남을 것만 남게 될 것이다.

"강 영감님, 정신 차리세요. 왜 그러세요?"

박 교수는 강 노인을 자리에 눕히고 밖으로 나가 우물물을 한 바가지 담아와 입에 담았다가 푸우우, 푸우우 뿌렸다. 강 노인은 눈을 꾹 감고 입술을 악다물었다. 박 교수는 강 노인의 손과 발을 주무르다가 침을 꺼내 손톱과 발톱 밑의 자리에 사혈을 떴다. 검은 피가 솟아났다. 박 교수는 강 노인의 발바닥 한가운데 움푹 파인 용천혈에 침을 찔렀다. 강 노인의 몸이 움찔거리며 가쁘게 숨을 몰아쉬었다.

"영감님 왜 그러세요? 어디가 안 좋으세요?"

"아녀유. 그 아이를 보았슈. 그 아이가, 맑은 눈으로 살았던 그 아이가 삶을 포기한 눈으로 나를 보았단 말여유. 난 그 아이가 살아

김홍정 소설집

있을 것으로 믿었는디, 그 아이는 벌써 지가 갈 곳으로 갔던 모양이라. 십여 년이나 되었을 것이지. 우리 장손이 즤 애비를 강 건너 테미바위에서 만났다고 합디다. 그때는 믿지 않았지유. 믿을 수가 읎었는디, 그 아이가 진짜 거기 있었던 모양입디다. 가봅시다. 가서 내 눈으로 직접 보고 내 손으로 파봐야 허겄슈. 그래야 애비라 헐 수 있지 않겄슈?"

강구식은 종일 강 건너 총소리를 들었다. 동네 사람들은 방문을 걸어 닫고 출입하지 않았다. 난리통에는 깊은 산속으로 숨어 들어가 몸을 피하는 것이 상책이란 것을 모르는 사람들은 없었다. 하지만 강구식은 그저 방안에 몸을 둘 수만은 없었다. 저쪽에 붙어야 한다고 나선 아들이 걱정되기 때문이었다. 강구식은 왜놈 순사가 되려고 발악하며 먹고산 것을 후회했다. 아들이 저쪽을 택한 것이 그 순사질 때문이라고 생각했기 때문이다. 슬금슬금 벌건 흙탕물로 흐르는 강가로 나와 당산나무 굵은 둥치에 몸을 숨기고 강 건너 왕촌에서 계룡산으로 이어지는 살구쟁이 골짜기 안에서 울리는 총성을 들었다. 가끔씩 푸른빛이 도는 유탄이 살구쟁이 공중으로 튀었다. 종일 계속된 총소리는 금강철교 너머로 붉은 노을이 내릴 때까지 이어지다가 고마나루 건너 연미산에 어둠이 내리자 그쳤다. 총소리가 그쳤어도 강구식은 당산나무에 몸을 기대고 움직이지 않았다.

샛별이 벌써 공산성 성벽을 타고 봉황산으로 올랐을 때, 강구식은 당산나무에서 나와 쇠바위나루로 걸었다. 늘 매여 있던 나룻배가 없었다. 강구식은 망설이다가 창벽나루까지 걷기로 했다. 느티나무 사이 어른거리며 뒤따르는 그림자들은 강 건너에서 총에 맞아 죽은 귀신들로 강 위를 함부로 넘나들고 있었다.

눈을 질끈 감았다. 어둠과 는개가 뒤범벅되어 사방 분간이 어려울 때 창벽에 도착했다. 강구식은 나룻배를 풀러 배를 띄웠다. 밤새 불어난 황토물이 나룻배를 받자 웅웅거리며 짙은 는개 속으로 흐르기 시작했다. 더딘 걸음으로 밤새 걸었던 길을 나룻배는 가끔 여울이 합치는 곳에서 제자리걸음을 했어도 해가 오르기 전에 벌써 금벽 건너로 내려왔고, 왕촌 골짜기를 타고 내려온 여울 앞에서 다시 제자리걸음을 했다. 강구식은 서둘러 배를 왕촌여울 모래턱에 붙였다. 그는 총소리가 들리고 유탄이 튀던 살구쟁이 언덕을 기어올랐다. 싸리나무 숲 사이로 널찍하게 새로 생긴 길을 따라 달렸다. 수십 보는 족히 되는 길게 이어진 구덩이들과 파헤치고 서둘러 아무렇게나 흙을 덮은 흔적이 선명한 살구쟁이 언덕은 축축하게 물기를 물고 진흙탕을 이루었다. 겨우 목이 부러진 삽 하나를 챙겨 조금씩 파냈다. 대여섯 삽 흙을 떠내자 질척거리는 흙물 사이로 허연 등판이 드러났다. 철사로 동여맨 손이 등 뒤에서 꾸물꾸물대는 것처럼 보였다. 강구식은 뒤로 벌렁 나자빠졌다. 그 사람, 틀림없이 아들이 따라가겠다던 중학교 노 선생이다. 누군가 자신의 목을 잡

김홍정 소설집

아채 내던진 것 같았다. 강구식은 두려움에 휩싸여 싸리나무 숲이 우거진 골짜기로 마구 달렸다. 왕촌 개울에 이르러 몸을 담그고 허겁지겁 물을 마셨다. 절대 본 적이 없는 것이라고 다짐했다. 하지만 그의 눈앞에는 줄지어 넘어진 시신들이 몸을 일으켜 자신에게 다가서는 것 같았다. 그의 아들은 그 시신들 속에 없으리라 열 번 스무 번 다짐을 두었다. 살아 있을 것이고 살아 있어야 했다. 그는 서둘러 살구쟁이를 떠났다. 그 후로 그는 왕촌 살구쟁이 앞으로 강을 건너지 않았다. 필요한 물건을 사러 갈 때도 산길을 걸어 닷새 만에 서는 한다리장으로 나갔고, 모래밭을 따라 전막으로 갔다. 여러 해가 지나는 동안 읍내로도 나가지 않았다. 그곳은 사람의 목숨을 하찮게 보는 마군魔軍들이 득실대는 유령골이었다. 해마다 칠월 칠일이 되면 당산나무에 새 금줄을 달고 제물을 차렸다. 수백 번 절을 했다. 으레 그 절의 끝은 아들의 무사귀환을 비는 소망이었다.

혼자 당산제를 지내기 시작한 지 여섯 해가 되어 이른 새벽 한다리장으로 나가 제수들을 샀다. 서둘러 돌아와 집안으로 들어서자 분 단장을 한 낯선 여자가 어린아이를 데리고 마루에 앉아 있었다. 마루에 걸터앉은 여자와 어린아이 때문에 낯설었다. 정신이 흔들렸다.

"누구시더라?"

"순례라고 허는디유."

"순례가 누구여? 당산제 지낸다는 소릴 듣고 왔는가?"

"그건 아니구유. 지나다가."

순례는 고개를 숙이고 입을 닫았다.

"내가 시방 당산제를 지내야 허니 이따가 다시 보기로 허구, 내가 마음이 급혀."

벌써 해가 중천이다. 제수를 담아온 지게를 지고 당산나무로 갔다. 벌써 강을 건너온 귀신들이 우렁우렁 강물 소리에 온갖 하소연을 풀어내고 있었다. 당산나무 아래 자리를 펴고 가져온 제수들을 폈다. 낭패였다. 제주를 담은 함지박을 두고 온 탓이다. 젊은 여자와 얘기하다가 나오느라 정신줄을 놓은 것이 후회가 되었다.

"여기 술이 있구먼유."

"술을 놓고 가셨길래 늦게라도 따라나섰지유."

순례였다. 그녀의 뒤에는 어린아이가 술잔을 손에 들고 서 있었다. 어디선가 본 적이 있는 아이였다.

"그려, 고맙네. 저 아이는 아들인가?"

"예, 으르신의 손자이구먼유."

강구식은 술을 받아 잔에 따르다가 그만 자리에 주저앉았다.

"뭐라고 혔나? 시방, 손자라고 혔는가?"

그녀는 다시 입을 닫았지만 고였던 눈물이 얼굴에 주룩 흘렀다.

"어서 절 올리셔유."

강구식은 당산나무를 향해 돌아설 수 없었다. 강바람에 상수리

김홍정 소설집

나무가 거칠게 몸을 떨었다. 상수리 잎들이 바람에 날려 어린아이의 머리 위로 수북이 쏟아졌다.

"아야, 니 이름이 뭐냐?"

"장손, 강장손이쥬."

"핵교는 다니느냐?"

어린아이는 고개를 저었다. 장손. 강 씨네 장손이란 말인지 이름이 장손인지 헷갈렸다.

"이 아이 이름이 장손인가?"

"애비가 이름을 남기지 않아서 그냥 장손이라고 불렀슈."

강구식은 서둘러 절을 했다. 그가 절을 하는 동안 강바람은 멈추지 않고 불었고, 상수리나무 잎은 빗낱처럼 날렸다. 강구식은 갑자기 상수리나무 잎을 타고 둥실 떠올라 강 건너 살구쟁이 언덕을 나는 것 같았다. 당제가 끝난 후 아이는 강구식이 건넨 곶감을 달게 먹었다. 강구식은 상수리나무 주위에 뿌리고 남은 술을 강물에 남김없이 뿌렸다. 그것으로 마음이 편해졌다.

순례는 강구식의 집을 떠나지 않았다. 이른 새벽 일어나 아침을 준비했고, 인근 산과 들에서 나물을 캐고 말려 겨우살이를 준비했다. 산비탈을 일궈 텃밭으로 만들어 푸성귀를 걷어 밥상 위가 풍성해졌다. 장손은 강구식이 가는 곳마다 따라다녔다. 느닷없이 나타난 아이를 보고 마을 사람들이 궁금해하여 이름을 물으면 장손이라 일렀다. 장손이란 이름을 들은 동네 사람들은 더 이상 순례와 장손에 대해 묻질 않았다. 매서운 강바람이 울던 겨울이 지났다. 순례가 간단한 술상을 차려 강구식의 방으로 들어왔다.

"저는 낼 이 금벽을 떠날 것이구먼유."

"갈 곳이 있는가?"

"이렇게 살 수는 읎구, 어디 가서 돈을 벌어야 나중에 장손이 사람 구실이라두 허겄지유."

이튿날 이른 새벽 순례는 어린 장손의 얼굴도 보지 않고 집을 나섰다. 당산나무를 지날 때 강구식이 기다리고 있었다. 강구식은 종이로 둘둘 말은 돈을 내밀었다.

"이거라도 가지구 가. 변변치 않어 미안허네."

"안 주셔도 살 수 있는디, 우선은 달게 받고 연락드릴게유."

"그려, 잘 가게. 아이는 두고 갈라는 모양이네."

그렇게 떠난 순례는 매달 초하루 어김없이 돈을 보냈다. 강구식은 그 돈을 모아 과수원을 샀다. 장손이 아무리 기다려도 순례는 금벽으로 돌아오지 않았다. 강구식은 순례가 떠나기 전날 남긴 말을 그간 믿지 않았다.

"전쟁 나고 그이하고는 딱 열흘 동안 살았다니께요. 즤 아부지는 중핵교 선생님이셨지유. 지는 잘 모르지만 하여튼 왜놈들이 물러 간 후 서울로 몇 번 올라다니셨는디 보도연맹의 지부장이 되신 거

김홍정 소설집

쥬. 새 세상이 되었으니께 달리 살아야 헌다고. 그이는 그때 아부지를 따라댕겼지유. 아부지 제자였으니께유. 근디 어쩐 일인지는 모르지만 아부지가 경찰서로 잡혀갔는디, 그이는 멀쩡히 집으로 돌아왔더라구유. 울 아부지는 어떻게 되었냐고 물었더니, 그이는 눈물만 뚝뚝 흘리며 반드시 살려서 모셔 오겠다고 했어유. 가만 살펴보니 그이 팔뚝에 두른 완장이 다르더란 말유. 그이 말로는 청년방위대라고 허더만유. 그 완장만이 아부지를 살려낼 수 있다고 혔슈. 그이가 헌 말을 믿었지유. 의지헐 사람이 그이밖에 읎었는디, 그이 만나고 열흘 지나 인민군대가 들었왔잖유. 그이는 인민군대가 들어오기 전에 읍내를 떠났어유. 다시 온다고 했는데 국군이 돌아왔어도 그이는 오지 않았어유. 걍 지둘렀는디 장손이가 생겨서 혼자 살었지유. 혼자유. 돌아온다구 혔으니. 떠나믄서 금벽에 아부지가 지시니까 찾아가라구 혀서 온 건디, 혼자 목심이니 살겄지유. 지가 자리를 잡는 대로 이 애를 디려갈 것이니께유.”

박 교수가 내민 사진에서 강 노인은 흰 이를 드러내고 웃고 있는 아들을 보았다. 아들은 몸에 잘 맞지도 않는 낡은 군복에 완장을 두르고 총을 메고 있었다. 그 총은 자신이 왜정 순사 때 쓰던 총신이 긴 장총이었다. 총신 끝에 매달아 놓은 칼날이 선명했다. 아들은 트럭 위에서 고개를 숙이고 있는 죄수들을 향해 무엇인가 말을 하며 웃고 있었다. 그 죄수들 중 머리를 삭발한 죄수는 다른 죄수들과는 달리 해맑은 미소를 짓고 있었다. 그는 아들의 중학교 선생이었다. 강 노인이 살구쟁이 언덕에서 처음 본 시신의 주인이었다. 그날 그 트럭에 실린 죄수들은 살구쟁이 희생자들이었다.

"어르신, 이 사진 속에 아는 사람이라도 있으신가요?"

"아니 꼭 그런 것은 아니지만 있을 수도……"

살구쟁이 발굴이 시작되었다. 포클레인 기사는 강 노인이 지목한 지역으로 길을 냈다. 서른 해가 지나도록 찾지 않은 살구쟁이 언덕길은 도무지 낯설었다. 하지만 눈을 감고 우두커니 서서 회상하면 선명하게 보였다. 강 노인은 성큼성큼 숲길을 걸어 들어갔다. 포클레인이 숲으로 들어가는 길을 넓혔다. 작은 관목들이 뽑히고 제법 자란 소나무들이 쿵쿵 넘어졌다. 강 노인은 나무들이 넘어지는 소릴 들으며 그간 숨죽이고 살았던 삶이 하나둘 사라지는 것을 느꼈다. 강 노인이 손가락으로 나지막한 언덕을 가리켰다. 싸리꽃, 철쭉, 진달래꽃들이 철마다 흐드러지게 피는 숲이었다.

"이곳을 파게."

그날 오후 손 기자로부터 소식을 듣고 몰려온 기자들이 몰려들었다. 의구심을 지녔던 유가족 중 몇이 목을 놓고 울다가 정신을 잃기도 했다. 차곡차곡 줄지어 있는 시신들은 온통 뒤엉켜 있었다. 강 노인은 사람들 틈을 비집고 언덕을 내려왔다. 강둑에 앉아 담배를 피웠다. 담배 연기는 유령처럼 강을 건너려는 듯 사라졌다. 전화

김홍정 소설집

벨이 울렸다.

"할아버지 장손이여유. 워디 가셨대유. 금벽에 왔는디. 저 바빠서 내일 다시 올라가야 혀유. 새로 공사할 아파트 도급 계약건이 생겨서유. 꼭 뵙구 가야 쓰겄는디."

* 공주 왕촌 살구쟁이 : 1950년 7월 초 공주교도소 수감 좌익사범과 보도연맹원을 처형했을 것으로 추정하여 2009년까지 1, 2차 발굴 과정을 거쳐 396명의 시신이 확인함. 유가족과 공주시민단체 회원들은 해마다 천여 명으로 추정되는 희생자들의 위령제를 지내고 있음.

파장

꼭두를 보다

"야야, 그래할라니, 될 일이 있갔네. 님자 마음대로 쪽이니, 치자 삶아내가지구 그리하지 말라. 님자들이야 하늘이라 하니 쪽이면 될 것 아니가, 치자래 쓰면 누렁빛이 돌갔지. 그러니 따히라. 고거로 풀어지는 거이 아니니 문제라. 하늘과 땅이니 조화로울 거이래 여기갔지만 오행으로 보면 상극이지. 물론이지. 뭐라드라? 극과 극이래 통한다고 하대. 고거이 아니지. 어우러져야 하지. 서로 어울러 상생할라믄 붉은빛을 꼭 섞어야지. 팔뚝이든 머리끈이든 붉게 물들인 옷감으로 덧대라 고말이지."

연웅은 산룡의 말을 참견하는 잔소리로 여기고 평소 하던 대로

김홍정 소설집

염료 풀들을 삶아내는 가마솥을 무던히 저을 뿐이다. 종손 만하는 연응이 산룡에게 뭐라고 대꾸라도 해주길 바라지만 소용없다. 오행을 근거로 오방색이어야 한다는 말에 선뜻 동의하기 싫어하는 연응의 태도를 나무랄 수도 없다. 연응은 단색 옷감을 고집하고 여러 색을 혼합하여 거무튀튀하거나 얼룩진 옷감들은 마땅찮게 여긴다. 연응이 염료를 삶는 가마솥을 다른 누구에게도 맡기지 않는 이유다. 만하는 빙그레 웃고 돌아선다. 단색으로도 옷감의 성질과 올의 갈래에 따라 단색이 아닌 물결을 따라 번지고 배는 묘미가 더 고급스러운 것을 이미 알고 있기 때문이다. 헛기침을 하던 산룡은 뒷짐을 지고 서성대다가 기어이 한 마디 더하고 만하를 따라 사랑으로 들었다.

"끄응, 선대로 내려오던 체통이라니, 야야 볼만하갔다. 금천 이씨 댁으로 드나들면서 식객이라 이리 대하믄 무안하갔지만 종내 섭섭하지만은 않다. 누구를 탓할 거이 아니니 하는 말이지. 그분이 가문을 세운 거이 아니라 뿌리를 뽑아버린 꼬라지니 더 말하지 않아도 알 거이지."

만하는 산룡의 말이 귀에 거슬린다. 해방 전이라면 거칠 것이 없는 힘을 지녔던 금천 이씨 가문이다. 지금은 을사년 적신賊臣 중 하나로 지목되어 이름조차 들먹이는 것을 금기로 여기는 판에 자꾸 그분을 들먹이는 산룡의 심사를 알 수 없지만 그렇다고 대놓고 나무랄 수도 없다. 자신을 따라 들어와 사랑 윗목에 선 산룡을 돌아본다. 철 지난 두루마기와 대님 친 바지가 바라고 얼룩덜룩 땟국이 들어 보기 흉하다.

"산룡, 망종亡種이 넬모레일 터, 아무래도 그 두루마길랑 안에 내주면 손질하여 들이라 할 것이니 철에 맞는 고의적삼으로 입는 것이……"

산룡이 고의적삼을 챙겨 다닐 여력이 없는 것을 알고 있으나 그저 툭 던진 말이다. 산룡은 자리에 앉으려다가 겸연쩍은 얼굴로 엉거주춤한다.

"체구가 나와 그만하고, 마침 안에서 갈아입으라고 내온 옷이 있으니 우선 그 옷을 입고, 가만있자…… 으흠."

만하는 자리에서 일어나 벽장을 열고 개어놓은 옷을 꺼낸다.

"그리 고운 거이 내게 당치 않소. 감물옷이라믄 모를까 일없으니 그냥 두옵수다."

"여러 소리 말고 갈아입고, 입던 옷일랑 마루에 내놓게. 이른 중참하고 갈 곳이 있으니……"

만하는 슬그머니 자리에서 일어나 사랑을 나선다. 담밖에 심어둔 배롱나무를 둘러볼 참이다. 때 이른 시기에 붉은 꽃이 피었다고, 아마 산룡 자신을 반기는 것이 아니냐며 싱겁게 웃는 모습이 마침 생각났기 때문이다. 만하가 방에서 나가자 산룡은 자신의 옷을 살펴보다가 옷깃을 들어 냄새를 맡는다. 절은 땀내가 편치 않다.

"옷깃이 사람의 본분이 아니지. 온통 썩고 지린내가 진동하는 세상이 망할 조짐이 아니지 않고 뭐란 말이네. 거참, 난감하구나야. 녀름이나 지내고서 가슬 찬바람 들면 나설 거인데 종손께서 이리 무안하게 하믄 더 머무를 수가 없는 거이 아닌가."

산룡은 자리에 앉아 골몰하다가 방 한구석에 반듯하게 개어놓은 자줏빛 운동복을 바라본다. 연웅이 허드레옷으로 입으라고 내준 것이나 철이 지났기는 마찬가지다. 산룡은 운동복으로 갈아입고 여름내 읽으려고 가져온 책 보따리를 풀러 벗은 옷을 주섬주섬 싼다. 집안 아녀자들의 눈이 있으니 사내가 청승맞게 우물가에서 빨래할 수도 없다. 옷을 들고 욕실 안에 둔 세숫비누 하나를 챙겨서 왕촌 냇가를 지나 금강 강둑에 자리를 잡고 앉았다. 종가로 들어설 때 무섭게 퍼붓던 비가 멈춘 지 열흘이 지나자 흐르는 강물이 보기 좋게 맑다. 발 벗고 둑에서 주워온 너른 돌 위에 옷을 놓고 비누 거품을 낸다. 아무래도 세숫비누보다 빨랫비누를 챙겨오는 것이 나은 듯하다. 땟물이 일어나지 않고 거품만 요란하니 빨래가 잘 되는지 알 수가 없다. 그저 냄새나 없애고 얼룩이나 지우면 될 것 같아 대충 강물에 옷을 헹궈 버드나무 가지에 걸고 옷이 마르기를 기다린다.

식객으로 머무르는 산룡에게 촌수로 따지면 조카뻘인 종손 만하가 나이가 많으니 말끝을 흐리는 것은 어쩔 수 없다. 하지만 그 아들 연웅마저 산룡의 말을 귀담아듣지 않는 태도가 여간 불편한 것이 아니다. 갑자기 울컥 설움이 치솟는다. 아부지. 산룡의 눈시울이

꼭두를 보다

뜨겁다.

　"산룡, 너래 꼭 이 집에서 머물라. 별거 있갔네? 아비가 날래 다녀올 거이니, 이집 어런들 하시는 말쌈이래 아비 말이라 여기라. 너래 먹을 거이나 잠잘 곳이래 막 대하딘 아니 할 거이디. 이집 어런께서리 너에게는 촌수로는 형님뻘이나 아비보다 연배시니 아비를 보듯 하라. 우리 금촌 이씨 첨의공파 종손댁이야. 야야 이남에서리 달랑 피붙이래 이 아비와 너뿐이니 형제간이라. 남이라고 여기디 말라. 또 잊디 마라. 너래 본가는 황해도 우봉이야. 우봉 이씨라고도 불린다. 이 아비를 우봉이라 부르는 이유니까니 그리 알라. 야야 우리네 곧 돌아갈 거이고, 고동안 몸이래 의디할 수 있으니 참 다행이라. 아비 다녀오갔어."

　우봉은 종가에 머물면서 아들 부돌에게 꽃의 이름과 그 색을 외우게 하고, 염재의 속성에 따라 색이 어찌 변하는지도 알려주었다. 두 해가 지나고 부돌은 나무에서 염재를 취했다. 팥배나무, 갈매나무, 물푸레나무, 소귀나무 껍질이나 밤나무 속껍질, 뽕나무 누른 껍질, 상수리나무 열매껍질을 거쳐 옻나무와 땡감, 고욤, 오디, 수수 등 열매에서 얻을 수 있는 염재를 챙겨 끓이거나 생즙을 내서 염료를 추출하게 되었다.
　부돌이 제법 우봉의 뜻을 간파하고 혼자서도 염재를 모으게 되

　　　　　　　　　　　김홍정 소설집

었다. 부돌은 우봉과 마찬가지로 꼭두서니를 좋아했다. 꼭두서니는 모든 색의 근간이다. 색의 변화가 크게 없고 다른 염재와 어울려 온갖 옷감에도 잘 배어든다. 부돌은 꼭두서니의 누런빛이 땅의 속성을 지녔다가 붉은빛으로 바뀌는 근원을 지니고 있다는 아비의 말을 기억했고 그 이름을 자신에게 붙인 아비의 속뜻을 헤아리려고 노력했다. 과산룡過山龍이라 부르는 꼭두서니는 연한 누런빛을 지닌 염재다. 하지만 끓여서 염료를 뽑고 옷감에 색물을 들이면 붉은빛이 우러나는 염료로 염재 중 으뜸이다. 우봉은 과산룡에서 산룡을 떼어 부돌의 이름으로 불렀다.

산룡이 혼자 염재들을 모으고 염료를 만들어 제법 옷감을 물들이는 것이 능숙해지자 우봉은 갑사로 나들이를 시작했다. 한나절을 다녀오기도 하고 하루를 묵기도 하고, 이틀, 사나흘 떠나 있기도 하고, 점차 대여섯 날이 지난 후에 돌아오기 일쑤였다.

우봉이 염색공장을 비우는 기간이 길어지자 만하는 화약약품을 사용하여 색물을 들이는 옷감의 양을 늘렸다. 만하의 염색공장은 메케한 냄새가 진동했고, 공장 안으로 들어가면 눈을 제대로 뜨기 힘들었다. 염색하고 버린 오수가 흘러드는 냇물은 검푸른 빛으로 변했다. 수시로 비가 퍼붓는 날을 택해 한꺼번에 염료 섞은 물을 내려보냈다. 염료가 흘러내린 왕촌 냇물뿐이 아니라 금강도 검푸른 빛으로 변했다.

단속반이 들이닥친 것은 폭우가 퍼붓자 그동안 모아둔 염물 찌꺼기를 내버린 뒤다. 염물과 뒤섞인 금강물이 고마나루를 지나 천정대 앞에서 합류하는 지천을 덮자, 붕어와 잉어, 팔뚝만 한 칠어들이 허옇게 배를 뒤집고 떠올랐다. 물고기를 잡고 살던 마을이 발칵 뒤집혔다. 신고를 접수한 군청 직원들이 경찰관을 앞세워 염물을 따라 왕촌으로 몰려들었다. 공장을 맡은 우봉이 염물 방류 책임을 지고 어쩔 수 없이 경찰차에 올랐다. 만하는 유치장 살 일도 아니고, 벌금 처분으로 풀려날 일이라 대수롭지 않게 여겼다. 하지만 군청 직원들 말대로 염색공장을 닫고 눈치를 살폈다. 갑자기 염색할 곳을 잃은 읍내 비단 공장 사장들이 야단이었다. 비단 공장 사장들이 군청과 경찰서로 민원을 넣고 국회의원이 나서자 경찰관들도 곧 풀려날 것이라 언질을 주었다. 산업 발전이 모든 것을 우선하는 시대다. 만하는 느긋하게 기다렸지만, 우봉은 돌아오지 않았다. 느닷없이 우봉이 대전으로 이관되었다는 말이 전해졌다. 어떤 이유인지 말해주는 이는 없었다. 만하는 서울에서 염색 기술자를 데려와 공장을 다시 열었다.

아비가 떠난 후에도 밤마다 밝은 달이 솟고 목청이 찢어지라 소쩍새가 울었다. 이른 새벽 산룡은 우봉과 다니던 길을 홀로 나섰다. 금강으로 흘러드는 왕촌 냇가는 버드나무 새잎들이 제 푸른빛을 마음껏 뿜내고, 풀꽃들은 작은 몸을 드러내고 흐드러졌다. 산

김홍정 소설집

룡은 염재를 얻기 위해 냇가를 지나 골물이 모여드는 골짜기를 거쳐 명덕산, 와우산 줄기를 헤맸다. 바위 위에 올라 하늘을 보면 눈이 시리게 맑았다.

산룡은 아비가 알려준 꽃을 따서 망태기에 담았다. 울타리를 나서며 봉선화와 맨드라미, 능소화를 어르고, 풀숲으로 들어서면 금잔화, 제비붓꽃, 참싸리꽃들이 반겼다. 철쭉은 산등성이를 따라 군락을 이룬다.

산룡은 우봉이 만든 가마솥에 채취한 염재를 넣고 끓여 여러 색을 내었다. 읍내 장터에서 사 온 광목과 파품 처리할 값싼 비단에 색물을 들였다. 색물을 들인 옷감을 화학약품이 처리된 세척제로 씻자 원래 색을 지키지 못하고 얼룩이 지기 일쑤였다. 겨우 염색공장에서 품을 팔아 번 돈으로 산 옷감을 망치고, 늘 빈손으로 일을 해야 했다.

첫눈이 내리던 날이다. 산룡은 만하의 부름을 받고 종가로 달려갔다.

"무슨 일인지 모르겠으나 어른께서 돌아가셨다고 하더라. 스스로 목숨을 끊었다고는 하지만 대명천지에서 그런 일이 어찌 일어날 수 있는지 놀라울 뿐이다. 어서 차리고 나서라. 나와 함께 가자. 그리고 우봉의 죽음에 대해 집안사람들에게는 입단속을 시켰으니 너도 입을 닫고 기다려라."

꼭두를 보다

우봉의 시신은 온몸이 시꺼멓게 피멍이 들어 있었다. 만하는 그 모습을 보고 너무도 놀라 어쩔 줄 몰랐다.

"법대로 한다면 우리가 시신을 화장 처리하고 유분만 넘겨야 하나, 굳이 시신으로 접수하겠다고 하여 여기 둔 거요."

서슬이 퍼런 기관원들에게 죽은 이유를 따져 물을 수는 없었다. 입회한 검사는 병원장이 서명한 사망확인서를 만족한 듯 챙기며, 기관원들이 내놓은 서류에 서명하고 돌아가려 했다. 산룡이 검사의 팔을 잡았다.

"말씀하라요. 와 죽인 거요? 내 아바지가 죽을 이유가 없시오. 잡아갔으면 재판에 넘기거나 가족에게 죽은 이유래 밝혀야 하는 거 아니요?"

"이 어린놈이, 어디서? 뭐야? 이놈이 늬 애비냐?"

"그렇시다. 내 아바지요. 와 죽였시오?"

"죽여? 늬 애비는 빨갱이야. 죽여도 무방하지만 지독한 늬 애비가 조사 중에 자살한 거야. 알았어?"

"빨갱이라고요? 증거가 있어요? 증거라도 있느냐 말이오?"

만하가 나서서 산룡을 말렸다. 검사는 만하가 산룡을 말리자 귀찮은 듯 자리를 피했다. 산룡은 울지 않았다. 트럭 하나를 세내어 우봉의 시신을 싣고 왕촌으로 돌아오는 동안 아무 말도 하지 않았다.

"산룡아, 잘 들어라. 늬 애비가 금대리로 드나들며 북으로 달아난 정 씨들 소식을 전하는 일을 했다고 하더라."

김홍정 소설집

산룡은 고개를 숙이고 대꾸하지 않았다.

"금대리 사람들이 그렇게 진술했다고 하더라. 늬 아비와 네가 왕촌으로 오기 전에 어떻게 살았는지는 모르겠으나 이남에서는 그런 일을 하면 살아남을 수 없는 법이다."

"금촌으로 날래 돌아간다고 장산에서 염색 일을 하고 살았지요. 이럴 줄 알았으면 장산으로 가서 살 걸 그랬나 봐요."

"글쎄다. 나는 잘 모르겠다."

우봉이 드나들던 금대리 정 씨 집성촌은 해방 이후 경찰이 늘 감시하는 곳이다. 농민운동에 참여한 젊은 청년들이 1950년 전쟁이 일어나자 경찰서로 끌려간 이후 사라졌고, 그들을 지도했던 정용산과 정상윤도 종적을 감춘 지 오래다. 경찰은 사라진 정용산과 정상윤이 나타날 것이라 여기고 있던 터에 우봉이 나타나 정용산과 어울렸던 청년들에 대해 묻고 다닌다는 말을 들었다. 우봉이 염색공장 일로 경찰에 연행되자 정보과 형사들은 우봉에 대한 수사를 확대했다. 금대리 주민들 중 정 씨네 노인 몇이 경찰서로 불려갔다. 노인들은 한사코 우봉이 금대리에 드나든 것은 옷감 염색공장을 내려고 빈집을 알아보려 드나들었을 뿐이라고 진술했다. 그러자 조사관들은 우봉이 간첩들의 연락처를 마련하는 일에 동조한 것이 아니냐고 오히려 금대리 사람들을 겁박했다. 노인들은 겁에 질려 모두 입을 닫았다.

꼭두를 보다

산룡은 할 말이 없었다. 금강이 내려다보이는 명덕산 산자락에 우봉을 묻고 산룡은 왕촌을 떠났다. 아비의 기제사에 맞춰 해마다 한 번 들르는 것을 빼고는 왕촌으로 발걸음도 하지 않았다. 우봉을 묻고 스무 해가 지난 후 명덕산에서 이어지는 북쪽 강변 살구쟁이 에서 희생당한 시신들이 무더기로 드러났다. 신문 기사를 보고 산 룡이 서둘러 왕촌으로 돌아왔다.

"종손 어른, 그 사람들이 거기 있다고 하오?"

"누굴 말하는가?"

"그 사람들 이름을 알고 있지요? 정 씨네 청년들 말입네다."

"안 올라가봐서 모르겠고, 그걸 알려주겠는가? 관에서 하는 일 이라는데."

"가심이 뛰어서 혼났수다. 우선 그 사람들이 거기 있는지 알아 야 하갔지요."

"그걸 뭐 때문에 그리 알려고 하는가? 우봉의 일을 오래 담고 있 지 말게. 그리 끝났으니 다행이지. 여러 사람이 해를 입지 않을까 염려했네."

살구쟁이 희생자가 드러난 지 한 달이 지나도 산룡은 금대리 사 람들의 흔적이나 희생자들의 이름을 알 수 없었다. 그렇다고 금대 리를 드나들며 동네 사람들에게 그 얘길 꺼낼 수도 없었다. TV 뉴 스는 지방판 단신으로 처리되었고, 신문들은 보도를 외면했다. 시

김홍정 소설집

민 기자임을 자처하는 언론인들이 나서서 희생자들의 면면을 찾고자 했으나 이는 오로지 전문가들의 몫이었고, 그들은 발표를 미루었다.

겨울이 지났다. 산룡이 왕촌을 떠나려고 종손에게 인사를 하러 사랑으로 들었다. 사랑은 예나 지금이나 화사한 햇살이 새로 한지를 바른 창안으로 스며들어 은은했다.

"가려는가? 말리지는 않겠지만 연옹에게 자네 염색 기술을 일러주면 좋겠는데."

"연옹이 그리할지?"

"미술과에서 공부하였으나 성에 차진 않는 모양이니."

"하루 이틀에 그리 배와지지 않지요. 쟁인들 손에 묵은 솜씨를 겉으로 공부한 이에게 알쾌주기가 쉽진 않지요."

"어려운 일인 줄 알지만. 이제 화공약품으로 염색하는 것은 물을 감당할 수가 없어. 달리 방법을 찾지 않으면 공장을 닫게 생겼네. 식솔들도 걱정이고."

"산과 들에서 얻은 염재들은 고냥 얻은 곳으로 돌려보내면 그만이지만 양이 적으니 그 많은 옷감을 감당할 수 없을 거이요."

"그런가? 어쨌든 내가 우봉에 대해 들려줄 말도 있으니 며칠이라도 말미를 주면."

꼭두를 보다

전쟁이 일어난 여름, 인민군 병사로 금강 유역 대평리 전투에 참여한 우봉이 왕촌을 찾아왔다. 만하가 종가 식구들을 이끌고 금촌을 떠난 후 5년 만의 만남이다.

"그분의 족적으로 우리 종가는 쑥대밭이 될 판이었지. 매국노의 일가니 살아날 방도가 있겠는가? 아버지를 따라 남으로 내려와 자리 잡은 곳은 일찍이 신라 표암공을 같은 시조로 모신 초려 선생의 후손들이 사는 곳이었네. 매서운 눈초리로 바라보던 초려 선생의 후손들 모습이 지금도 선하네. 못난 후손들을 거두는 것은 노인들의 일상이더구먼. 노인들이 나서서 살 곳을 마련해주어 겨우 자리를 잡았을 때 우봉께서 나타난 거지. 인민군복을 입은 우봉께서는 인사를 마치고 그 밤에 왕촌 골짜기를 타고 올라가 계룡산 아랫동네 금대리로 갔네. 우봉은 인민군 종군기자와 동행하고 있었네. 그 사람 이름이 김사량이라고 했네. 나중에 보니 그 기자는 남았으나 우봉은 이곳을 들르지 않고 부대로 복귀했다더군."

만하는 가끔 창으로 스미는 햇살에 눈을 감았다 뜨곤 했다.

"금대리 사람들은 정감록의 비결을 따르는 사람들이네. 새 세상을 꿈꾸었단 말이지. 그들은 감록의 주인 정 도령이 자신들 앞에 나타날 것이라 굳게 믿고 있었지. 정 도령이 그리 쉽게 자신을 드러내면 세상이 어디 이 모양이었겠는가? 정용산, 그이도 그런 정 도령을 기다렸는지는 모르지. 그는 시인이었네. '나는 네 손을 잡을 수 있었고/ 너와 나는 팔짱을 끼고 흐트러진 머리를 쓰다듬으려고도 안 하면서 굳세게 굳세게 발맞추어 나갈 수 있었으니까.' 그의 시 한 구절일세. 훗날 우봉이 내게 들려준 시일세. 겉으로야 사랑의 시지만 예사롭지는 않은 것이라고 보네. 우봉이 어찌 그를 알게 되었는지 그게 참."

문을 열고 햇살이 쏟아지는 틈으로 연웅의 아내가 차를 내왔다.

"백목련을 우려냈는데 은근합니다."

"차를 마시게. 굳이 떠나려거든 초려 선생댁에 들러 인사라도 하고 떠나게 우봉과도 인연이 있으니."

산룡은 만하의 입에서 정용산의 이야길 듣자 왕촌을 떠날 수 없었다. 그렇다고 연웅에게 염색 기술을 가르치지도 않았다. 여린 봄 햇살로는 색물 입힌 옷감을 고루 말릴 수 없기 때문이다.

매일 강가로 나가 서성대던 산룡이 갯버들 몇 개가 삐쭉이 솟은 것을 보았다. 서둘러 읍내 약재상에 들러 자초를 구입하고 거래하던 한 씨네 직조공장에 들러 명주를 구해 왕촌으로 돌아왔다. 자초는 서늘할 때 염색해야 빛깔이 좋다. 겨울은 지났으나 아직 강바람은 냉기가 몸을 움츠리게 한다. 연웅을 불러 가져온 자초를 따뜻한 물에 불려 절구에 넣고 찧다가 자루에 넣고 치대서 즙을 짜냈다. 염액을 걸러낸 후 명주를 넣고 옷감을 흔들어 곱게 색이 배도록 했다. 연웅이 옷감에 색을 들이는 동안 산룡은 잿물을 만들었다. 연웅은 산룡이 그만하라 할 때까지 잿물과 염액에 명주를 넣고 색물들이기를 수없이 반복했다. 거듭할수록 자줏빛이 도드라졌다. 다음 날도 그다음 날도 연옹은 손에 익을 때까지 자초를 쓴 염색을 익혔다.

"염료를 굳이 맹글어서 쓰려고 하지 말라. 울금, 황련, 황백, 꼭두서니 이런 염료들은 한약 파는 곳에서 다 팔지. 눈대중으로 염료를 가져와 좋은 옷감에 물들이면 곱지. 색을 분간할 줄 알아야 하니까 손으로 대구 하라. 홍화에서 뽑은 개오기는 잿물에 넣고 주무르면 분홍색깔이 참 좋게 나오지."

산룡은 연옹에게 한꺼번에 모든 것을 전수라도 하려는 듯 멈추지 않고 염료가 지닌 제 모습을 알려주었다. 저녁이 되면 사랑으로 들어 만하와 겸상을 했다.

"우봉은 금천을 떠나려 하지 않았네. 서울로 나와 공부한 나와 금천에서 산과 들에서 얻은 것으로 염료를 만들어 물색 들이는 일을 하는 우봉과는 생각이 달랐네. 우봉은 동네 사람들과 한편이지만 나야 종손으로서 그저 집안 내력을 다 감당해야 했으니 하는 말이지. 금천에서 누가 우봉에게 돌을 던지겠는가? 우봉은 눈만 뜨면 금천 사람들과 일을 함께한 사람이네. 우봉만 한 염색쟁이가 어디 있는가? 우봉은 금천 사람들이 우리를 모른 척할 것이라 했지만 나는 두려웠네. 그분이 누군가? 을사년 오적五賊의 우두머리.

왜인들 앞에서 임금을 겁박하고 나라를 넘긴 이가 아니었던가. 나는 지금이라도 성 앞에 붙은 '금천'이란 말을 떼어버리고 싶단 말일세. 종손으로 할 말은 아닐 터. 어쩔 수 없이 금천을 떠난 것이네. 아니지. 금천에서 달아난 것이야. 내가 잊을 수 없는 것은 금천을 떠날 때 아무도 문을 열고 내다보지 않았다는 것이네. 그들이라고 우리가 떠나는 것을 모르지는 않았을 것일세. 하지만 나는 그들의 눈을 보았네. 문을 뚫고 나오는 그 눈빛을 모른다면 어찌 사람이라 할 수 있겠는가. 그때는 천지사방 어디에도 의지할 곳이라곤 없었네. 하여튼 저 강을 건너는데 문득 이곳 초려 선생의 중동골을 떠올렸네. 그분의 후손들이라면 통곡하며 엎드린 이 한 몸을 거둘 수 있을까 했네."

만하는 울먹였다. 가문에 그만한 인물이 나와 씨족을 죄스럽게 만든 일이 제 잘못이라도 된 듯 참회했다. 산룡은 사랑을 나와 금강 모래밭을 거닐었다. 우렁 힘차게 흐르는 강물은 이미 모든 것을 씻어낸 듯했다. 다음날 산룡은 중동골에 하직 인사를 하고 우봉이 걷던 길을 따라 계룡산 아래 금대리로 갔다.

계룡면 금대리. 계룡산은 금강 창벽에서 몸을 일으켜 삼불봉과 관음봉을 거쳐 쌀개봉, 천황봉에 이르고 다시 남으로는 머리봉, 서쪽으로 문필봉, 연천봉에 이르러 그 숨을 고른다. 연천봉 너머 이른 새벽 머리를 치켜든 장닭이 용의 발톱으로 첫걸음을 내리 딛는 곳에 검바위를 세우고 검바위 앞 너른 들판이 계룡의 발굽에 제물을 바치는 곳이 금대다. 무너미를 넘어오는 물길이 노성천과 만나고 계룡의 골짜기에서 내주는 달고 시원한 물로 너른 들판에는 곡물이 넘치고, 해마다 풍년가에 맞춰 일꾼들은 호미씻기 놀이를 즐기는 곳이다. 남녀노소 구별이 분명하여 고개 숙여 인사하고 덕담을 나누고, 굴뚝에 연기 나지 않는 집이 없으며 울타리도 없고 고방 열쇠가 없어도 사람들이 너나없이 드나들었다. 장꾼들이 경천에 와서 하루를 묵고 전을 펼쳤고, 동학년에는 경천들에 솥을 걸고 동학군이 모이길 여러 날 기다려도 탈이 없고 소란스러움도 없는 곳이 금대였다.

일제의 앞잡이들이 들판에 양조장을 짓고는 밤낮 술판을 벌이고 싸움질을 할 때 부득이 젊은 학도들이 나서 드잡이하여 바로잡았는데, 그 젊은 학도들이 정 씨네 도령들이다. 그중 으뜸이 일본 유학에서 돌아온 정용산이다. 그는 일본에서 제국주의의 허상을 낱낱이 보고 더는 배울 것이 없음을 깨닫고 돌아와 청년동맹을 만들고 잡지에 시와 단상을 썼다. 경성제국대 미야케 교수와 적색노동 농민조합을 결속하다 적발되어 징역도 살았다. 감옥살이 고통을 이겨낸 그가 금대리 마을로 돌아왔다. 청년들은 모여 정용산의 연설에 도취했고, 그가 가져온 책으로 학습했고, 윤독회를 열었다. 의기는 높았고, 새 세상에 대한 기운찬 열기가 그득했다. 이웃 경천과 상월, 노성에서도 청년들이 모였고, 멀리 강경과 부여 규암까지 걸어가 밤새 토론하고 동지애를 살랐다. 장암면 강 씨들은 계룡산 정 도령이 새 세상의 뜻을 전하러 왔다고 믿었다. 일가 피붙이들을 모아 새 세상을 맞을 준비를 위해 학당을 세우고 배우고자 하는 이들에게 새 세상의 진수를 가르쳤다.

실상 정용산이 펼친 학습은 정감록의 비결이 아니다. 주역에 의지하여 난세의 해를 피하고 후천개벽 세상이 이루어질 때까지 기다리는 이들에게 정용산은 후천개벽은 바로 자신들, 일하는 노동자의 손에 의해 이루어진다고 천명했다. 그것은 시원하고 달콤한 폭포수였다. 청년들이 동맹을 결성하고 나섰다. 우선 정 씨네 청년들이 모였다. 정필용, 정필준, 정필창, 정일각, 정익상이 그들이다.

산룡은 미친 듯이 걸었다. 어깨너머로 들은 이야기를 되새겨 밤길을 낮 삼아 걸어 금대리 노인들의 집 앞에서 기다렸다. 두려움으로 수십 년간 입을 다문 노인들은 산룡을 외면했다.

"그 사람들 잊고도 지금껏 잘 살았는디 뭣 하러 그 얘길 꺼내는 겨? 자네가 그 일을 알아내려는 의도가 뭐냔 말여? 묻들 말어. 우린들 할 말 읎어서 이러구 있는 줄 알어? 우리가 바보여? 더는 안 속을 겨."

"고거이 그리 눙칠 일이 아니지요. 알쾌야 하지요. 제 아부지가 그 일로 고냥 집으로 돌아오지 못했더래요. 그 연유를 알아야지 않갔습네까? 이 일을 한다구 빨갱이라고 하믄 안 됩니다요. 우리 아부진 염색쟁이래요. 옷감 물들여 가지구 멋나게 입성을 맹글고요, 고걸 우리 염재로다가 했어요. 잿물에 타가지구 곱게 주무르면 하늘색, 땅색, 들판에서 보는 온갖 색들이 다 나오지요. 오방색을 그리 맹그는 거지요. 오방색은 어우러지면 서로 부둥키며 사는 거이지요. 그거이 상생이지요. 상극을 제키고 상생으로 가는 거이 고냥은 아니 됩니다. 뭔 일이 있었는지는 알쾌야 하지 않갔시오?"

다시 겨울이 오고 해가 지났다. 산룡은 우봉의 기일에 맞춰 왕촌으로 돌아왔다. 종손댁 마당과 밭둑에 세운 염색공장에는 쪽빛과 치자색으로 물든 옷감들이 따듯한 햇살과 금강의 시원한 바람에 너울너울 춤을 췄다. 우선 그 옷감들은 바람을 맞으면서도 매캐한 냄새도 없고 꽃내음으로 은근했다. 우봉의 묘로 가는 길은 도토리가 쏟아져 내렸고, 망개나무 열매가 붉게 익었다.

"아버지, 당최 알 수 없수다. 무엇 때문에 금대 거처 부여 장하리를 다녔더래요? 정용산이 그 사람 알긴 알았수? 아바진 인민군이 되어서 그 사람들을 찾아다닌 이유가 뭐래요? 간첩이 맞지요? 정용산 고 사람이 아버지더러 그 사람들을 찾아보라 한 거이지요? 이북에서 만났더래요? 아니 한편이 되어서 전쟁 때 같이 내려

온 거이지요? 고거이 참이지요? 그래서 지레 겁먹은 연옹이 꼭두
서니래 쓰지 않지요. 붉은색을 물들이지 않는다 하우다. 붉은색은
몸이 덜덜 떨려서 쓸 수 없다고 하지요. 붉은색이 없으면 오방색을
갖출 수 없지요. 상생을 이루지 못하는 거이지요. 그걸 모를까요?"

 연옹은 꼭두서니를 쓰지 않는다. 붉은색을 물들이지 않기로 하
고 붉은 기운이 들어갈 자리에는 홍화에서 가져온 분홍색 염료를
쓴다. 그 이유를 물어도 대꾸하지 않는다. 연옹도 꼭두서니를 실험
하지 않은 것은 아니다. 하지만 중동골 너머 살구쟁이에서 떼죽음
을 당한 시신들이 몰려나온 후 그는 밤마다 그 영령들로 시달렸다.
그들은 줄줄이 엮인 사슬에 매여 붉은 눈으로 붉은 피를 흘리며
밤새 염색공장 주위를 맴돌았다. 두렵고 떨려 밖으로 한 발자국도
나설 수 없었다. 밤마다 전등을 환하게 밝히고도 독한 술을 마시
고 겨우 잠이 들어도 곧 그들의 영령에 휘둘려 일어나 앉았다. 잠
을 자지 못하자 온몸에 열꽃이 돋고 피부가 거뭇하게 타들었다. 등
판과 다리에는 시퍼렇게 멍든 자국이 수시로 나타났다가 사라지곤
했다. 처음에는 옻 탐이 심해 그럴 것이라 여겼고, 뒤에는 식물들에
게서 옮긴 알레르기 반응으로 여겼으나 실상 그렇지 않은 증세였
다. 느닷없이 나타나는 증세로 병원에서 처방한 약도 듣지 않았다.
붉은 기운이 살구쟁이에 묻힌 희생자의 영을 불러낸다는 생각을
떨칠 수 없었다. 결국 연옹은 붉은색 염료인 꼭두서니나 홍화, 자

초를 쓰지 않기로 작정했다. 그러자 그런 증상이 줄어들었다. 연웅의 염색공장에는 결국 쪽과 치자가 주가 되었다. 황토를 사용하는 누런빛은 색이 쉽게 변해 귀한 옷감에는 사용하지 못했다.

"야야, 고거이 뭔 말이네? 자초를 쓰디 않갔다구? 그래가지구 어디대구 염색쟁이라 하갔네? 염색쟁이가 오방색을 풀어내지 않고서 뭐에 쓰갔네. 암만해도 고건 쪽바리 염색쟁이 아니네. 잘못되어도 한참 잘못이라. 거참."

산룡은 혀를 끌끌 찼다. 눈이 내리기 시작했다. 염색공장은 일을 멈췄다. 산룡이 사랑으로 들자 누웠던 만하가 자리에서 일어났다.
"종손께서 나서야지 않갔어요? 무신 일을 저리하지요? 붉은색을 맹글지 못하고서 색물을 들였다고는 할 수 없지요."
"낸들 아는가. 속사정이 있는 것 같은데 아무리 물어도 말하지 않으니 그 속을 알 수 없으니."
"붉은색을 맹글 줄 알아야 제대로 된 염색쟁이지요."
"그렇긴 한데, 내가 나설 일은 아니니."
산룡은 이부자리 아래로 손을 넣고는 어깨를 움찔한다.
"군불을 더 지피갔시오. 이리 냉골로 어찌? 내가 움직이갔시다."
산룡이 슬그머니 일어서 밖으로 나갔다. 눈이 제법 퍼붓는다. 산룡은 마루 밑에 쌓아둔 장작을 한 아름 꺼내 아궁이 앞에 앉았다.

　　　　　　　　　　　김홍정 소설집

싸르륵 바람이 불자 솔가지 아래에 넣은 밑불이 푸르르 떨며 불꽃을 일으킨다. 우봉이 살아 있을 때부터 사랑 아궁이에 불을 지피는 것은 산룡의 일이었다.

"정용산이래 만났다. 금천 염색장에 정용산이래 들렀디 뭐가. 그가 누군지 알쾌주는 사람이래 없으니까니 고저 날품팔이였디. 일이래야 유난할 거이 뭐 있갔나. 하루 일이래 마치면 모여서리 막걸리 쳐들고 잤디. 고이는 달랐디. 글이래 쓰고서리 밤새 독서했다니까. 오래 있던 않았어. 고저 한 여름이래 지내고서리 어디론디 갔어야. 다시 만난 기 대평리에서리 대치하던 미군들이 달아나기 시작했을 때였어야. 미군들이래 무서워가지고서리 쭈뼛거렸디만 한번 붙어보니까니 별거이 아니라 고래서 다들 호상간에 용기래 부축이고서리 죽기로 작정했디. 이틀 동안 한 발자국도 나가디 못했디. 선봉대가 되어서리 오밤중에 강이래 건느기로 작정하고서리 참호 속에서 꼼짝도 않고 있었디. 마침 비가 퍼부어서 강으로 들어갈 수 없었어야. 갸들이래 밤새 퍼붓는 빗속에서리 뭔 일이래 하는디 밤새 불이래 켜고 왔다리갔다리 했디. 새벽쯤이었디. 마침 비가 그쳐서리 안개래 그득한데 움직이는 것이래 하나두 없어. 참호 밖으로 나가서 살피니 강 건너 미군들이래 눈 씻고 봐도 없어서리 이긴 것이래 알리는 호뚜기래 길게 불었디. 내래 제일 먼저였디. 사령부에서리 고급군관들이래 나와서리 상이래 준다고 해서 모였디

꼭두를 보다

않갔어. 고이가 왔다. 정용산이. 어찌된 일로 몸이래 부실해서리 바짝 말라서 알아보디 못했다. 야리하게 생긴 종군기자래 다가서더니 왕촌을 아는가 묻디 않갔니. 그때서 제우 알아봤어야. 김사량인가 뭔가 하는 종군기자와 함께 선 이가 고이였어야. 대뜸 알아보디 못해 미안쿼다. 왕촌이야 종손이래 이사 가서리 자리 잡은 곳이니 모를 리 없다. 안다고 했다. 김사량이래 왕촌으로 안내하라 했다. 그러마 했더니 편디래 건네주더니 금대리로 달려가서리 정 씨 혈육들에게 전하고서리 무사한 것이래 확인하라 부탁했다. 그 냥반이 왕촌에서 곧장 계룡산 쪽으로 골짜기래 타고 가면 이르는 곳이래 금대리라 했다. 금대리는 그때 처음 갔디. 고이래 알쾌준 사람들이래 찾았디만 하나같이 그 혈육들이래 어드러케 되었는디 말하는 사람이래 없어야. 닷새 후 대전역에서리 만나기로 했디만 정용산 그 냥반이래 나타나지 않았으니 만낼 수 없었디.”

사랑채가 쩔쩔 끓었을 것이다. 적당히 장작을 아궁이 밖으로 끌어내야 하는데 그만 여러 생각을 하다가 덩어리가 다 탈 때까지 그냥 두었기 때문이다. 당장이야 이부자리가 탈 리는 없었다. 정용산을 다시 만나지 못한 우봉이 전쟁 후에 끝내 종손 만하를 찾아온 이유는 정용산이 전하라는 편지 부탁을 들어주기 위한 것이라 짐작할 뿐이다.

김홍정 소설집

"편지 내용이래 모르디. 고이래 봉인한 거이니까 내래 풀어볼 이유는 없디. 고저 전하기만 하면 되는 일이디. 편지 한 장을 전하디 못해서리 말이래 되갔네."

산룡은 읍내로 가서 꼭두서니를 구했다. 약재상을 돌아 나오는 길에 순댓국집에 들어갔다가 혼자 술을 마시고 있는 연옹을 보았다. 밖에는 눈발이 스륵거리며 그득 쌓이고 있었다.

"읍내 나왔슈? 막걸리 한잔 하실규?"

"꼭두서니를 구하러 왔지. 이 늦은 시간까지 술을 마시면 언제 귀가하지? 걱정이우다."

"오늘 못 가면 내일 가면 되지요. 꼭 가야 할 일이 있는 것도 아니고요. 근디 웬 꼭두서니요?"

"아, 이거, 낼 쓸 일이 있지. 연옹이 거들어주면 일이 좀 쉬울 거이지."

"그거 붉은빛을 내는 염료잖아요. 전 그 붉은색 염료를 쓰면 몸이 온통 두드러기가 돋아서. 그게 참."

"고거이 참 이상하지. 그래서 말이야요, 내일 내가 그 실험을 할까 하우다."

"뭔 실험이우?"

"고런 거이 있수다."

산룡은 연옹이 채운 막걸리를 단숨에 마시고 순댓국 속에 들어

꼭두를 보다

있는 돼지비계를 한 점 건져서 우걱우걱 씹는다.

"어째서 잠을 못 자우?"

연웅은 얼굴이 달아올라 불콰한 얼굴이지만 대꾸하지 않는다. 말해야 실없는 사람만 될 판이다.

"말씀을 하우. 연웅 일이 내 일이지."

"꼭 얘기해야 해요? 웃을 일이요."

연웅은 입을 다물었다. 한참 기다리던 산룡은 혼잣말로 두런거렸다.

"내 알 만하니 말씀하라 한 거우. 내 꿈에서 아부지와 함께 다니는 사람들을 봤으니까. 내일 내가 그들을 만나러 갈 거우."

"함께 다니는 사람들이라고요?"

"믿기지 않소? 내가 매일 그 사람들을 만나니까 사람 얼굴을 구분할 수 있을 것 같수다."

"그런 소리 마시오. 우봉 어른께서 돌아가신 지가 벌써 언젠데 그런 말씀을?"

"그러니 고거이 신기한 거이지."

개토제를 지내고 희생된 시신들을 확인하고 사진도 찍고 간이 상자에 담아 운구한 지 벌써 해가 지났으나 희생된 시신들이 누군지 알 수 없었다. 희생자 유족들도 아직 입을 연 사람이 없었다. 유족회를 구성한 몇 사람들이 나서서 나머지 유족들을 설득했지만,

김홍정 소설집

유전자 채취를 허락한 이들은 여수·순천에서 공주교도소로 이감된 수감자들의 가족들뿐이었다.

연옹은 집으로 돌아오지 않고 읍내에 사는 친구들과 어울려 자리를 먼저 일어섰다. 남은 술을 마시고 산룡은 홀로 국고개를 넘고 은개골을 지나 강가로 나섰다. 눈구덩이를 밟고 돌아오는 길은 강바람 소리를 듣는 것만큼 긴 걸음이다. 산룡은 우봉의 목소리를 들을 수 있을까 집중했지만, 오직 매서운 강바람은 잡것들의 휘파람 소리가 되어 귓전으로 흘렀다.

산룡은 붉은색으로 물들이는 것은 꼭두서니여야 한다고 고집했다. 홍화로는 제대로 된 붉은색을 낼 수 없거니와 귀하고 값도 비싸다. 꼭두서니는 색 변화가 없고 땟국물에 절면 더 붉게 되고 햇빛에 강해 탈색하지도 않는다. 우봉이 붉은색 염료로 꼭두서니를 고집한 이유도 그런 까닭이다. 산룡은 밤 내내 꼭두서니를 물에 담가 황갈색 색소를 제거하고 하루를 묵혔다. 돌절구로 찧고 불을 세게 올려 끓이고, 끓기 시작하자 불을 줄여 졸이듯 염액을 추출했다. 다시 염액을 끓는 물에 풀고 무명을 담근 후 식초를 넣고 긴 주걱으로 주물럭거렸다. 잿물을 섞어 반나절이 지나자 잿물을 빼고 공장 안에서 말렸다. 산룡은 이틀 꼬박 꼭두서니에 매달려 붉은 무명을 얻었다. 그러곤 한낮이 될 때까지 깊은 잠을 잤다. 산룡은 깊은 어둠에서 무릎까지 굽은 등을 펴지 못하고 우봉을 따르는 사

꼭두를 보다

람들의 모습을 보았다.

저녁이 되어 눈이 그쳤다. 연옹이 눈길을 걸어 돌아왔다. 이미 어둠이 내리고 있었다. 산룡은 붉은 무명을 보따리로 싸서 등짐을 하고 집을 나섰다. 살구쟁이로 들어서는 밭 자락을 지나 산길로 들어섰다. 흰 눈이 수북한 밭 끝에 연옹이 지게를 메고 서 있다.

"뭔 일인가 했어요. 꼭두서니를 보고는 집으로 돌아올 수가 없었다니까요."

"연옹이 여기까지 나설 거는 없수다. 고냥 돌아가서 기다리기요."

"아무래도 따라나서는 것이 도리인 것 같습니다."

"염색쟁이 노릇 제대로 해볼 거이지요?"

"어서 가시지요."

마침 달이 솟았다. 연옹은 우우 우는 소릴 똑똑히 들었다. 강바람이 사나워지기 전이다. 산룡은 보따리를 풀고 붉은 무명을 길게 펴서 휘두르기 시작했다. 쌓인 눈에 반사되는 붉은 무명은 어찌 보면 피로 물들인 흰옷을 이은 것처럼 길고 아프고 눈이 시리다. 산룡이 산자락에 서서 빈 공간을 향해 소리를 내질렀다.

"우우우우흐흐핫, 아아아야아, 나오시라요. 계룡산 아래 검바위, 정 씨네 혈족이래 꼭두래도 되어서리 나오시라요. 금천 살던 내 아부지 우봉께서리 전하려 하신 편지래 가져왔수다. 발신자는 정용산이우다. 금대리 정용산이라 하면 다 안다 했시오. 이 붉은 무명

천이래 타고 오르기요. 영령들이래 와서리 정용산이래 전하는 말
이래 들으시라요. 아아아 정필용 나오시라요, 아아아 정필준, 우아
아아 정필창 형제분들 나오시라요, 아아아 정일각, 아아아 정익상
아자씨들 나오시라요. 아아아 우우우우흐훗, 아아야야아 나오시
라요. 나오시라요. 나오시라요. 산룡 아부지 우봉 어르신 나오시라
요. 나오시라요."

붉은 무명을 펄럭이게 휘두르던 산룡이 눈 더미에 미끄러져 나
동그라졌다. 산룡이 다시 일어나 소리를 지르고 넘어지기를 여러
차례 했지만 산룡은 우뚝하게 일어섰다. 연옹은 산룡의 괴이한 행
동에 놀라고 두려웠다. 연옹이 두 손을 모으고 산룡을 향해 절을
올리기 시작한 것은 그 까닭을 알 수 없는 일이다. 그저 손을 모으
고 절을 더할 뿐이다. 연옹은 고개를 숙이고 절을 하다가, 절을 할
때마다 그의 머리맡을 스치는 그림자들을 느꼈다. 하지만 곧 그림
자가 아닌 것을 알게 되었다. 그의 머리 앞에 서성대는 이는 우봉
이고 정 씨 형제들이다. 연옹은 짊어지고 간 평상을 펴고 바랑에서
음식을 꺼내 펼쳤다. 삼색나물과 들기름으로 부쳐낸 육전과 어전,
소전, 약주 향이 살구쟁이로 퍼졌다. 그들이 제사상으로 다가섰다.
연옹이 펼친 제사상에 올린 제물들을 참으로 맛나게 먹었다.

*개토제를 지낸 지 삼 년이 지나 유족회 사람들이 신원이 확인된 영령들을 위해 제를 올린다. 연옹이 붉게
  색을 입힌 무명에 정 씨 형제들의 이름이 선명하다. 미군에 압수된 김사량의 보도 자료가 이들의 희생을
  고증하고 있다.

꼭두를 보다

녹천야행鹿川夜行

이미 해는 서산을 넘어 해그림자만 들어섰다. 동천석실洞天石室을 오르내리느라 시간을 낭비한 탓이다. 바위 사이 좁은 길을 올라와 탁 트인 시야를 확보하고 석실 앞 바위에 걸터앉아 우두커니 조망하는 것은 산행의 멋이 아니겠는가. 게다가 맥주 몇 캔을 꺼내 조금씩 마시면서 허세를 부린 탓으로 시간이 늦어졌다. 오연의 강권 때문에 못이기는 척했지만 녹문은 처음부터 동천석실을 오르는 것을 반대했던 터다. 아래채 침실寢室 마당에서 한 구비 더 오르는 것을 머뭇거리고 있는데 오연이 맥주를 권하자 겨우 올라와 자리를 잡았다.

"전망은 좋네."

김홍정 소설집

"전망뿐인가? 저 개울 건너 마을이 부용동이고 위로 오르면 격자봉이지. 광대봉에서 이어지는 능선이 저곳에서 솟는다네. 솟구친 기운이 흘러 내려와 작은 못에 모인다고 하더라고."

새 캔을 따자 푸시식 거품이 넘쳤다.

"그럼 이 보길도의 기운이 저곳 낙서재樂書齋로 다 모여든다는 말인가?"

"아마도 그렇겠지. 그 낙서재 앞 귀암龜巖에 앉으면 그 기운을 느낄 수 있다고 하더군."

"어허, 고산이 그런 기운을 이미 알고 있었다는 것인가?"

"말하면 무엇해. 풍수에 통달한 고산이 아니던가. 여기서 봐도 낙서재의 반듯한 모습이 빛을 발하는 것 같지 않은가?"

해그림자는 아직 낙서재를 드리우지 않아 낙서재의 선명한 모습이 주위보다 뚜렷하다.

"이 사람, 자네 혹시 나를 저기로 또 데려가려는 수작 아니야?"

"저런, 수작이라니? 고산의 시들이 거저 나왔겠는가? 그런 기운이 없으면 가당치 않지. 문장이 저절로 되는 것이 아니라고. 기운찬 흐름이 모이고 그 기운을 감당할 서정이 어우러져야 시맥을 이루는 것이 아니겠는가 하는 말일세. 그건 공재도 마찬가지야. 공재 그림의 원천이라고."

녹문은 맥주를 마시며 산의 기세를 살폈다. 낮은 능선이 천천히 올라와 작은 꼭지를 이루고 다시 흘러내린다. 부드러운 기세다. 굳이 기운찬 흐름이라곤 찾을 수 없다. 능선으로 둘러싸인 부용 마을 개천에 이르는 계곡이 오히려 깊고 가파르다. 배산임수. 흔한 지세일 뿐이다. 오연이 자리를 털고 일어나 앞장섰다.

"내려가세. 곧 어두워질 거야. 더 늦기 전에 낙서재 귀암을 보러 가자고."

오연은 둘러친 돌벽을 내려가 귀암에 올랐다. 거북의 형상에서 머리는 어디론가 사라지고 몸체만 남았는데 등판이 우묵하다. 숱한 이들이 그 등판에 앉아 고산의 시를 읊었을 참이다. 오연이라고 다를 것이 없다.

"내 벗이 몇이나 하니 수석과 송죽이라. 동산에 달 오르니 긔 더욱 반갑고야. 두어라 이 다섯밖에 또 더하여 무엇하리."

겨우 기억을 되살려 「오우가」를 읊조린다.

"제법이야. 달이 떴는가 보시게. 그래야 격조가 어울리지."

"저런, 아직도 즉물이야. 손가락 끝에 있는 달이 그냥 달인가? 손가락일 뿐이라네. 달이야 뜨던 아니 뜨던 고산의 마음은 이미 달을 품었다네."

오연은 귀암에 올라앉아 움직이지 않는다. 고산도 저러했을 것인가. 관솔이나 호롱으로 불을 밝혔을 수도 있겠다. 아니다. 고산이라면 그저 어둠에 앉아 달빛으로 족했을 것이다. 어쩌면 고산은 달빛에 젖어 당사도唐寺島 저 밖에서 몸을 일으켜 예작도禮作島를 스

김홍정 소설집

치고 예송 바닷가 소나무 숲을 지나 큰길재를 넘어 대숲으로 몰아
치는 바람이나 파도 소리를 들었을 수도 있겠다. 그 소리가 전하는
비분강개는 달빛에 젖어 소용없는 허망이 되고 말았으리라. 귀양지
에서 귀 기울이던 소식들은 늘 허망했기 때문이다.

"자넨 그 빛을 끝내 일구지 못할 것이여."

"……"

후담은 마침내 사납게 내치리라 마음먹고 틈을 주지 않으려 했다.

"소용없는 짓이라니께. 미술과 교수라니 하던 조각이나 제대로
허라니께. 왜 이 산골로 자꾸 들어오는 겨? 뭐더라? 그려. 옻칠이
그리 만만헌 겨?"

"……"

"거참, 속 쓰리네. 이제 고만허구 가셔. 시방 그걸 칠이라고 헌
겨? 그게 칠이여? 고냥 두텁을 씌웠구먼. 덕지덕지 미친년 분 발랐
다니께. 나 공방 문 닫네. 알어서 가셔."

후담은 공방 밖으로 나간다. 끓여놓은 염료들도 부글부글한다.
삼 년. '서당개 삼 년이면 풍월을 읊는다는디…' 두런거리는 후담
의 말소리가 귀에 거슬린다.

녹문이 제자를 거두지 않는 녹천 공방에 기를 쓰고 드나들기 시
작한 지 삼 년이 꼬박 지났다. 그저 후담이 하는 대로 따라 했다.
옻나무에 상처를 내어 진을 받고 명주에 걸러 생옻을 얻었다. 옻

독이 올라 온몸이 벌겋게 달아올라도 지나치는 과정이라 여겼다. '그거 원래 그려. 약이나 독이나 쓰임에 따라 다를 뿐, 한 가지여. 옻낭구 줄기를 가만히 보면 독을 품어서 그런지 검붉은 기운이 있지. 사납지는 않어. 은근하다구. 나중에 알게 될 것인디, 그 검붉은 기운을 살려내야 허는 겨.' 오전 강의도 다른 날로 옮기고 금요일을 온전히 기다려 녹천으로 달려와 새벽까지 칠에 매달렸다.

겨우 말총을 잘게 매어 대 받침에 묶어 쥐고 각을 잡은 붓으로 길게 풀칠하듯 이어 칠을 했건만 늘 제자리다. 칠은 겹치고 곧은 선은 제각각 들쑥날쑥하다. 제법 품이 이루어진 것을 보면 그예 '칠은 색이 아니여. 속에 배인 겹도 분명해야지 사포질 몇 번이면 그 속이 다 드러난다고. 사람 속이나 같다니께. 겪어보면 알 일이지만.' 지청구다. 부조와 다를 것이 없다. 호두나무 밑판은 대패질로 매끈하다. 나무랄 것이 없지만 옻칠이 나뭇결을 막아선다. '그 결이 살아야 하는디, 뭔 짓이라냐. 놀이허남?'

<작품 「달빛」 프롤로그>

바위에 새긴 고래들은 수천 년을 견디고 남았다. 바다를 떠난 고래들은 바위 속에서 유영하며 돌아갈 바다를 꿈꾼다. 바위 아래 계곡을 따라가는 달빛이 은근하다. 달빛은 바다에 이르고 달빛 바다는 오색 물고기들이 그득하다. 오색 물고기들이 노는 바다는 그 끝을 알 수 없다. 호두나무 밑판에 너른 바다를 입히고 오색 물고기들

김홍정 소설집

은 전복 자개로 새겨넣고 옻칠을 입히면 달빛은 저절로 그 속으로 스밀 것이다.

녹천에서 일하며 달빛이 스미는 칠을 꿈꿨다. 안료나 검댕을 섞어 재현할 수 없는 빛이라 여기고 칠을 통해 저절로 배어나는 달빛을 이루고 싶었다. 부조 위에 입히는 칠이 아닌 부조로 구현된 달빛 바다를 만나려 했다. 후담의 지청구는 끝내 공방을 떠나라는 명령이 되곤 했다. 대꾸하지 않아야 견딜 수 있는 법. 그렇게 귀를 닫고 지내면 달빛 바다를 부조 안에 담게 될 것이라 여겼다.

오연이 귀암에 앉아 쏟아지는 별빛을 보고 달빛에 젖는 모습에서 후담의 모습을 떠올린 것은 우연이었다. 오연이 귀암에 앉은 이유를 짐작할 수 없지만 엄숙해 보였다. 실상 녹천 공방에서 후담이 달빛에 젖어 앉는 것을 치기로 여겼던 터였다. 오연의 가부좌는 후담에게서 늘 보던 장면이었지만 분명 달리 보였다.

후담은 수시로 공방 앞마당에 자리를 펴고 가부좌를 했다. '이리 나오시오. 여기 앉으셔서 저 별이나 보슈. 교수라니께 뭐라도 건지고 싶으면 저 맑은 어둠이 옻칠 속의 세상이고 저 별들이 실체는 없으나 그 칠 속에 담아둘 것들이니 시방부터라도 자주 보고 느껴야 할 것이니께.' 별일이다. 하지만 오래 견디지 못할 것을 알아차린 듯 친절하기까지 했다. 그 친절은 오래 가지 않았다. 〈작품 「달빛」프롤로그〉 몇 자 적어둔 작업 메모를 본 후담은 껄껄 웃다가 끝내 피식 웃고는 가부좌를 풀었다. '왜 가부좌를 하지 않습니까?' '별 볼일이 읎으니께, 공연히 쓰잘 데 읎는 일로 허비할 시간이 뭐 있었는가.' 그날 이후 맑은 밤하늘을 바라보던 일은 멈춘 지오래다.

한식이 지났다. 염색공장에서 고사 지낸 술이라고 보낸 소곡주를 모조리 비우고 작은 얼굴이 붉게 달아오른 후담은 공방으로 들어오자마자 냅다 소리를 질렀다.

"그만두슈. 인저 가르칠 것이 읎수. 교수께서 뭘 배우시겠다고 자꾸 날 괴롭히슈."

"……"

"그만두고 가시란 말유. 내 일 방해허들 말고…"

"……"

"터진 입이라고. 대꾸라도 허야지. 뭐라 헐 것 아니여?"

그만둘 수 없는 일이다. 모르지 않는 후담이다. 후담의 공방에 들어오면서 애당초 입을 열지 않기로 작정했기에 대꾸할 필요가 없다. 그저 후담이 간간이 내뱉는 말을 근거로 작업을 이어가면 될 일이다.

"그려? 말도 아니 허겄다 그 말이렸다. 그럼 지대루다가 허든지.

그려 그렇게 혀 봐. 다시 저기 앉아서 맑은 하늘을 보셔. 시방 밤인 게 아무것도 안 보인다 허진 말고. 마침 구름이 그득허구먼. 아주 좋은 날이여. 지대로 볼 수 있겄어. 저리 가슈. 거기 앉으셔서 보슈."

아무래도 술기운을 핑계 삼은 주사다. 하지만 슬그머니 공방을 나가 마당에 앉았다. 구름이 그득한 밤하늘, 맑을 것도 흐릴 것도 없다. 그저 사면이 어둡다. 석 달이 지났다. 퍼붓는 빗속에 앉으라 한 것은 모른 척하고 거론하지 않던 〈작품「달빛」프롤로그〉 얘길 꺼낸 후다. 후담은 사흘째 칠을 멈추고 술에 취해 있었다.

"보슈. 말은 좋아. 물이 그득하고 오색 물고기가 논다고? 물고기를 새기는 것은 옻칠 전후란 말이여. 그러니 밑판에 우선 초벌 칠을 입히고 자개를 달고 다시 칠을 입히는 것이지. 그럼 초벌을 어찌 헐 것이여. 깊은 어둠이 있으야 허는디, 그게 저 하늘이여. 아무것도 없는 깊은 어둠. 비가 퍼붓는 날이면 그 깊은 어둠에 물이 흐르겄지. 혀보라구."

악다구니였다. 후담은 발광하듯 날뛰더니 공방 한구석에 널브러져 코를 골았다.

"녹문, 작업 잘 되시는가? 해남문화연구회에서 윤두서 선생에 대해 강연 부탁을 해서 다녀오려고. 혹시 시간 되면 고산 유택이나 다녀오자고. 요즘 녹문을 보면 정신 나간 사람 같아요. 꼭 뭐 씌인 사람 같다니까."

걱정하는 얼굴로 여행을 권하는 오연을 따라 보길도로 들어선 이유다. 처음엔 해남 녹우당이나 들렀다 올 참이었다. 공교롭게 녹우당은 대문을 열어주지 않았다. 녹우당을 둘러싼 긴 돌담을 돌다가 비자나무 숲에 이르렀다. 순간 후담의 말이 떠올랐다. '옻칠 없이 천년을 가는 것이 비자나무여. 담황색 빛깔과 비단결 무늬가 고우니께 칠이 필요 없지. 향이 은근하여 서안으론 제격이여.' 후담은 비자나무에는 옻칠이 어울리지 않는다고 했다. 옻칠을 고집하지 않는 말이 오히려 어색했다. 다만 단단하나 볼품이 없는 목재들에 칠을 입히면 어느새 순결하고 단정한 목기가 되니 제기로 으뜸이라 했다. '검은빛은 깊은 물 흐름이여. 그래서 나무에 스며드는 겨. 깊이 배인다고. 배이고 번지고 틈을 메꾼다 그런 말이여. 그 흐름을 이루는 것이 칠쟁이여.' 비자나무 숲을 벗어나지 못하고 나무들을 둘러보았다. 한 떼거리 바람이 지나는 순간 비자나무 목어가 우는 소리를 들었다. 녹천 인근 장곡사 목어다. 속을 드러낸 목어는 눈을 부릅뜬다. 몸뚱아리 비늘이 온통 솟아 당장이라도 구천을 날 듯하다.

"안 내려가실 거요? 어디 가서 요기라도 하자고."

비자림을 떠났다. 이어진 술자리에서 보길도 얘길 꺼낸 것도 오연이다. 보길도에 남은 고산의 살림집은 문을 닫은 녹우당과는 달리 모두 드러내고 있다고 했다. 굳이 고산의 시를 따라가는 여행은 아니어도 괜찮을 듯하여 동행하기로 했다. 태풍 예보가 있었던 것

김홍정 소설집

을 몰랐다. 땅끝 포구에서 보길도로 가는 배는 운행을 멈추었다. 사나운 바람이 불고 밤새 비가 내렸다. 보길도로 갈 방도가 없으니 숙소에서 삼치회 한 접시를 놓고 소주병을 비웠다.

"옛사람들이 보길도로 가려면 바다가 잠잠하길 무조건 기다렸을 게지. 우리나 다를 게 없어. 고산 선생 따라잡기 하는 거네. 흐흐."

오연은 자주 잔을 비우며 눈을 깜짝거렸다.

"내일 오전에는 배가 뜬다. 내가 확신하지. 태풍은 빠르게 지나치니까. 이 정도는 하루면 끝이야."

오연의 너스레는 술병이 모두 비어서야 겨우 멈추었다.

점심을 먹고 땅끝에서 노화도로 가는 배를 탔다. 노화도에서 보길도는 다리로 연결되었으니 보길도는 모두 노화도를 통해 간다. 오전이 지나자 비가 멈추고 해가 떴다. 매표소 직원은 바다가 잔잔해서 첫배부터 다녔다고 일러준다. 승용차는 노화도로 가는 배 안으로 들어가 활어차들 사이에서 자리를 잡았다.

"다시는 도성으로 가지는 않을 것이오."

해남으로 돌아온 고산은 먼 섬으로 들어가기로 작정한다. 이미 임금은 산성을 내려와 청나라 장수 앞에 무릎을 꿇고 머리를 조아렸다는 비통이 천지를 들끓게 한다. 천붕이 아닐 수 없으니 살아도 산 자가 아니다. 머리를 조아리고 안위를 얻는 것 대신 세상을 벗어나 몸을 숨기는 것이 비겁이 아니다. 임금의 스승인 고산은 제주도로 향한다. 화흥포를 벗어날 때 잔잔했던 바다가 화를 돋운다. 천 길 바닷속을 헤아릴 수 없다. 풍수에 능한 그도 한 치 앞의 어둠을 예측하지 못했다. 두려움에 떨던 도사공이 고산에게 파도를 먼저 피해야 한다고 고했을 것이다. 우두커니 눈을 감고 있던 고산이 고개를 끄덕인다. 사공들이 서둘러 돛을 내렸다. 배는 사정없이 파도에 휘둘리다가 긴 꼬리를 바다에 내리고 반쯤 물속에 담은 작은 섬으로 들어섰다. 섬 안으로 들어서자 맑고 찬 물이 바위틈을 돌아 흐른다. 수량이 적지 않다. 곳곳에 흐드러진 꽃들이 지천이다. 부용동. 어지러운 머릿속을 맑게 가라앉히며 떠오른 이름이다. 이 정도면 몸을 거둘 수 있는 곳으로 모자람이 없다. 서쪽 산 바위 사이에 몸이 앉을 만큼의 기둥을 세웠다. 동천석실. 산에서 내려가지 않을 것이다. 동쪽 격자봉 위로 달이 오른다. 달을 보면 그만 마음이 시리다. 사나운 바람을 맞아도 달빛은 흔들리지 않고 폭우가 내리면 계곡으로 굴러내리는 바윗돌들이 쾅쾅 울부짖으며 부용동 골짜기를 채운다. 햇살이 드는 새벽 굴러내린 바윗돌이 부용동 골짜기 물길을 가로막거나 상처투성이 제 몸을 씻고 있다. 바윗돌을 주초 삼아 세연정을 눈대중으로 그렸다. 오는 이 가는 이도 없다. 그저 종일 대목수가 하는 대로 나무를 자르고, 깎고, 대패질했다. 함께 제주로 향하던 뱃사람 몇몇이 달려와 고산을 말리려 했지만 소용없는 일. 그들도 대목수를 돕는 일꾼이 되었다. 노화도 수로를 감싸고 있는 갈대를 베어 날랐다. 갈대로 이엉을 엮어 지붕을 올렸다. 바람이 불 때마다 뱀이 보리밭을 지나는 소리를 낸다. 첫 겨울이 지나고 꽃이 피고 다시 태풍이 몰려왔다. 어제가 그저 오늘이다. 오늘이 내일이고 내일이 또한 모레가 되어도 다를 것이 없다. 격자봉을 오르면 섬 그늘 너머 바다에서 그물을 내리는 어부들의 모습이 뚜렷하다. 누런 돛을 펼치고 제주도 뱃길을 가던 어부들이 부용동으로 들어와 물고기 몇 마리를 내린다. 살진 붉은볼락과 넙치는 무시로 밥상에 오른다.

죄가 더해졌다. 피난길을 나선 임금을 호종하지 않은 죄. 죽어 마땅했다. 임금의 명을 전하는 선전관이 미처 보길도로 들어오기 전 파도는 어명을 삼켜버렸다. 고산은 태평했다. 하루 중 가장 요긴한 일은 귀암에 앉아 달을 맞는 일이다.

후담은 속이 시원하지 않았다. 체증처럼 막힌 답답함으로 머뭇거리나 언덕 아래로 자꾸 눈길이 가는 것은 어쩔 수 없었다. '뭐라도 배우겠다고 허세를 부리는 꼴이라니. 내 그럴 줄 알았지. 녹문이 겨울을 견디면 내줄 참이었거늘.' 후담은 다짐하고 빚었던 불두佛頭 두 덩어리를 내동댕이쳤다. 덜 마른 불두가 마당에 흩어졌다. 불을 먹은 흙 위에 더한 옻칠은 불기운을 담아 그 깊이를 더할 것은 당연한 이치. 다만 도공조차 어떤 빛으로 변이될지 예단할 수 없다. 내심 그 고고함이 은근하고 짙으나 파문처럼 울리는 빛을 범접하기 어려워 불두만 만들고 칠은 미뤄두었다. 파고드는 마음이 깊은 녹문과 겨울을 나면서 그 멋을 이루리라 여겼던 터다. '싱거운 사람이구면. 그깟 몇 마디에 칠을 접을 위인이었네, 그려.' 후담은 녹문이 가져온 소곡주를 포장재까지 언덕 아래로 던졌다.

공방을 떠난 것은 아니나 비가 오는 날 마당에 앉았다가 벌떡 일어나 공방을 나선 것은 오연의 부름 때문이라 둘러댔지만, 실상은 그게 아니었다. 여름밤이라도 비에 젖은 몸은 우중충했고 뼛속을 파고드는 분노가 몰려왔다. 제법 즐거웠다. 칠에서 우러나는 기쁨이 시작부터 넉넉했고, 후담의 지청구조차 듣기 좋았다. 내심 후담의 칭찬을 목말라했고 기대감을 떨치지 못했다. 공방 책상 위에 〈작품 「달빛」 프롤로그〉를 슬그머니 올려놓고 밖으로 나돈 것도 여심을 달구어내던 여인상 작품들을 버리고, 지극한 전통을 고수하는 옻칠을 형체를 지닌 질료로 드러내고 싶은 욕망이었다. 분명 후담이 볼 것이고 그에 대해 반응을 하리라는 확신이 있었다. 옻칠에서 느낀 직관을 형상화할 수 있으리라 자신했기 때문이다. 하지만 분노하는 후담의 모습을 보며 허망한 시간을 앞으로 어찌 보낼 것인가 하는 걱정이 앞섰다. 작품 창고를 겸한 전시실 거치대에 올려놓고 자물쇠를 건 여인들의 조각상들이 눈앞에 어른거렸다. 기가 막히게 가다듬은 자태로 요염하기까지 한 여인들이 서슴지 않고 옷을 벗고 좌대에 올랐다. 틀을 세우고 흙을 붙이며 칼질과 사

김홍정 소설집

포질로 여신으로 모셨다. 여인들이 돌아가고 여신들이 대신한 좌대에는 독한 욕정과 사특한 번민에서 벗어날 수 없는 젊음이 난무했다. 관객들이 몰렸다. 한 점, 한 점 들려 나가는 여신들은 이미 여신이 아닌 젊은 나부였다. 전시장을 벗어나는 구매자들을 따라가 통사정하여 돌려받은 여신들을 모두 창고 안에 가뒀다.

　고산의 화는 끊이지 않았다. 직선적이고 불같은 성정은 매사 그를 지목한 억측과 비판에도 물러서지 않았다. 심지어 천재지변의 위태로움은 모두 신하들의 그릇된 간사한 마음에서 비롯된 것이라 상소했다. 당대의 거두 송시열이 앞장선 적들이 벌떼처럼 달려들었다. 동당의 사람들은 성품이 단정하고 인의로 만물을 이롭게 했고 한결같이 바른 도리를 지켰다고 했으나 적들은 고산을 남인수괴로 지목하여 늘 죄수 명부에 이름을 올렸다. 유배지로 떠돈지 스무 해가 넘었다. 돌이킬 수 없는 지경에 이르러 고산은 부득이 보길도로 들어와 동천석실에 안착했다. 고산에게 남은 것은 오로지 달뿐이다. 고산이 바라보는 달은 고산이 꿈꾼 배고프지 않고 굴뚝에 연기를 피울 수 있는 백성들의 소망이다. 하지만 백성들은 늘 배가 고프고 재해에 시달렸고, 풍랑에 휘말려 목숨을 잃었다. 고산이 할 수 있는 일은 달리 없었다. 배를 띄우고 바다로 나갔다가 무사히 돌아오기를 날마다 소원했다. 그가 찾은 시어는 어부들이 노를 저으며 부르는 소리 '지국총지국총어사와'다. 백성을 위해

녹천야행

베푸는 임금의 은혜를 바라는 마음을 담은 시행을 덧붙였다. 무지한 백성은 없다. 순박한 마음으로 고산의 주변에 몰려든 이웃들은 고산이 끝까지 사랑한 서자 직미와 다를 것이 없다. 백성들의 몸에 씌운 굴레를 벗겨주려 했던 간절함을 노래에 담았다. 노래는 또 다른 주술이다. 간절하면 이루어질 것이나 한계를 벗어날 수 없고 더 할 것이 없으니 그만 그것으로 만족해야 했다. 비겁이 아니다. 끝까지 싸우고도 끝내 이기지 못한 고산은 닳고 닳은 애달픔을 달빛에 담아두었다.

오연이 귀암을 벗어나 성큼성큼 주차장으로 걷는다.

"마음이 좀 진정되었나 보우. 얼굴이 맑아졌어."

"오연 덕분이지. 내 주제에 이곳을 찾아올 생각이나 했겠어."

"옻칠에 너무 빠져든 것은 아닌가? 그쪽도 꽤 갈 길이 멀다고 들었는데, 무슨 간절함이라도 있는 것이오? 할 말인지는 모르나 그 여신들은 어쩌려고……"

오연의 걱정이 고맙긴 하지만 위로가 되진 않는다. 여신을 형체로 빚어내던 소망은 접은 지 오래다. 뭍으로 돌아오는 내내 고산을 비추던 달빛을 생각했다.

녹천으로 돌아갔다. 공방은 비어 있다. 후담은 찰흙으로 조성한 불두 두 점을 평소 칠을 하던 좌대에 올려놓고 사라졌다. 불두는

　　　　　　　　　　　　김홍정 소설집

약간 넓은 미간과 길고 가는 눈은 관자놀이까지 꼬리가 이어져 있고, 콧날은 가늘게 시작하여 콧방울에 이르러 평퍼짐하다. 어찌 보면 눈썹의 곡선과 코의 곡선이 서로 이어져 하나처럼 보인다. 입을 굳게 다물고 턱은 당겨서 긴장감을 일으킨다. 여러 차례 바라보다가 비로소 눈이 길게 이어진 것이 미소 짓는 모습으로 보인다. 영락없는 여래불상이다. 녹문이 평소 칠 작업을 하는 좌대에 후담이 굳이 불두를 올려놓은 이유는 알 수 없다. 칠 작업 좌대를 쓰려면 불두를 치워야 하는데 공방의 주인이 자리를 비운 상황에서 그가 조성한 불두를 다른 곳으로 옮겨놓을 수도 없으니 난감했다.

그렇다고 이 상황을 후담에게 물어볼 수도 없다. 그 흔한 핸드폰조차 지니고 있지 않기 때문이다. 후담을 만나려면 그저 돌아올 때까지 공방을 지키는 수밖에 없다. 당분간 공방에 머물기로 했다. 공방 한쪽에 가득 쌓아둔 찰흙 덩어리들이 눈에 띈다. 비닐로 둘둘 말아 차곡차곡 쌓아둔 것을 보고 후담이 무얼 하고자 했는지 생각했다. 공방을 나가 우선 저녁을 해결하고 간단한 먹거리를 사서 돌아와 주말과 휴일 녹천 인근 관불산을 다녀왔다. 밋밋해 보이지만 오르기 쉽지 않은 가파른 산이다. 후담은 이른 새벽 늘 녹천에서 관불산으로 이르는 계곡을 산책하곤 했다. 한 번도 동행하지 못한 미안함에 시간을 낸 것이나 후담이 걷다가 되돌아오는 곳이 어딘지 알 수는 없다. 다만 관불산으로 오르는 길에 참옻나무들을 쉽게 찾을 수 있었다.

강의를 끝내고 공방으로 돌아왔다. 모든 것이 어제 그대로다. 후담이 공방에 들른 흔적은 없다. 걸쇠를 단단히 걸고 덧문까지 봉인한 공방의 서문을 열었다. 관불산을 넘는 비스듬한 햇살이 서문을 통해 칠 작업을 위한 좌대에 비친다.

후담은 공방 사방에 문을 내었다. '빛이 다 같은 빛인 줄 알지? 아녀. 동서남북에 걸린 문을 통해 들어서는 빛은 내게는 그 근본이 다르게 보여. 츰에는 그럴 리 읎다고 의심했지. 근데 그게 아니더라고. 그러니께 근본이 다를 거라 믿는 겨.' 으레 오후가 되어야 공방에 들어서고, 이튿날 오전에 공방을 떠나니 문으로 들어오는 빛을 세밀히 본 적이 없었다. 서문을 통해 비춘 빛은 은근하여 미미하기까지 했다. 순간 공방 좌대에 올려본 불두의 눈빛이 선명하다. 엄격하지 않으며 기운을 풀어놓고 맞이하는 겸연쩍은 표정이다. 다가서면 당장이라도 얼굴빛을 감추고 물러설 듯하다. 제자리에 섰다. 은근한 빛을 받은 불두의 미소를 보며 도피안사의 철조여래상을 떠올린 이유는 알 수 없다. 금분을 벗겨내고 검은 얼굴로 마주한 여래는 소소하고 겸연쩍다. 찰흙으로 빚은 여래상의 불두는 도피안사의 철조여래상과 다를 게 없었다.

동문과 남문을 마저 열자 공방은 안과 밖이 구별되지 않는다. 도로 문을 닫고 흙덩이를 가져와 불두를 빚기 시작했다. 평소보다 흙덩이를 두세 배 더 치대게 된 것도 어쩌면 불두를 모신 까닭을 알

김홍정 소설집

수 없기 때문이다. 정교해야 했다. 나무칼의 날을 더 예리하게 깎아 얼굴을 세밀하게 살렸다. 머리에 올린 소라 모양은 원형 모형 도구를 쓰지 않고 하나하나 칼로 긁고 더하여 운치를 살렸다. 모두 고르게 할 수는 없으나 돋보이거나 각이 선 것은 손가락으로 부드러움을 더했다. 새벽에 이르러서 겨우 불두 하나를 세우고 그늘에 두었다.

주말 대학원생 강의까지는 한나절 여유가 있다. 가마를 지펴 온도를 조절하면 햇살이 들어설 때부터 옻칠을 할 수 있을 것이다. 숨이 가빠졌다. 늘 손에 익은 작업이 갑자기 왜 새삼스러운지 알 수 없다. 가마를 지피고 호두나무 밑판을 사포질했다. 굳은 칠이 좀처럼 밀려나지 않는다. 이미 칠은 호두나무 표면에 달라붙어 가죽이 되어버렸다. 한참이 지나자 겨우 두께가 진 부분에서 가루들이 밀리기 시작했다. 사포 가루를 뿌리고 단단한 아대로 갈기 시작했다. '두텁이 읎으면서도 깊이가 있으야니께 눈썰미로 해야 허는 겨.' 슬금슬금 가는 것처럼 보여도 후담은 늘 옻칠을 갈아낼 때는 온몸이 땀투성이였다. 오로지 온몸으로 공을 더해야 했다. 아대에 밀린 칠은 틈새를 메꿔 면을 고르게 하고 빛이 스며들게 한다. 그 위에 더한 칠은 깊이를 더하여 옻칠 자체의 그늘을 만들어 호두나무에 새긴 깊은 바다와 그 위를 흐르는 물결, 파도를 더했다.

"오늘 강의 끝나고 조출하게 저녁이라도 함세. 대학원생들이 모임을 주선한다고 하는데, 녹문도 참석하지? 좀 쉬다 가란 얘기야.
참석하는 것으로 알겠네."

오연의 재촉이다. 작업하는 이가 새로운 방도를 찾는 것은 당연
하고 그 작업에 선뜻 동의하기 어려워도 나무랄 수는 없다. 다만
그 길이 너무 길어지면 되돌아오기 어렵다는 잔소리를 놓지 않는
오연이다. 뻔한 술자리다. 새로운 것을 찾는 것이야말로 자기 혁신
이라는 공치사를 몇 차례 들어야 자리가 파할 것이다.

강의를 연기하지 않은 것을 후회했다. 술자리가 길어지면서 옻
칠이 화제가 되었다. 화제를 주도한 것은 오연이다. 조각 특히 부조
작품에 더할 안료의 다양성은 조각가들의 오랜 과제다. 전래 물감
으로부터 신소재 안료까지, 안료를 대신하는 금속도 사용되는 판
에 녹문이 시도하는 옻칠은 전통 기법을 현대 조각에 적용하는 역
발상으로 의미가 있다는 논조다. 듣고 앉아 있기 참으로 불편하다.
대학원생들은 눈치를 보며 대화에 끼어들지 않고 침묵으로 일관했
다. 술자리는 졸지에 오연의 열강으로 너무 진지하다.

"그런데 말이지, 궁금한 것이 하나 있어요. 옻칠은 그 자체 숙연
함이 있단 말이지. 더 놀라운 것은 염료라면 가능할 수 있는데, 염
색으로 배어든 색에서 염색장이가 예상하지 못한 색조가 나타나
기도 하거든. 이건 도공에게도 마찬가지라고. 장인의 공이 아니라
고. 그런데 다른 안료로는 불가능한 변조가 옻칠로는 가능해요.
물론 겉으로야 단색처럼 보이지만 광을 일으키기 위해 문지르면

또 다른 변조 색이 저절로 배어 나온단 말이지. 이걸 회화적 성과로 볼 수 있느냐는 말이야. 변주곡이라면 몰라. 어떠셔들?"

"……"

대학원생들은 모두 눈만 멀뚱하다. 대학원생도 몇은 화가로, 조각가로 활동하는 전문가들이지만 지도교수가 시도하는 옻칠에 대해 왈가왈부할 수는 없다. 옻칠 이야기가 공중에서 맴돌았다. 먼저 자리를 일어섰으면 하는 눈치를 보이는 학생들도 있었다. 더는 자리를 지킬 이유가 없다. 슬그머니 가방을 챙겼다.

"저기, 하던 작업이 남아 있어서, 가마에 작품을 굽고 있어서 가 봐야겠어요. 먼저 일어납니다."

밤길은 늘 낯설다. 지나치는 차들이 광속이다. 저렇게 달리다가는 사고 난다며 택시 기사가 투덜거린다. 산길로 들어서자 지나가는 차도 없다. 불이 꺼진 공방은 그저 고요하다. 문을 열고 들어서자 가마에서 얼비치는 검붉은 빛이 월식으로 흐려진 밤하늘이다. 보길도 동천석실이나 귀암에서 바라보는 달빛이나 다를 게 없다. 동천석실 좁은 방에서 고산은 달빛에 흠뻑 젖었다. 달빛에 젖는 것은 혼탁한 소용돌이 현실을 벗어나고자 하는 간절함이다. 그 또한 천여 년을 견디어온 철조여래불의 소망이다. 이제 비워서 채울 담백과 단호한 결심이 필요하다.

이른 새벽, 녹문은 후담이 조성한 불두를 앉치고 가마에 불을 지폈다. 가마 속에서 달궈진 여래는 불을 받고 굳은 돌로 변했으나 얼굴에 가는 금이 골수까지 파고들었다. 밤새 뜨거운 불길로 시달린 흔적이다. 사포질로 틈을 메우고 옻칠을 입혔다. 칠은 굳은 도기의 짙은 어둠을 품고 깊숙하게 가라앉았다. 녹천 주위를 돌고 돌아오자 칠은 어느새 물길을 내고 흐르고 있다. 두께가 겹친 칠은 단단한 바위에 부닥친 물거품을 일으킨다. 사포질을 더한다. 아대가 힘을 얹고 물거품을 가라앉히자 오히려 깊은 풍랑이 인다. 깊숙한 바다는 두께가 없다. 그저 어두운 하늘이다. 달은 없으나 달빛은 은근할 것이다. 여래불의 미소가 은근하다.

후담은 그 겨울이 지나도록 공방으로 돌아오지 않았다. 호두나무 밑판에 올린 부조는 깊은 바다를 이루고 간간이 오색 물고기들의 유영은 달빛에 흐드러지기 마련이다. 세찬 파도 소리는 바람에 실려 흩어진다. 노화도 갈대숲을 지나는 바람이 동천석실에도 들를 것이다. 굳이 귀암에 오르지 않아도 바람 소리를 들으면 달빛이 은근한 것을 알 수 있다. 후담은 「달빛」 전시장에 들르지 않았다.

그림자 지우기

"꼭 하고 싶은 게 있었어. 딸꾹. 그 남자하고 눈이 엄청 온 날, 바 닷가, 그래 간이 포구, 자기가 보여줬던 영진포구 그런 곳, 바다가 조금은 내려다보이는 삼류 여관, 그 골방 같은 곳에서 죽은 채로 발견되는 거. 남자도 함께 죽으면 더 좋고, 아니면 남자는 언제 나 갔는지도 모르게 떠났어도 상관없지. 파도 소리는 끊임없이 들려 야 해. 딸꾹. 나는 옷을 다 벗고 있을 거야. 미끈하고 우아한 모습 을 보여줘야 할 텐데. 사람들이 놀라겠지. 딸꾹. '지랄, 왜 죽어 차 라리 나에게나 오지. 잘해줄 텐데.' 입을 쩝쩝거리는 놈이 있을지도 몰라. 나쁜 자식들. 순진한 경찰관이라면 사람들을 밀어내며 내 몸 에 수건이나 이불보 같은 것을 덮어주겠지. 하지만 상관할 일은 아니야. 여관집 아이부터 아줌마, 주인 남자, 동네 이장까지 이미 볼 건 다 봤으니까. 딸꾹."

"그게 다야? 미쳤군. 그게 소원이었어?"

"그게 쉬운 일이 아니더라고. 딸꾹. 두 번이나 시도했는데, 머리만 아프고 죽질 않더라고, 한 번은 오후쯤에 깨어났는데, 영 쪽팔리더라고. 눈을 뜨니까 웬 젊은 놈이 쳐다보고 있는 거야. 딸꾹. 놀라서 벌떡 일어나 눈을 크게 뜨고 그놈을 봤는데, 아아 제기랄, 그 자식 바지 앞에 팽팽하게 산이 솟았더라고. 아휴, '꺼져!' 하고 이불을 뒤집어썼는데 그 자식 하는 말이 가관이야. '시간 요금은 더 안 받아요.' 그러더라니까. 으으, 눈요기는 했다 이거지. 딸꾹. 잘 안 되더라고."

"정말 미쳤구나. 왜 죽으려고 하는데?"

"넌 그것도 모르냐? 멋있잖아. 멋. 딸꾹. 멋있게 살아야 되는데. 사랑이 멋있게 안 돼."

해린은 화장실로 달려가 속에 남은 찌꺼기를 게웠다. 물로 입을 헹구고 돌아와, 벌건 눈으로 한 잔 남긴 술상 앞에 다시 앉았다. 나는 그녀를 물끄러미 보았다.

해린. 한때는 날리던 캠퍼스 시인이었다. 그녀는 4년 동안 인근 대학의 백일장을 돌아다니며 세 차례나 대상을 거머줬었다. 노 교수들은 그녀가 쓴 시를 강의에서 읽고 해설까지 곁들였다. 대학을 졸업하고 그녀는 탁월한 재능을 인정받은 신인 시인이 되었다. 내가 근무하던 학교로 그녀가 전입해 오자 그녀의 명성을 익히 알고 있는 선배들이 그녀와 어울리려고 일찍 퇴근을 서둘렀다. 아이들 야간자율학습 지도는 늘 내 몫이었다. 자율학습이 끝난 시간, 그들의 자리로 불려갔을 때 그녀는 이미 인사불성이었다. 늘 그랬다. 선배들의 부름을 받은 술자리에 앉아 잠시 머뭇거리면, 해린은 자리에서 일어나 밖으로 나갔다. 내가 자리를 지키고 뭉그적거리면, 해린은 여지없이 문밖에서 빨리 나오라고 소리를 질렀다. 선배들은 나에게 술 취한 해린을 맡는 역할을 부여했다. 눈치껏 그녀가 자리에서 일어서면 얼른 뒤를 따라나섰다. 선배들은 서두르는 나를 향해 수고하라는 둥, 잘해보라는 둥 한마디씩 했다.

"가자, 준비되었니? 야, 잘할 수 있지?"

"무얼?"

"수컷이 암내 풍기는 암컷을 따라왔으면 제대로 해야지. 그것도 모르냐?"

"쓸데없는 소리 말고 어서 가자. 택시 왔다."

해린의 동네까지는 택시로 가고, 골목으로 이어진 집까지는 으레 해린을 업어야 했다. 어쩌다 그녀가 짧은 치마라도 입은 날이며 대책이 없어 어깨에 걸치고 질질 끌고 가야 했지만, 바지를 입은 날은 거추장스럽지 않게 업고 성큼성큼 걸었다.

"괜찮아. 엉덩이 만져도 돼. 신경 쓰지 마. 편하다."

김홍정 소설집

해린의 가슴이 등판에 닿아 감촉이 예민해질 때도 있지만 그건 아주 잠깐의 일이다. 술 취한 사람을 업고 걷는 고통으로 그런 생각조차 할 여유가 없다. 다음 날 해린은 전날의 일을 기억하지 못했다. 어쩌면 모른 척하는 것이고, 나도 그러려니 했다. 하지만 선배들은 다르다. 짓궂은 선배들은 지나치며 엉덩이를 툭 치고 지나가기도 하고, 담배나 피자고 권하기도 했다. 내게서 무슨 재미난 이야기라도 듣고 싶은 눈치다.

솔직히 그녀를 이해할 수 없다. 해린은 시는 술잔에서 나온다고 했다. 나는 그녀가 수업 시간에 그런 얘기를 하지 않았으면 하지만 이미 아이들도 알 만큼 알려진 시인의 말에 이의를 제기할 아이들은 없다. 유명 시인 해린의 술버릇은 시를 만드는 원동력으로 모든 것이 용서되었다. 여교사들은 달랐다. 봄 학기가 지나자 나는 연구부장인 대학 선배에게 불려갔다.

"허 선생, 정말 이럴 거야. 학교 망신 다 시킬 셈이냐고? 데려다 살든지 해. 왜 매일 이 선생을 업고 다녀서 아이들 입에서 오르내리게 하는 거야? 학부모들이 단체로 쫓아올 참이야."

"부장님, 이 선생 집이 골목길로 좀 올라가야 해서 업고 가야 해요. 죄송합니다."

"그러니까, 왜 그리 술을 먹여? 차를 마셔. 커피도 마시고. 처녀와 총각이 만나는 것을 누가 뭐라 하나? 권장 사항이지. 하지만 추태는 부리지 마셔야지. 이해하시지? 여선생들 사이에서도 좀 말이 많은

게 아니야. 하긴 허 선생 등판이 넓어서 업히긴 좋을 거야. 호호."

그 후로도 해린은 술자리가 파할 즈음에 어김없이 나를 불렀다. 술자리도 아주 다양했다. 여교사 모임, 배드민턴 동호회, 지역 문학회 모임, 중앙 시단의 작가들이 지역에 들러 이루어진 모임, 탁구 모임, 요가 모임. 나는 학기가 빨리 끝나길 기다렸다. 해린의 호출에서 벗어나는 길은 다른 학교로 전보되어 가는 수밖에 없었다.

해린의 호출은 그 학교에서만이 아니었다. 대학 2학년이 된 가을부터 해린은 늘 자신의 술자리에 나를 데리고 다녔다. 내가 술을 하지 않는 것을 알고 있으면서도 술자리에 빠지지 못하게 하고 그럴 때마다 문학을 핑계 댔다. 나를 빼고 국어과에서 술을 마시지 않는 학생은 없었다. 인근 학교에서 근무할 때도 마찬가지였다. 해린 때문에 인근 학교 선생에게 멱살을 잡히고 망신을 당한 적도 있었다. 술에 취한 그는 술자리에 나타난 나를 보자마자 약혼자라도 되냐며 돌아가라고 소리를 지르다가 마침내 내게 주먹질을 하려 했다. 아마 그는 해린을 좋아했을 것이다. 그의 행패가 계속되자 말리던 해린이 그의 사타구니를 발로 걷어찼다. 술집 바닥에 나동그라진 그는 눈을 허옇게 뒤집고 입에 거품을 품었다. 함께 술 마시던 사람들이 놀라 119를 불러 그를 병원으로 옮겼다. 해린은 나를 데리고 그 자리를 피했다. 사흘이 지난 후 나는 경찰서 조사계로 출두하라는 통지서를 받았다. 사유는 폭행이었다. 조사계 담당 경찰은 피해자가 자신의 사타구니를 발로 찬 가해자로 나를 지목했다고 했다. 술집 여주인이 증인을 서주어서 결국 조사는 흐지부지 종결되었다. 술집 여주인이 피해자를 잘 알고 있었다. 피해자였던 선생은 그 여주인의 동생과 혼삿말이 있었지만, 여주인은 그가 품행이 안 좋아 반대했다는 말을 더했다. 공교롭게 조사 담당 경찰관의 상관인 조사계장은 내가 가르치는 아이의 아버지다. 조사계장은 싱글싱글 웃으며 '얼른 결혼하세요.'라고 거들었다. 그 사건으로 나는 해린의 약혼자로 불렸다. 학교는 물론 동네에도 그렇게 소문이 퍼졌다. 내가 근무하는 학교의 여학생들은 어떤 소문이라도 곧장 시내 전체로 퍼뜨렸고, 날마다 소문이 무성했다.

"니, 여자 생겼다 카더라. 집으로 데리고 온나. 어매 생신이다. 이틀 당겨서 토요일에 모이기로 했으니까니 꼭 데려온나. 알았제?"
시청에 근무하는 큰형이 전화했다. 그런 사이가 아니라고 해도 큰형은 막무가내다. 당장 학교로 찾아와서 해린을 직접 초청할 기세다. 달리 방법이 없다. 알았다고 하고 전화를 끊었다. 토요일 오후, 형수가 다시 전화했다.
"용화루예요. 중국 정식으로 그 시인 선생님 자리까지 예약했어요. 잊지 마세요."
해린에게는 말도 꺼내지 않고 약속 시간에 혼자 갔다. 식구들이 한마디씩 잔소릴 했다. 모친이 나서서 식구들의 입을 막았다.

그림자 지우기

"더는 말하지 말그라. 아직 소개할 때가 아닌 모냥이라. 허 선생입장 곤란하게 하지 말고. 그 여선생 소문, 나도 들었다. 술깨나 마신다 카더마. 여자가 그리 술을 퍼마시모 어데 쓰노? 냅둬라. 때 되면 알 수 있는 기라."

"고마 치아부라. 사내 자슥이 어데 그 모냥이가? 니가 술이라도 같이 한잔하고, 마음 있으모 업어치기라도 하모 된다 아이가? 니, 사내는 맞는가?"

형수가 얼굴을 붉히며 큰형의 팔을 꼬집었다. 큰형은 주위를 돌아보며 형수를 나무랐다.

"와 말을 모하게 하노? 저 자슥 저리 두모 평생 혼자 산다 안카나? 헹수라꼬 쫓아댕기며 뒷바라지라도 할라꼬?"

"나도 도련님이 결혼하면 좋지요. 그리고 형수라고 해서 지금껏 해준 것도 없고요. 애들 듣는데 쓸데없는 소리 하니까 그러지요."

형수의 표정이 사뭇 진지했다. 아이들은 이미 어른들의 이야기에 관심도 없었다. 예비 숙모가 오지 않는다는 말을 듣고는 싱거운 잔치로 생각했는지 사촌 형제들끼리 상을 따로 받고 음식 먹기에 열중했다. 형제들은 다시 집안 얘기로 화제를 바꿨다. 둘째 형이 따로따로 떨어져 있는 조상님 묘를 한곳으로 모으자고 제안하고 땅값을 각출하자고 했다. 큰형은 큰형 노릇을 제대로 못해 미안하다며 이장하는 경비는 부담하겠다고 큰소릴 쳐서 일이 쉽게 마무리되는 모양새로 흘렀다. 큰형수 표정이 금방 어두워졌다. 참고 있었

김홍정 소설집

는지 불쑥 한마디 던진다.

"도련님도 학교 선생이나 하잖아요. 이장도 장사 치르는 경비나 같다는데, 식구 많은 우리가 그 돈을 다 부담하면 안 되지요. 엄니도 우리가 모시고 사는데……."

"저 주딩이 봐라. 사내 말 끝나기 무섭게 꼬투릴 잡는다. 저걸 확."

큰형이 자리에서 벌떡 일어났다. 큰매형이 얼른 큰형을 잡아 자리에 앉혔다.

"와, 우리 딸네 집도 십시일반 안 하요? 걱정 마소. 요즘은 딸이 대세랍디다."

겨우 분위기가 가라앉았지만 형수의 말을 들은 어머니는 표정이 굳어져 한마디 말도 하지 않았다. 볶은 쟁반짜장을 나눠 먹은 후 모두 자리에서 일어섰다. 서울과 대전 등에 사는 식구들이 먼저 차를 타고 떠났다. 나는 큰형에게 작별 인사를 하고 지하 주차장으로 내려가려 했다.

"야야, 막내야. 니, 나하고 말 좀 하자. 니 사는 집 방이 몇 개 드노?"

"방? 세 갠데요. 왜요?"

"니 장개들 때까정 방 하나 쓰면 안 되까?"

"엄니가? 형하고 안 살고?"

"내, 니 행수 눈치 봐싸서 어데 살겄노? 그리 알그라. 때 되면 갈기고."

큰형과 형수, 모친을 집에 데려다주러 가는 동안 아무도 말을 더

그림자 지우기

꺼내지 않았다. 모친은 먼저 차에서 내리자마자 집안으로 휭하니 들어갔다. 큰형은 아파트 마당에서 담배를 꺼내 물고 눈만 끔벅거렸다.

집으로 돌아와 욕실로 들어가 머리에 거품을 내고 몸에 비누칠을 했다. 초인종이 길게 울렸다. 귀찮아 한참 동안 대꾸를 하지 않자 이번에는 핸드폰이 울렸다. 해린이다. 서둘러 머리에 물을 쏟아 붓고, 수건을 두르고 문을 열었다.

"웬일이야? 연락도 없이?"

"웬일은? 지금 연락했잖아? 왜 전화 안 받아?"

"지금 이 상황을 보고도 그래? 온통 비눗물인데 전화 받게 생겼어?"

"큰일인데. 나 화장실 써야 해. 저리 비켜."

해린은 가방과 겉옷을 거실 바닥에 팽개치고 욕실 안으로 뛰어들어갔다. 나는 엉겁결에 안방 작은 욕실로 가서 대충 물을 끼얹고 거실로 나왔다. 냉장고에서 물을 꺼내 한 모금 마시고 생수병을 탁자에 두었다. 한참 만에 화장실에서 나온 해린은 탁자에 둔 생수를 벌컥벌컥 마셨다.

"변비가 너무 심해. 배가 찢어지게 아파서 왔더니 문도 안 열어주고 전화도 안 받고, 일 저지를 뻔했잖아."

"그래? 진즉 전화를 하지? 나도 방금 들어왔거든. 그래 성공했어?"

"그래에. 성공 사례 듣고 싶냐? 들려줘? 냄새가 좀 고약하지."

김홍정 소설집

"어디 가던 길이야?"

"어디가 아니고. 여기 오던 길야."

"여길? 왜?"

"왜라니? 내가 내 집 오는데 무슨 문제 있어?"

"뭐? 여기가 왜 네 집이야? 우리 집이지."

"그래, 우리 집, 우리 집이라고!"

해린의 말에 기가 막혀 더는 말할 수 없었다. 해린은 처음 만날 때부터 이런 막무가내가 아니었다. 아파트 문 앞에서 물건을 전해주고 간 적은 있었지만, 다짜고짜 집 안으로 쳐들어온 적은 없었다. TV를 켜자 뉴스 채널이 화면을 채웠다.

"집에서 뉴스를 주로 들어?"

"그런 편이지. 뉴스와 스포츠."

"나는 음악을 들어. TV는 거의 안 봐. 근데 나 학교 그만둘까 해."

뜬금없는 말이었다. 나는 믿을 수 없어 해린을 똑바로 봤다.

"재미가 없어. 너무. 집에 들어와 시나 쓰려고. 의지하고 들어갈 집이 있어야지. 그래서 하는 말인데, 자기가 나 좀 먹여 살려줄래? 용돈은 내가 벌어서 쓰기로 하고 밥만 먹여주면 되는데. 밥하고 빨래하고 이런 거는 시간 낼 수 있는 사람이 하기로 하고. 주로 내가 하겠지. 자긴 가장이니까. 안 될까?"

놀라운 일이다. 주변 사람들 모두가 인정하는 사이긴 하지만 너무도 갑작스런 일이다.

그림자 지우기

"결혼하자는 거야?"

"아니. 자기랑 결혼하자는 것은 아니고 그냥 같이 살아주면 안돼? 그냥 이렇게 생각해. 개미떼가 있는데, 집을 잃은 개미 한 마리가 그 개미들 속으로 슬그머니 들어왔다고 생각하면 돼."

"그게 말이나 될 법하다고 생각해? 그러다 내가 갑자기 너를 덮쳐서 애라도 덜컥 생기면 어쩔 건데? 아니 내가 다른 여자하고 결혼하겠다고 하면 어쩔 건데?"

"애는 안 생겨. 그건 걱정 안 해도 돼. 가끔 자기 성욕은 내가 해결해줄게. 나도 성욕이 있으니까. 하지만 방은 각각 쓰자. 음, 또 그거, 자기에게 여자가 생기면? 그건 좀 생각해보기로 하고. 그럼 나, 다음 달에 이리 온다. 학교 정리하고."

"사람들에게는 어떻게 말할 건데?"

"시 쓴다고 하지 뭐. 시가 돈이 되려나 몰라. 하여튼 다음 달에 온다. 잠깐 기다려, 밖에 다녀올 일이 있어."

해린은 가방을 챙겨 아파트 밖으로 나갔다. 해린의 말을 농담 정도로 여겼다. 여름 학기만 끝나면 전보를 신청해서 이웃 시군으로 옮기면 해결될 일로 생각했다. 공연한 일로 심란하여 서성대며 밖을 보았다. 한참 지나자 해린은 맥주와 딸기를 사 들고 와서 거실에 자리를 폈다. 안방으로 들어가 내 체육복을 걸치고 나와 허수아비처럼 자리했다.

"이 옷 너무 편하다. 이거 앞으로 내가 입는다."

김홍정 소설집

해린은 옷소매를 들어 코에 대고 킁킁거리더니 미소를 짓는다.

"잘 몰랐지? 이 옷에서 자기 냄새나?"

나는 얼굴이 금방 붉어졌다.

"다른 옷 줄까? 집에서 막 입느라고 빨지 않아 땀 냄새가 나나 보네."

"아냐, 난 이 냄새 좋아해. 내가 자길 데리고 다니는 이유야. 그거 몰랐지?"

"무슨 냄새가 있다고 그래?"

"그걸 몰라? 짐승들은 자기 냄새로 영역을 표시하거든. 나는 자기 냄새를 정확히 맡거든. 후후후. 그런 줄 알라고."

당황했지만 그렇다고 해린 앞에서 냄새를 맡을 수도 없어 해린이 하자는 대로 맥주캔을 부딪히며 건배를 했다. 해린은 맥주를 벌컥벌컥 소리를 내며 마셨다. 맥주가 떨어지자 해린이 딱 한잔을 더 하자며 치킨집에 치킨과 생맥주를 시켰다. 배달은 오래 걸리지 않았다. 배달을 온 아저씨가 초인종을 누르자 해린은 자리에서 벌떡 일어나 욕실로 갔다. 나는 계산을 하고 치킨과 생맥주를 받아 탁자 위에 펼쳤다. 해린은 한참 후에 욕실에서 나왔다.

"참 욕실은 내가 저걸 쓸 거야. 자긴 안방에 있는 걸 써. 욕실도 따로 써야지."

"그건 또 무슨 이유야? 나는 욕조가 있어야 해. 뜨거운 물을 담은 욕조에서 반신욕을 하거든. 이 욕실을 써야 해."

"그래? 그럼, 그때는 내가 양보하지. 음, 욕실을 따로 써야 해. 벌거벗고 있어야 하거든. 다 벗고 한단 말이야."

놀라운 일이다. 욕실에서 일을 볼 때 옷을 다 벗는 것은 내 버릇이다. 내가 다른 곳의 화장실을 잘 사용하지 않는 이유다.

"나도 그런데. 어쩌지? 그럼, 이 욕실은 내가 쓰고 안방은 네가 써라."

순간 우리는 동거하는 처지가 되었다.

"그건 안 되지. 자기가 이 집 주인이잖아. 가끔 내 주인이 되기도 하고. 음. 그러니 그건 안 되지."

해린은 맥주잔 바닥이 드러날 때까지 천천히 마셨다. 그리고 이튿날 오후까지 잠을 잤다. 나는 잠을 자는 해린의 모습이 너무 예뻐서 깨우지 않았다.

6월 중순이 지나자 학기말 고사가 발표되었다. 아이들은 시험 일정에 민감하게 반응했다. 그런데 아이들 사이에 해린이 학교를 그만둔다는 소문이 돌았다. 선생들은 설마설마하며 믿질 않았다. 연구부장이 와서 결혼 날짜가 잡혔냐고 슬그머니 물었다. 나는 고개를 갸웃했다. 행정실로 쪼르르 달려가 해린이 사표를 제출했냐고 묻는 여선생도 있었다. 해린의 문학 수업이 대만족이었던 아이들은 수능 대비를 핑계로 온갖 걱정을 늘어놨다. 소문은 소문일 뿐이다. 사표를 낸다는 소문이 있고 나서 해린은 술자리를 모두 거절했다. 해린이 술자리를 거절하자 임신한 것이 틀림없다는 소문이 돌았다. 어떤 짓궂은 여학생들은 내게 쪽지 편지를 보내 언제 아빠가 되느냐고 물었다. 다행스럽게 소문이 확산되지는 않았지만 해린의 사소한 행동들은 모든 소문의 진원이 되었다. 시험 기간 중 해린이 하루 연가를 내고 결근했다. 아이들은 틀림없이 산부인과 진료 때문일 거라고 둘러앉아 입방아를 찧었다. 배가 불러와 옷을 새로 사는 것을 백화점에서 봤다는 말과 목욕탕에서 보니 배가 실제 불룩했고 젖꼭지도 굵고 거무칙칙하다는 말도 돌았다. 해린은 금요일 연가 후 사흘 만에 학교로 돌아왔지만 씩씩하게 봄학기 말을 맞았다.

방학을 앞두고 교감 선생이 직원회에서 학교 이동을 원하는 교사들은 전보내신서를 내라고 공지했다. 나는 고민에 빠졌다. 방학식이 끝나자 아이들은 우르르 교문을 빠져나갔다. 한 주일 쉬고 아이들은 보충수업을 받으러 다시 몰려올 것이다. 보충수업 시간표가 돌았다. 수업을 담당할 명단에 해린이 없었다. 해린은 방학 중에 좀 쉬면서 시 작업을 하겠다고 했다. 시집을 내준다는 출판사가 있어 부득이 방학 보충수업에 참여할 수 없다는 문자를 보내왔다. 나는 해린의 변화하는 모습이 궁금하기도 했고, 오랜 방황이 끝난 것으로 알고 다행으로 여겼다. 하지만 다른 지방으로 전보되길 바라는 신청서를 내려 한다는 말은 하지 않았다. 한 주일짜리 여름휴가를 지내고 월말에 보충수업 자료 준비 겸 전보내신서 작성을 위해 교무실에 들렀다. 교무실 책상 위에 핸드폰을 놓고 복사실로 행정실로 돌아다니다가 한참 뒤에 핸드폰을 확인했다. 해린이 긴 문자를 보내왔다.

「타 지방으로 학교 옮기지 않아도 돼. 자기가 그렇게 힘들어할 줄 몰랐어. 오늘 이사했어. 바다를 보고 싶었지. 사표는 제출했어. 학교에는 더 이상 가지 않을 참이야. 교장 선생님께는 인사드리고 왔어. 그동안 고마워. 잘 있어. 해린.」

해린이 떠났다. 나는 아무 말도 하지 않았지만, 해린이 사표를 냈다는 소문은 교무과에서부터 시작되었다. 교무부장이 새 교사를 선발하기 위해 도교육청에 교사 충원을 요청했기 때문이다. 아이들의 입은 요란했다. 해린이 아이를 낳기 위해 학교를 그만두고 떠났다는 소문이 돌았다. 여학생들은 새 학기 이후 날짜를 계산해서 배가 부르기 시작한 것을 보면 아마 겨울에 출산할 것이라고 구체적인 출산일까지 예측했다. 선배들이 지나치며 어떻게 된 일이냐며 묻기도 했다. 해린은 문자를 보낸 이후 학교에서 행정적인 문제를 처리하기 위해 통화한 것 이외에는 어떤 전화도 받지 않았다. 친목회 간사가 송별회 문제로 내게 날짜를 잡고자 한다고 말을 꺼냈다. 나도 좀처럼 통화하지 못하고 있었다. 친목회 간사가 문자로 해린에게 송별회 날짜를 묻자 시간이 없다며 거절했다고 했다. 나는 전보 신청서를 작성하지 않았다.

김홍정 소설집

보충수업에 들어가자 해린의 수업을 받던 아이들이 내게 해린과 관련한 질문을 퍼부었다. 첫 질문은 결혼식 날짜는 수능 이후로 미루어달라는 요청과 함께 어디서 할 것인가를 물었다. 한 아이가 질문을 시작하자 다른 아이들이 덩달아 떠들었다. 애는 몇을 낳을 것이냐 묻고는 둘이 좋겠다거나 셋이면 많지만 셋이 더 좋다는 말도 했다. 능력이 있으면 많이 낳고 잘 기르면 된다는 충고도 아끼지 않았다.

수업을 제대로 할 수 없었다. 일찍 집으로 돌아왔다. 혹시 해린이 살림살이를 들고 쳐들어온 것이 아닌지 궁금했고, 걱정이 되기도 했다. 해린은 오지 않았다. 그런데 몇 개의 가방이 안방에 놓여 있었다. 나는 너무도 놀랐다. 그 가방은 모친의 동남아 여행을 위해 수년 전에 내가 사 드렸던 기내용 가방이었다. 모친은 한 시간이 지나 반찬거리를 잔뜩 사 들고 들어왔다.

"냉장고도 열어보고 베란다도 둘러봤다. 시상에, 반찬거리 하나 없이 우째 살았노? 사내 혼자 산다 캐서 그리 살믄 우예 쓰겠노? 사람 사는 곳에 먹을 것이 있어야 할 거 아니가? 시상에, 스스방 (쥐) 한 마리도 못 살게 생겼다 아이가?"

"아니 집을 나왔수? 이 가방은 뭐요?"

"니도 에미 데불고 사는 거이 싫나?"

"그게 아니고요?"

"뭐이 아이가? 다 똑같고마. 그라모 내 나가마. 어디 늙은이 한 몸 의지할 곳 없을까?"

"그게 아니고, 형네하고는 어찌하고 왔냐고 묻는 말이잖아요?"

"니 행하고 행수하고는 같이 살 수 없다. 조상님 모시는 것 가지고 그리 매일 싸워 싸니 내 우에 살 수 있노? 밤마다 조상님들이 다 나타나서 나를 데불고 가려 하니 내 죄가 많다. 죽지 못해 이 모냥이니, 우짤꼬?"

나는 더 말을 하지 않았다. 안방은 모친의 차지다. 나는 주섬주섬 당장 필요한 옷가지를 작은방으로 옮기고 옷장을 비웠다. 이불 가게로 가서 가벼운 인조솜을 넣은 이불과 보료, 베개를 사 들고 돌아왔다. 모친은 저녁상을 한식집 정식만큼 차렸다. 우리는 아무 말도 없이 밥을 먹고 각자 방으로 들어갔다. 형과 형수로부터 전화는 없다. 자세히 알고 싶지도 않다. 시간이 지나면 해결될 일이다. 누구보다 큰아들과 사는 것을 자랑으로 알고 아파트 노인정에서 뽐내던 모친이기 때문이다.

서재로 쓰던 작은방에서 처음 이불을 펴고 누웠다. 옆에 해린이 있는 것 같아 자꾸 옆자릴 더듬곤 했다. 베개 두 개를 나란히 놓은 것이 눈에 걸려 낮은 베개를 아래에 깔고 겹쳐서 머리를 높였다. 해린과 몸을 섞은 적이 있었던가. 기억이 없다. 해린을 따라 해린의 집으로 가서 침대에 함께 누운 적이 많았지만 해린의 몸을 탐할 수 없었다. 해린은 술에 취해 몸을 제대로 가누지도 못했고, 그때마다 뒤치다꺼리하거나 걱정으로 뜬눈으로 밤을 지냈다. 술에 취

김홍정 소설집

한 해린은 습관처럼 옷을 다 벗고 코를 골고 자다가 술을 이기지 못하고 몸을 뒤척이기 일쑤였고, 이불을 발로 차곤 했다. 그때마다 해린의 벗은 모습이 드러났다. 희고 매끈한 몸이 너무도 눈부셨다. 그러나 그것으로 그만이었다. 차버린 이불을 덮어주고 잠을 청했다. 해린의 젖가슴을 만진 적은 있었다. 해린은 젖가슴을 덮은 내 손 위에 자기 손을 얹어놓았다. 미안하고 놀라 슬그머니 손을 빼면 해린은 내 손을 끌어 가슴에 올려놓았다. 밤새 뒤척이다가 겨우 새벽 늦게 잠이 들었다가 일어났을 때 해린은 해장국을 끓여놓고 기다리고 있었다.

다섯 해가 지나도록 해린의 소식은 없었다. 간혹 동인들끼리 운영하는 문학잡지들이 학교로 배달되었다. 그 잡지에 실린 해린의 시들은 온통 호평 일색이었다. 하지만 잡지에 기고한 이들은 해린 빼고는 이름조차 낯선 시인들이다. 해린은 가끔 그런 시 잡지들이 운영하는 문학상을 수상했다. 하지만 시간이 지날수록 해린은 주류 시단에서 밀려나고 있었다. 학교에도 해린을 기억하는 선생들은 없었다.

선배들이 만든 인근 학교 처녀 선생들의 자리에 두어 차례 나갔지만 더 이상 나가지 않기로 했다. 우연히 그런 모임에서 만난 여선생들은 언뜻언뜻 해린과 살림을 차렸던 선생으로 나를 기억하고 그 사실을 알고 싶어 했다.

그림자 지우기

"듣기는 들었는데 혹시나 해서요. 결혼 전의 일이라도 알고는 있어야 할 것 같아서요. 전에 같이 근무하던 선생과 살았다는 말이 있더라고요?"

새로 부임한 교감 선생이 마련한 자리였다. 한사코 거절하다가 억지로 나간 자리였다. 인근 국립학교 여선생은 그런 사실이 있었는지 당차게 물었다. 나는 아무 대꾸도 하지 않고 자리에서 일어나 밖으로 나왔다. 누구에게도 해린과의 관계를 해명하고 싶지 않았다. 그 여선생은 다음 날 내게 전화를 걸어 사과했다. 일주일이 지나 그 여선생이 저녁 식사를 청했다. 몸매가 늘씬하고 미인인 그 여선생은 처음 본 맞선이어서 미숙했다고 말했다. 시내 중심의 6층 건물 레스토랑에서 여선생은 얼굴이 빨개져서 자신의 실수였고, 미안하다고 여러 번 말했다. 우리는 스테이크를 주문했다. 반쯤 익힌 스테이크 육즙이 접시 위로 흘러나왔다.

"선생님, 우리는 대학 시절부터 같이 지냈어요. 한집에서 지낸 적도 많고요. 살림을 차릴 뻔도 했지요. 선생님께서 잘못하신 것은 없어요. 제가 오늘 선생님을 만난 것은 그 말씀을 드리려고 온 거지요. 우리는 정말 친했고, 흉허물이 없었어요. 술에 취한 그 여선생을 늘 제가 업고 다녔거든요. 우린 그림자처럼 지냈어요."

여선생은 얼굴이 하얘지더니 스테이크를 반도 더 남긴 채 몸이 불편하여 먼저 일어서겠다고 정중히 말하고 돌아갔다. 나는 처음으로 포도주 한 병을 전부 마시고, 그 여선생이 남긴 스테이크까지다 먹었다. 나는 아이들에게 집중하였고, 고3 담임을 해마다 맡았고 아이들을 대학에 넣는 일에 전념했다. 아이들은 내게 의지했고, 나는 아이들을 돕는 일에 자신감이 넘쳤고 행복했다.

"선생님, 해린 시인 아세요? 과 특강에 오셔서 우리 학교 얘길 하시더라고요. 그래서 특강 끝나고 제가 가서 물었더니 선생님을 아시더라고요. 잘했죠? 정말 짱나."

서울에 있는 대학 문창과로 진학한 제자 인숙의 전화였다.

"그랬니? 잘 알지. 대학 동창이었거든."

"제가 전화번호도 땄어요. 알려드려요? 근데요. 해린 시인께서요, 선생님도 그 전화번호 알고 계실 거라고 하시대요. 아세요?"

"그래 기억난다. 그 번호가 귀에 익구나. 그래 공부는 잘 되니?"

"예, 선생님. 또 전화할게요. 그분 매주 한 번씩 문창과에서 시론 강의하세요."

인숙은 종종 해린의 근황을 전했다. 하지만 해린에게 전화를 하지 않았다. 그 학기가 끝날 즈음 인숙은 해린의 시 한 구절을 보내왔다.

식성이 다른 사내들은
분장으로 부풀린 오색구름을 원했지
레이스로 엮은 날개옷을 입고

젊은 여자는 그림자 올을 풀어

바다 끝 민박집 낮은 처마에 걸어놓았다더군

허겁지겁 포구를 가로질러 바위 위에 섰을 때

흩어진 그림자 툼벙 황혼의 불덩이에 사그라지고

파도 소리에 실린 터럭들이 사방으로 날았지

어서 오세요 당신을 기다리고 있어요

나는 해린이 외치는 소리를 들었다. 제발 이 그림자를 떼어달라는 절규. 목이 쉰 거칠어진 소리로 해린은 손을 내밀고 있었다. 하지만 나는 움직이지 않았다. 나는 손에 들고 있던 핸드폰을 벽에 던져 부숴버렸다. 잠결에 놀란 모친이 방에서 나와 서성댔다.

"뭐하노? 폭탄 터지는 줄 알았다. 가슴이 후둥거리지 안 카나. 무슨 일이고? 마음을 삭일 줄 알아야 큰일을 하지. 사내가 그래 마음을 다스리지 못하모 무슨 일을 하겠노?"

밖으로 나와 해린이 자주 가던 술집으로 갔다. 소주와 우동을 시켰다. 맥주잔에 소주를 따라 마셨다. 술을 마실수록 정신이 말짱했다. 하늘의 별도 똑똑히 보였다. 별들 사이를 달리는 별똥별이나 그 별똥별들을 따라 달리는 숱한 잡된 것들도 고스란히 보였다. 그 잡된 물것들 속에 해린이 있었고, 고개를 드밀고 있는 나의 모습을 보았다. 나는 술을 더 마셨다. 술집 주인은 걱정스러운 표정으로 술병을 건넸다. 나는 반듯한 자세로 천천히 술을 마셨다. 그때 옆

김홍정 소설집

에서 호호거리거나 게걸스럽게 웃는 사람들을 보았다. 그들은 잡된 물것들을 훔쳐보고 있는 비겁한 나를 조롱했다. 나는 자리에서 벌떡 일어났다. 술집 주인은 나를 잡으려 했다. 용기를 내서 내가 보고 있는 것은 저 잡된 물것들이 아니고 별이라고 외쳤다. 주인이 내 몸을 잡으려 했지만, 별들 속으로 이미 들어선 나는 거칠 것이 없었다.

경찰이 출동해서 나를 데리고 갔다. 나는 돈이 없었고, 핸드폰도 없었다. 지구대 경찰들은 내가 모르는 사람들이었다. 그들은 내가 별이라고 하자, 어디 소속이냐고 물었다. 나는 저 별 속에 있다고 말했다. 경찰들은 연락할 곳이 없냐고 물었다. 문득 나는 나를 늘 지켜줄 사람이 없다는 사실을 깨달았다. 그때 나는 생각했다. 나는 자신 있게 말했다. '나를 지켜줄 사람이 하나 있지. 그 전화번호도 알고 있다고.' 나는 해린의 전화번호를 대고 해린이 나를 데리러 올 것이라고 말했다. 경찰은 늦은 시간인데 전화해도 되냐고 물었다. 우리는 모두 별이기 때문에 늦은 밤에만 만날 수 있다고 했다. 경찰이 전화를 걸었다. 신호가 오래 지나자 한 남자가 전화를 받았다.

"미친놈들! 끊어!"

나는 그 소리를 듣고 너무 화가 났다. 나는 경찰에게 다시 말했다. 내 별에 어떤 놈이 쳐들어왔으니 다시 전화해달라고 정중히 무릎까지 꿇고 경찰에게 부탁했다. 내가 소리를 내어 울자 책상 앞에 앉아 책을 읽고 있던 경찰이 내게 한 번만 더 전화를 걸겠다고 말했다. 그가 전화를 걸었다. 신호음이 길게 이어졌다. 한참 동안 누구도 전화를 받지 않았다. 나는 침입한 도둑과 사투를 벌이는 내 별이 이길 것이고 반드시 전화를 받을 것이니 끊지 말라고 했다. 마침내 한 여자가 전화를 받았다.

"여기 이 전화 받는 사람이 자신의 별이라고 우기는 술 취한 남자가 있어요. 해린 씨를 찾습니다. 혹시 해린 씨이십니까? 저는 금성지구대 이 경장입니다."

"내가 별이오. 내가 그를 데리러 지금 가겠어요. 서너 시간은 걸리겠지요. 별나라니까요."

딸칵. 전화가 끊겼다. 지구대 경찰들은 나를 보호하겠다고 말하고 더 떠들지만 않으면 이곳에서 기다리게 하고, 만약 더 떠들면 본서로 옮기겠다고 했다. 나는 침묵했다. 해린이 올 때까지.

아침이 되자 경찰이 나를 깨웠다.

"정신 차렸어요? 웬 술을 그리 마셨대요? 여고 선생님이시더구면. 술집 주인아주머니가 다녀갔어요. 평소 술을 안 하신다고 하더라고요. 그런 분이 이렇게 인사불성으로 마시면 큰일 나지요. 여기 서명하시고 집으로 가세요. 원래 주민등록증이나 운전면허증 이런 것이 있어야 하는데, 술집 주인아주머니가 보증했으니 믿고 보내드립니다. 자 가세요. 조심하시고요."

나는 골목길을 걸어 집으로 돌아왔다. 방 안으로 들어가 다시

김홍정 소설집

깊은 잠에 빠졌다. 모친이 급하게 황태해장국을 끓여놓고 나를 깨웠다. 겨우 일어나 몇 술갈 국물을 떠먹고 방으로 들어갔다. 오후에 핸드폰 가게로 가서 새 핸드폰을 샀다. 부서진 핸드폰의 정보가 새 기기로 모두 저장되었다. 무수한 신호음이 울리며 핸드폰은 정상으로 가동되었다. 거리로 나왔다. 핸드폰이 울렸다.

"여보세요?"

"어데 있노? 아무리 전화를 해도 안 받드마. 지구대에서 나왔다꼬?"

"누구세요?"

"누구? 니 누이도 모르나? 퍼뜩 집으로 온나."

집으로 갔다. 모친은 짐을 다시 싸고 있었다. 누이는 모친의 짐을 챙기며 투덜거렸다.

"그렇게 짐 싸들고 다니모 옳게 보는 사람이 없지. 그냥 못 들은 척하고 지내라꼬요. 새언니인들 오죽하겠노. 그라고 니는 와 묵도 모하는 술을 퍼 묵고 지랄을 떠노? 어매가 며칠 이곳에 있으모 어디 덧나노? 아들놈들이 하나같이 다 그 지랄들을 해쌌노? 남사시럽다 아이가."

"누나, 나 아무 짓도 하지 않았어요. 어제는 너무 술이 취해서 그만 지구대에서 잤다고요."

"지구대에서 잤다꼬? 아야, 지구대가 니 집이노? 그라꼬 기운도 없는 놈이 와 남에게 시비를 붙노? 그라다 디지게 언어맞지. 그 술집 주인아지매가 점잖더라. 게우 말렸다꼬 하더만. 탁자 부순 것하고, 술값은 내가 다 물어줬다 아이가. 학교 선생이란 놈이 체신머리도 없이 무슨 짓이고? 어매 모시고 니 큰행네로 갈 기다. 정신 차리고 와서 형수한테 고맙다꼬나 해라. 행수 줄 선물이사 내가 다 준비했다."

모친과 누이가 집을 나섰다.

학교에까지 미투 열풍이 불었다. 평소 아이들을 잘 챙기던 선생이 여학생 무릎을 만졌다는 소문에 밀려 학교를 그만두었다. '저년들, 저 짧은 치마는 누구 보라고 저 지랄로 입고 다니는지 모르겠어.'라고 떠들던 학생부 선생은 입을 닫고 교문을 내다보지도 않았다. 교복 속에 체육복을 받쳐 입고 꼭두각시처럼 돌아다니던 꼴이 보기 싫다던 여선생들은 아이들에게 아예 체육복으로 갈아입으라고 다그쳤다. 아이들은 활기차게 복도를 활보했다. 남교사들은 수업 시간이 아니면 아이들 교실로 들어가기를 꺼렸다. 상담도 문을 활짝 열어놓고 했다. 숫제 상담하지 않는 교사들도 늘었다. 선생들이 자소서 쓰기 지도를 멈췄다. 학생들이 알아서 할 일이 되었다. 자소서가 필요한 학생들은 무심해진 선생의 눈치를 살폈다. 미투 운동이 바라던 서로 존중하는 인권보다는 눈치 보기와 견제로 혼란스러웠다.

학교를 옮겼다. 집에서 차로 30분 거리에 있는 인접 군의 작은 시골 학교다. 교장 선생은 고3 전문가가 왔다고 아이들에게 자랑했다. 3학년 학년부장이 활짝 웃으며 우리 아이들이 행복하게 되었다고 흰소리를 했다. 아이들은 순진했고, 수업은 즐거웠다. 한 학기가 어떻게 지나는지도 모르게 지나갔다.

미투 릴레이가 본격적으로 시작되었다. 서슬이 퍼런 사람들은 과거의 고통을 견디기 위해 온 힘을 다했고, 망가진 몸을 추스르기 위해 더 큰 용기를 내야 했다. 관행이었다고 구차한 명분을 세우고 힘에 의지하던 사람들은 두려움으로 전전긍긍했다. 나는 혹시라도 미투 운동의 앞줄에서 해린이 서 있는 것은 아닌지 전전긍긍했다. 하지만 해린은 그 대열에 없었다.

여름방학이 시작되어 일찍 집으로 돌아왔다. 해린의 메시지를 받았다.

「긴 여름을 지내고 싶지 않아.」

함께 보낸 눈에 익숙한 영진포구 바닷가 아름다운 풍경 속에는 활짝 웃는 해린의 모습이 있었지만, 도무지 마음이 편하지 않다.

이튿날 조간신문 사회면에서 시인 해린이 또 자살을 기도했다는 기사를 보았다. 기자는 친절하게 자살 기도가 벌써 세 차례라고 덧붙이며 미투가 의심된다고 썼다. 신문사로 전화를 걸어 해린이 현재 병원에 있을 거란 정보를 얻었다. 영진포구에서 가까운 주문진으로 차를 달렸다. 해린은 회복 중이었다. 기자들은 또 다른 미투가 벌어질까 진을 치고 있었고 병원 간호사들은 기자들이 병실로 들어오는 것을 차단했다.

하루가 지나 해린은 일반 병실로 옮겨졌다.

"나를 이곳에서 몰래 데리고 나갈 수 있어?"

"글쎄, 아직 기자들이 기다리고 있어. 왜 그랬어? 너도 미투야?"

"미투는? 나는 그런 용기가 없어. 데리고 나가면 얘길 해줄게."

우선 원무과로 가서 치료비를 정산했다. 담당 의사도 혹시 미투가 아니냐고 물었다. 아니라고 말하자 계산서와 영수증을 내준다. 퇴원 서류에 서명하고 우리는 뒷마당을 걸어 병원을 빠져나왔다. 나는 해린을 싣고 영진포구로 갔다.

"오늘 빈속이니 전복죽으로 속이나 달래, 괜찮겠지?"

내가 소주를 한 병 시키자 해린이 웃었다.

"사랑이 잘 안 되더라. 일전에 전화 받았던 그 사내, 증권사 유망주야. 시인 지망생이기도 했고, 잘하려고 했는데 잘 안됐어. 딸꾹. 네 전화 받고 금방 달려가고 싶었는데, 그때는 그 사람에게 빠져 있었거든. 딸꾹. 근데 이 딸꾹질은 언제 사라지지? 전에도 그러더니 죽으려고 약을 먹고 나면 꼭 이렇게 딸꾹, 딸꾹질이 나더라고."

나는 해린을 이해하지 못한다. 그녀는 언젠가 또 죽으려 할 것이다. 그럴 때마다 사랑에 실패했다는 이유를 내건다. 해린은 사랑에 목숨을 걸어야 한다고 속삭인다. 아마 자기 다짐일 것이다. 내가 해

김홍정 소설집

린에게 집으로 가자는 말을 망설이는 까닭이다. 전복죽을 먹고 영진포구 끝에 섰다. 파도가 방파제를 넘어 포구 안쪽으로 거센 물방울들을 흩어냈다. 형수에게서 전화가 왔다.

"도련님, 식구들 모여서 주말에 저녁하기로 했어요. 오실 수 있죠?"

"누구야?"

"형수님. 주말에 저녁 먹자고 하시네. 식구들 다 모인다고."

"그래? 가야 되겠네. 나도 가도 될까?"

나는 아무 대답도 하지 않고 영진포구 밖으로 천천히 걸었다. 파도가 마구 쫓아왔다.

그림자 지우기

거북섬

코로나19 환자가 급속히 늘자 국민체육센터 수영장은 결국 문을 닫았다. 전날 안전문자 속에 섞인 체육센터와 관련한 내용을 못 본 사람들은 이른 새벽 수영장 앞으로 몰려들었다. 수영장과 헬스장 문을 닫았을 뿐, 야외 운동시설은 폐쇄할 수 없는 형편이라 사람들은 평상시와 다르지 않게 수영장 주차장에 들어서다가 관리인의 제지로 차를 체육관 밖 야외주차장으로 옮기느라 북새통이었다.

코로나19로 모든 것이 멈춘 듯했다. 창작촌 휴게실도 폐쇄한다는 말을 듣고 작업실에서 머뭇거리던 작가들은 잠시 쉴 곳을 찾아 밖으로 나돌았다. 인근 마을 길을 걷거나 신당으로 향하는 산길은 조금 긴 거리를 다니는 주 산책 경로가 되었다.

김홍정 소설집

신당에 얽힌 이야기는 작가들의 산책에서 주고받는 대화의 주 소재였다. 동네별로 흩어져 있는 당산제 이야기는 다른 지식이 없더라도 누구나 짐작할 수 있는 기억 속의 일상이다. 백곡이 풍년 들거나 천재가 소멸되길 바라는 이야기는 흔하고, 도둑이 들지 않기를 바라는 이야기들은 오히려 우습기까지 하다. 호표虎豹가 먼 곳에서 머물러 가축들이 번성하고 집집에 만복이 넘치길 기원하는 내용들은 젊은 작가들에게는 이미 사라진 기억이다. 작가들이 알고 있는 내용은 거의 유사했다.

어둠이 내리기 시작할 무렵 산책을 나섰다가 만난 신당지기 사내는 이미 거나하게 취해 있다. 무슨 내용인지는 모르나 혼자 웅얼거리다가 서슴지 않고 술잔을 내민다. 사내는 신당으로 오르는 마을 끝 집에서 혼자 산다. 그날은 일찍부터 자리를 차지하고 앉아 술판을 벌인 듯 술 냄새가 지독하다. 전에 함께 살던 여자는 돈 벌러 간다고 가서는 돌아오지 않는다고 묻지도 않은 말을 꺼낸다. 아예 기다리지도 않는다는 말도 여러 차례 더한다.

"저 아래 창작촌 작가시죠? 그 앞을 지나다가도 봤고, 가끔 이 앞을 지나다니잖소. 신당에 한 번도 들르지 않고 지나다니기만 하더래요. 큰돈 안 바라고요. 그냥 두 손 모아 절이라도 하고 가소. 그래야 노여움을 타지 않는 거래요."

사내의 거침없는 말에 마음이 편하지 않다.

거북섬

"부정이라도 탄다는 거요?"

"어라? 이 양반, 아휴 부정이 아니라 공연히 액살厄殺을 부를 것은 아니라는 것이죠."

"아, 그래요? 하긴 그런 얘기도 있습디다."

더 길게 말을 섞고 싶지 않았지만, 은근 궁금했던 것을 묻기로 한다.

"그런데 아까 부르던 노래는 무슨 노래요? 처음 듣는 노래라서……?"

"아, 그거요. 나는 잘 부르지 못하고 용수골댁이 불러야 하는데, 거참……."

"다시 들을 수 있을까요? 제법 구성지더라고요."

"내 노래가 구성지다고요? 뭔 소리야. 다시 해도 되려나 모르겠네. 할 때마다 가사가 달라지더라니."

사내는 신당 안으로 들어가 장구를 꺼내 들고 당산나무 아래 앉아 다시 웅얼거리기 시작했다. 찬찬히 들어도 그 내용을 제대로 알아들을 수 없다.

"용수골댁이 부르는 노래가 제일 신명이 난단 말이래요. 부르는 대로 소원이 성취된다니까요. 나도 몇 자락 따라 부르긴 하지만 본 노래는 못 하고 들어가는 소리만 따라 할 수 있는데, 가사를 영 외우질 못해서 되는 대로 하는 거래요."

사내가 부르는 액살 굿 노래는 기원 형식을 갖추었으나 어울려

김홍정 소설집

화합하는 내용이다. 사내는 장구 가락에 맞춰 설익은 노랫가락으로 굿 노래를 풀어낸다.

어허라 액살맥이로다. 대보름날 오곡밥 지어 정월 액살 막아내고, 한식 차례 편떡으로 이월 액살 막아내고, 삼짇날 제비초리 삼월 액살 막아내니, 어허라 액살맥이로다. 초파일 관등불로 사월 액살 막아내고, 오월 단오 그네 뛰어 오월 액살 막아내고, 유두일 목욕재계로 유월 액살을 막아내니, 어허라 액살맥이로다. 칠성신을 모셔다가 칠월 액살 막아내고, 중추가절 송편 빚어 팔월 액살 막아내고, 중양절 국화전으로 구월 액살 막아내니, 어허라 액살맥이로다. 시월에 드는 액살 무시루떡으로 막아내고, 동짓달 액살은 동지팥죽 새 알심으로 막아내고, 섣달 드는 액살일랑 백설기로 막아내자. 어허라 액살맥이로다.

"코로나19가 다 뭐래? 그냥 역질이야. 나랏님도 못 막지. 성황당 당신님이나 막는 것이지. 그리 알아야 한다고. 메떡이나 한 시루 올리면 될 일을 참⋯⋯."

사내의 말이 진심으로 들린다. 창작촌 동네 사람들은 아예 방역 마스크를 쓰지 않고 살았다. 인근에서 감염 확진자가 나오지 않은 탓도 있지만, 사내의 말대로라면 신당 주신이 마을을 지키고 있기 때문일 것이다.

거북섬

하지만 작가들은 달랐다. 그들은 모두 외지인이고 감염병에 대한 두려움으로 어쩔 줄 몰라 했다. 버스 정류장에서 내려 창작촌으로 들어오는 동안 만나는 마을 사람들 대부분이 방역 마스크를 쓰지 않는 모습이 낯설었다. 자신들의 공간은 코로나 청정 지역이라는 것을 애써 믿는 모양이라 여겼지만, 작가들은 매지리 마을로 들어서는 길에서 늘 서성댔다. 마을로 들어서지 않는 것이 상책이라 여겼다. 하지만 창작실에 머무는 날이 길어지자 작가들도 동네 사람들을 따라 마스크에 대해 무감각해진 듯 마스크 없이 다니기 시작했다.

작가들은 작업을 위해 체력을 보강해야 한다. 세 끼 식사만으로는 충분할 수 없어 보약을 챙기거나 땀을 흘려 운동하기도 한다. 체력 단련을 위해 헬스클럽을 주로 이용하지만, 감염병 격리 수칙을 지키고자 작가들은 시내로 나가는 것을 두려워하여 오전이나 오후 시간에 인근 숲길을 걸었다.

"작가님, 생태숲 다녀오셔요. 사람들이 다니지 않는 길이라 마음이 편해요."

산책에서 돌아오는 화가들이 작업실로 들어서며 권한다. 산길을 걷는 것은 아무래도 부담스럽다. 축구동호회 시합 중에 다친 무릎은 뛰거나 걸을 때마다 고통스럽다. 결국 의사의 권고대로 찢어진 오른쪽 무릎 연골을 다듬는 수술로 겨우 통증은 가셨지만, 매지천

김홍정 소설집

발원지로 이어지는 산길을 오르기 시작하자 통증은 더 심해졌다. 당분간 대학 운동장을 빠른 걸음으로 걷기로 했다. 작업실을 출발해 대학 운동장 트랙을 돌고 돌아오는 길은 두 시간은 족히 소요되는 거리다. 하루 두 시간 정도의 걷기라면 연작소설 탈고까지 부족하지 않은 운동이라고 여겼다.

저녁 식사 시간 작가들은 테이블마다 떨어져 앉아 혼자 식사해야 한다. 즐겁게 수다를 떨며 피곤을 달래는 여유는 기대하기 어려운 상황이다.

"생태숲 다녀오셨어요? 내일은 오전동안 그곳에서 현장 작업을 하려고요. 같이 가시죠."

자연미술에 몰입하고 있는 오 화가가 권한다. 가끔 그는 토지문화관 주변에서 얻을 수 있는 자연물을 이용해서 나름 고민을 한 작품을 만들어 전시한다. 흩어진 나뭇가지를 모아 형틀만 보이는 배를 만들고 돛을 달아 자연미술 깃발을 매달기도 했다. 연미산 자연미술공원에 대해서도 해박하게 알고 있다.

"글로벌노마딕이라고 들어보셨을 겁니다. 제 친구가 그 일을 주도하고 있거든요."

오 화가는 글로벌노마딕이라는 말을 듣자 눈빛이 달라진다.

"아, 그래요? 그렇잖아도 금년 글로벌노마딕 아트프로젝트에 참여하고 싶었는데 제겐 기회가 되지 않았어요. 그분들 잘 아셔요?"

"잘 알죠. 해마다 하는 것으로 알고요, 금년에는 몽골과 프랑스

거북섬

에서 동시에 열고자 했는데, 코로나로 부득이 각각 개최하고 화상으로 서로 작품을 공유하는 모양입디다."

"아, 그랬군요. 내년에는 저도 참가하려고요. 내일 같이 산에 가시죠? 제 작품도 보시고요."

"미안합니다. 무릎 때문에 산길을 잘 걷지 못해요. 그냥 운동장이나 돌 생각입니다."

"제 작품을 꼭 보여드리고 싶어요. 느낌이 좋거든요. 함께 가시면 좋은데……"

오 화가는 그동안 그곳에서 작업 중인 작품을 내일 마무리하려고 한다고 덧붙였다. 사진으로 보여달라는 말을 하고 일어섰다. 다른 자리에 앉았던 작가들은 식사를 마치고 나와 오 화가를 기다렸다.

"내일 오전 거기서 작업한다고요? 우리도 참가해도 될까요?"

먼저 식사하던 작가들이 한마디씩 거들자 오 화가는 필요한 준비물을 자신이 다 챙길 터니 몸만 오면 된다고 즐거워한다. 자신은 없지만, 슬그머니 따라가 보고 싶은 생각이 들었다. 어쩌면 입주 작가들과 어울려보고 싶은 마음이 앞섰을 것이다.

창작실 작가들이 어둠이 채 가시지 않은 이른 시간 창작실 주차장에 모였다. 오 화가는 둘러맨 가방에 삶은 달걀과 빵을 챙겼고, 그의 동료 이 화가가 물과 커피를 담은 보온병을 둘러매고 앞장섰다. 매지천을 따라 한참을 걸었다. 선두에 선 오 화가는 덕동생태

김홍정 소설집

숲까지 왕복하려고 한다면서 주말에는 백운산을 오르는 이들이
많다며 백운산 산행을 제안하기도 했다. 모처럼 그들을 따라나섰
으나 매지천을 벗어나 경사가 급한 산행이 시작되자 곧 후회했다.
걱정한 대로 무릎이 말썽이다. 30분 정도 지나자 숲길은 고개 오르
막으로 이어진다. 맑고 싱그러운 숲과 제 모습을 뽐내는 꽃들조차
눈에 들어오지 않는다. 오르막보다 내리막이 더 걱정이다. 창작실
로 돌아가기로 작정했다.

"아무래도 전 여기서 돌아가야겠어요. 짐이 될 겁니다."

"그러셔요. 길이 험해지니, 편하신 대로 하세요. 그럼 우린 먼저
출발합니다."

언덕을 올라가 후미가 도착하기를 기다리던 작가들이 아쉬워하
며 비탈길을 다시 오른다. 혼자 내려오는 길은 올라가는 것보다는
한결 여유로웠다. 빠른 속도로 걷는 작가들을 따라가느라 볼 수 없
었던 꽃들이 하나둘 눈에 들어왔다. 유난히 지천으로 널린 제비꽃
이다. 보랏빛 제비꽃은 낮은 모습이지만 색상만큼이나 곱다. 양치
기 소년 아티스를 사랑한 이아의 이야기가 담긴 꽃이다. 조팝나무
꽃은 무더기로 피어 흐드러진 꽃들이 한 덩이로 보인다. 흰 꽃잎에
점점 들어앉은 노란 꽃술이 선명하다. 작가들을 안내한 오 화가의
말을 의미 있게 되새긴다.

「자연 속 현장이 보여주는 메시지는 인간이 새롭게 성찰하고 대

거북섬

안을 생각하며 걷는 길이라는 겁니다. 자연과 동화하기 위한 마음에는 자연물이 지닌 상징과 기호를 통한 소통이 우선입니다. 문명화된 물질을 거절하고 원시성을 돌아볼 때 우리의 몸도 하나의 부재가 될 것입니다. 생태는 살아 움직이는 일상이거든요.」

생태학회 이 교수 전화를 받은 건 회촌민속관에 도착했을 때였다.

"김 작가, 주말에 거기 있으라고. 원주 캠퍼스 앞에 저수지가 있는데 그 안에 섬이 하나 있어요. 거길 들어가려고 하는데, 개방하지 않는 곳이야. 농어촌공사에서 관리하는 섬이지. 아마 이번 기회에 제대로 볼 게 있을 거야."

거북섬. 매화와 지초가 자생하는 곳이라서 매지리라고 불리는 동네 계곡을 막아 물을 담은 저수지 안의 작은 섬이다. 몇 년째 저수지 주변을 드나들었지만, 그 섬에 대해 그리 관심을 두진 않았다. 그저 저수지 안에 작은 섬이 있는데, 그 주변의 대학 캠퍼스와 어울리는 풍경이다. 캠퍼스에서 그 섬으로 연결되는 다리를 놓으면 멋스러워 보일 것으로 생각한 적은 있었다. 섬 안에 정자라도 하나 올려놓으면 제법 경관이 그럴듯해 사람들이 몰려들 것처럼 보였다. 부여 궁남지 저수지 안의 정자, 포룡정과 다를 것이 없어 보였다. 이 교수에게 대학에서 농어촌공사와 협의해서 다리를 놓으라고 했더니 정색하며 손사래를 쳤다.

"포룡정이야 원래 조성할 때부터 있던 것이고, 거북섬은 그냥 언덕으로 이어지던 곳이야. 저수지에 물을 담자 불룩했던 거북 모양 둔덕이 섬이 되었지. 그 섬에 뭔가 조성하려고 했던 것은 사실인 모양이더라고. 김 작가는 모르겠지만 그 안에 미륵불이 있어요. 미륵불 옮길 때 여간 시끄러웠던 것이 아닌 모양이더라고."

"거북섬에 미륵불이 있다고? 원래 거기에 있던 거야? 아니면 조성한 거야?"

"인근에 있었는데 그리 옮겨서 복원했다고도 하고, 아무튼 제자리가 아닌 것은 분명한 것 같아요. 실은 나도 잘 몰라. 내 전공도 아니고. 김 작가, 미륵불 보는 거 좋아하잖아. 관심이 생겨?"

"그야 그렇지. 언제 가보고 싶구먼."

"그럴 줄 알았지. 요즘 미륵불 얘길 쓴다고 들은 것 같기도 하고. 이번 기회에 들어가서 보는 것이 좋을 듯해."

거북섬 미륵불. 석조보살입상이다. 인근 절이 폐사되면서 절에 있던 석조보살은 무관심 속에 인근 하천 주변에 버려졌을 것이다. 간간이 그 존재를 알고 있던 이들이 석조보살을 찾았을 것이나 그들마저 찾지 않게 되자 땅속에 묻혔을 것이다. 저수지 조성 공사 중에 발견되어 이곳에 모셔졌다고 한다.

가끔 들르던 저수지 인근 추어탕집에서 막걸리를 마실 때였다. 옆자리에 앉아 믹스커피를 타던 주인댁은 앞자리에 앉은 사내가 묻는 말에 시큰둥한 표정으로 말했다.

"이장님은 자꾸 부처님 얘기를 하시는데, 문제는 그게 아니라니까요?"

"어허, 이 사람은, 이장님 말씀하시는데 잠자코 듣고 있지 왜 핀잔하는가?"

"핀잔이 아니라 부처가 문제가 아니라 새들이 문제라고요."

"자네가 새들을 이겨낼 방도가 있나? 저 날것들을 어떻게 이긴단 말인가? 말이 되는 소릴 해야지."

"그러니까 걱정이라니까요. 사람이 날것을 어떻게 이긴데요? 용수골댁이 그렇게 얘길 했잖아요. 큰일이 나도 날 거라고."

"어라? 그 미친 여자 말을 어떻게 믿는다고 이러는 것이야."

"미친 게 아니라니까 그러네요. 애당초 미륵부처님을 그 섬으로 모셔가는 것이 아니었다는 말씀이라니까요."

잠자코 듣고 있던 이장이 나서서 추어탕집 부부의 말을 가로막았다. 이장은 이미 거나해져서 코끝이 붉었다.

"그게 내 말이래요. 거북섬에 모신 미륵부처와 가마우지는 아무 상관이 없다니까요?"

"어라? 왜 상관이 없어요? 저놈들이 미륵부처님께 행패를 부리니 더 큰 문제지요."

"뭔 행패를 부렸다고 그래요. 새들이 늘어나서 그런 거지."

이장은 벌떡 일어나며 바지를 추켜올린다.

김홍정 소설집

"그게 그 말이지요."

"이장, 가실 거래? 나하고 밖에 나가 한잔 더 하자고."

추어탕집 사내는 이장을 따라 주차장을 가로지른다. 주차장에 둔 자동차 위로 가마우지들이 두서너 마리가 앉아 있다. 하지만 이장이나 추어탕집 사내가 다가가도 아무 반응이 없다.

"어이 훠어이, 저리 가. 이 새끼들아, 손님들 차에 똥 싸지 말고."

추어탕집 사내는 손을 획획 내젓지만, 가마우지들은 움직이려 하지 않는다. 가마우지가 떼지어 몰려들자 저수지 인근에 자리를 잡은 추어탕집은 점점 손님이 줄었다. 검은 가마우지들이 꺽꺽 울어대는 소리에 놀란 아이들은 추어탕집에 들어서기 무섭게 울음을 터트리고 제 부모 곁을 벗어나려 하지 않았고 가마우지들이 마당에 주차한 자동차 위에 배설물을 쏟아놓기 일쑤였다. 차주들의 항의가 빗발치자 마당 둘레로 지붕을 둘렀지만 감당할 수 없었다.

저수지를 조성하여 풍경이 나아지자 좋아진 점도 많았다. 지나가는 사람들이나 대학에 들르는 사람들의 눈에는 멋진 풍경으로 보여 사진도 찍고 산책도 하며 주변 식당을 일부러 찾기도 했다. 하지만 가마우지가 몰리면서 동네에 사는 사람들이 겪는 불편은 갈수록 심해졌다. 그렇다고 이미 조성된 저수지를 무너뜨릴 수도 없는 노릇이다. 저수지를 만든 것은 논밭으로 물을 대던 매지천이 말라붙기 시작한 탓도 있지만 부족한 식수를 해결하고 저수지에 물을 가둬 수해를 막는 일도 한몫했다. 저수지에 물을 가두자

거북섬

말랐던 지하수에 물이 넘쳤기 때문이다. 저수지에서 조금 벗어난 곳에 사는 주민들은 저수지 덕에 집값도 올랐고, 대학도 들어왔고, 외지 학생들이 몰려와 살기 좋은 동네가 되었다고 좋아하는 판이었다. 문제는 가마우지였다. 추어탕집 사내가 이장을 불러 술 접대를 하고 대책을 세우자고 일을 벌인 이유였다. 추어탕을 먹고 돌아온 날 이장과 추어탕집 사내가 주고받은 말들이 귀에서 맴돌았다.

「그 부처님 때문에 문제 많았더래. 여긴 원래 매지천 물로 농사지었거든. 백암산 골짜기에서 흘러든 물이 모두 이 냇물로 다 모여들지. 산이 저리 깊고 높은데 물이 없을 리가 있겠어? 물은 많았다고. 그건 내 손가락을 지질 수 있어. 언제부터인지 알 수는 없는데, 사람들 말로는 물이 없어졌다는 거야. 사방이 골짜기라 물이 늘 넘쳐야 하는데, 물이 없어. 비가 내려도 잠깐 새 사라진다니. 용수골댁이 꿈에 한 부처를 봤는데 목까지 흙이 덮여서 금방 숨이 넘어가게 생겼다지. 하루이틀이 아니래. 그래 그 용수골댁이 미쳐서 사방으로 다니다가 돌아와 물이 사라진 골짜기로 들어섰는데 하필 그 부처가 나타난 거라. 놀라 엎드려 절하는데 물 한 모금만 달라고 하더래. 목이 말라 죽을 지경이라는 거지. 놀라서 사방을 둘러봐도 물이 없어. 그래 여긴 왜 물이 없냐고 물었다네. 그러자 그 부처가 화를 내며 자신을 땅속에 파묻었으니 미륵부처를 지키던 용신이 화를 내고 떠나 물이 없어졌다는 거야. 그러니 미륵부처님을

김홍정 소설집

찾아서 물가에 모시려 했다는 거지. 그런데 동네 사람들이 미친 여자 말을 듣겠냐고. 그대로 두었지. 물이 없어 농사짓고 살 수가 없었을 거야. 오죽 답답하니까 저수지 만들어달라고 난리 친 거지. 공사할 때 굴삭기 기사가 꿈자리가 사나워 뒤척거리다가 깜박 잠들었는데 그 부처를 뵈었더라니. 새벽에 달려나와 꿈에 본 곳을 파내니 거기에 그 미륵부처가 있더라네. 공사 중이라서 한갓진 곳에다가 두려고 하니 동네 사람들이 몰려와서 좋은 곳에 모시자고 해서 섬 안으로 모신 거라네. 그때 용수골댁이 미륵부처님을 섬으로는 옮길 수 없다고 드러눕고 난리를 친 거지. 물이 차면 섬이 될 것인데 어찌 섬 안에 부처님을 혼자 둘 수 있냐는 말이었어. 남들이야 경치 좋은 곳에 모셔두면 좋고, 가끔 치성이나 드리면 될 일이라고 대꾸도 안 했지. 용수골댁이 미륵부처를 들어올리려는 크레인 밑으로 들어갔다니까. 자기 꿈에 미륵부처께서 나타나서 그 섬으로 들어갈 수 없다고 말씀하셨다는 거야, 사생결단이었다고. 작업반장이 나서서 용수골댁을 달랬다는 거야. 일을 마무리하려고 둘러댄 거지만 미륵부처를 모시는 용수골댁은 언제라도 그 섬에 들어갈 수 있는 증서를 주겠다고 한 거야. 아마 저수지 관리 회사 사람들이 알았으면 절대 불가한 일이지. 그러니까 작업반장이 허가증을 만들고 자기 도장 찍어서 주고 일이 무마된 거야. 하여튼 물을 가두게 되니까 농사 걱정도 없고, 지하수도 넘치고 모든 문제가 해결되었지만, 사람들이 살 만하니 누가 그 섬에 있는 미륵보살을 모시느냐고. 아무도 관심이 없었지. 용수골댁이 수시로 들락거리며 치성을 드렸다고. 이상한 일이지. 놀랍게 그 미친 여자가 사람들 앞일을 잘 보더래요. 모르는 일이 없어. 물어볼 것도 없어. 대문 안으로 들어서는 것을 보면, 저년 사내가 다른 년 따라다니네, 저 사내 저 여잔 벌써 딴 주머니 찼어. 거기다 가게 내면 돈 벌어. 그 집 사지 마, 구신이 둘렀어. 용하다니까. 그러니 사람들이 용수골댁을 찾은 거지. 미친년이라고 말하면서도 슬금슬금 그 집을 들락거렸다니까. 선거 때는 말할 것도 없고. 그 시의원 김가 아셔? 그이도 내내 그 집에서 살았다니까. 매지리 신당지기를 세운 것도 용수골댁이라고. 알고 보면 그렇고 그런 사이인지는 몰라. 하지만 알 수는 없지. 그러다가 사라졌는데, 말은 많지만 알 수는 없어. 미쳐서 나간 건지, 사내를 만난 건지는 알 수 없고, 내 생각에는 뭔 사달이 있었겠지.」

「그렇게 볼 수도 있지. 하지만 꼭 그렇게 말할 수는 없고, 내가 잘 아니까. 우리 가게 끝방을 용수골댁 신당으로 내주었으니까. 신당지기는 원래 매지리에 흘러든 장구잽이라. 신기는 없고, 용수골댁이 경을 읽을 때 흥을 돋우긴 했지. 장구는 잘 친다고. 이상한 일이라고 그 사내가 장구를 치기 시작하면 처음에는 소리만 지르던 가마우지들이 날아와 달려들기 시작하더라고. 그러니 장구를 칠 수가 없어서 매지리 산자락에 있는 신당으로 아예 옮겨 갔다니까. 신당에 모신 보살이 날마다 가마우지들이 몰려와 행패를 부리니 살

김홍정 소설집

수가 없다고 했다는 거야. 그래서 떠났다니까.」

「아니 신당에 모신 보살이 살 수가 없다고 했다고? 신기가 떨어지니 둘러댔겠지.」

말인즉 그렇다. 용수골댁이 떠난 건 분명하지만 추어탕집 사내가 한 말을 이해하기 어려웠다. 매지 저수지에 낮게 날고 있는 검은색 가마우지들이 용수골댁의 신당을 드나들었을 리는 없었다. 좀처럼 가마우지들은 저수지 주변을 떠나지 않았기 때문이다. 저수지와 인접한 공연장 나무 위에 앉는 가마우지들도 더러 있지만, 가마우지들은 늘 거북섬 나무 위에 앉아 쉬거나 둥지를 틀었다.

"거기 섬이 영 마음에 들지 않더라고. 나무들이 다 죽었어. 허연 것이 을씨년스러워요. 거길 뭐 하러 들어가?"

"그것 때문이라고. 그 섬에 사는 새들 봤어?"

"봤어. 그놈들이 가마우지야. 저수지 둘레길 산책하다가 봤는데 떼로 몰려다녀 두렵더군."

"그놈들, 낚시꾼이야. 머무는 곳 어디서든 물고기를 잡지. 어쨌든 주말에 섬으로 들어가 봅시다. 내가 연락할 거요."

이 교수는 서둘러 전화를 끊었다.

작업실 주변은 늘 조용하다. 평소에도 작가들은 배정된 방을 나오지 않는다. 그 흔한 TV나 라디오 소리도 없다. 방마다 작가들이 있는지도 알 수가 없다. 가끔 밭둑 사이에 서서 담배를 피우는 모습이 보이기는 하지만 그도 잠시뿐이다. 토요일 아침 평소 주차장에 있던 차들이 사라졌다. 작가들은 토요일 귀가하거나 여행을 한다. 월요일 점심시간이 되어야 돌아오곤 한다. 문득 그간 토요일 아침에 작업실에 남은 적이 없던 것을 떠올리자 텅 빈 성에 홀로 남은 경비병이란 생각이 들었다. 침대에 펼쳤던 이불을 걷고 차곡차곡 각을 잡아 갰다. 군에서 전역한 후 이불의 각을 잡거나 가지런히 정리한 적은 없었다. 차를 한 잔 마시고 출입문과 창문을 열고 청소했다. 청소기를 돌리는 소리가 들리자 화장실 창틈에 둥지를 만들고 알을 낳아놓은 딱새가 놀라서 움직인다.

가마우지를 보러 저수지로 갔다. 검은 가마우지들이 떼를 지어 비행하고 있다. 이른 시간이었지만 코로나 방역을 위해 길옆에 조성된 산책로도 이미 출입구를 막아놓아 걷는 사람들이 없다. 전망대 인근 숲길 서너 사람들이 지나던 걸음을 멈추고 잠시 서서 새들의 비행을 보고 있다. 가마우지 무리 중 몇이 저수지 물속으로 곤두박질한다. 새들이 처박힐 때마다 물탕이 일어나다가 둥근 원을 그리며 퍼진다. 얼마 후 솟구친 새의 목이 두툼하다. 부리 끝에서 버둥대는 물고기가 구경거리다. 중국인들은 새의 목으로 물고기가 넘어가지 못하도록 올가미를 맨다는 말을 들었다.

김홍정 소설집

거북섬이 가깝게 보이는 야외공연장 뒤로 갔다. 섬 가까이 있는 나뭇가지에 온통 가마우지들이 자리를 차지했다. 구부러진 부리 끝이 야무지다. 부리와 이어진 목덜미 부분이 노랗게 빛을 발하는데 노란빛과 대비된 눈빛이 사납다.

"뭘 그리 골몰하게 바라보슈? 코로나로 여긴 임시 폐쇄한 곳이라 들어오시면 안 되는데요."

"아, 그래요? 공연장 쪽에서 내려왔더니 표지를 못 봤네요. 나가지요."

"교직원이세요?"

"아닙니다. 저 새들을 좀 보느라고요."

"저놈들요? 저놈들 골칫덩어리죠. 저 섬을 완전히 덮더니 나무들이 죄다 죽었어요. 사람들이 저 새들을 다 쫓으라 하는데 방법이 있어야지요. 얼른 보시고 나가슈."

"새가 나무를 죽여요?"

"보고도 모르슈. 저놈들 엄청 먹는답디다. 많이 먹고 배설해대니 그 배설물 때문에 결국 나무들이 죽게 된다고 하더라고요."

운치 있는 섬이었을 것이다. 저수지에 타원형으로 섬을 조성하여 거북 형상을 이루고 나무를 심어 동산을 만들었으니 보는 이마다 느낌이 달랐을 것이다. 문득 해금강의 삼일포를 떠올렸다. 저 섬 위에 달이 올랐거나 비스듬히 걸렸다면, 아니 섬 안에 작은 정자라도 세웠더라면 하는 생각을 버릴 수가 없다. 관리인을 따라 공연장 앞으로 나왔다. 텅 빈 시설이 삭막하다. 얼마 전까진 연주자들이나 공연자들로 부산스러웠을 것이고 구경하는 학생들이 넘쳤을 것이나 지금은 드나드는 이도 없다. 잔디밭으로 나서자 유학온 학생 둘이 목소리를 높인다. 주고받는 말이 공연장 공간을 울려도 그 말을 알아들을 수 없으니 소음이나 다르지 않다. 학생들은 고인돌에 기대여 사진을 찍기 바쁘다.

주암댐 수몰지에서 옮겨온 고인돌. 하부의 무덤 구조가 원상태로 남아 있는 것을 이전했다는 설명이다. 멀리도 옮겨왔다. 청동기 이전 시대의 무덤을 느닷없이 이전해 왔으니 죽어 묻혔던 이들이 따라올 리 없을 것이다. 제자리로 되돌아갔으면 하는 마음이 앞선다.

소설작업은 마무리 단계지만 화자의 시점을 재구성하느라 고통스럽다. 시점을 섞은 것이 발목을 잡는다. 시점을 일치시켜달라는 출판사 편집부의 요구가 집요해서 달리 버틸 방도가 없다.

"작업 잘 됩니까?"

잠시 밖으로 나왔더니 연극 연출하는 이 작가가 건너편 창작실 입구에서 묻는다.

"주말인데 작업실에 계셨네요."

"저녁에 시내 극단 사람들 공연이 있다고 해서 보려고요. 같이 가실래요?"

"손님들이 오신다고 해서 어렵겠네요."

"하긴 코로나로 공연 관계자들만 보기로 했다고 하네요. 지긋지긋해요."

"그러게 말입니다."

"소설은 코로나하고 무관하지요? 하시던 작업은 어때요?"

"힘듭니다. 편집부에서 트집을 잡네요."

"그래요? 소설인데, 그렇다고 하면 되는 것 아닌가요?"

빙그레 웃는다. 장난기가 묻어난다.

"거기도 사람 사는 곳이라 그저 그렇다고만은 할 수가 없죠."

연출가가 고개를 끄덕이며 창작실로 들어간다. 저이도 견디기 힘든 모양이라 여겼다. 애당초 창작실은 단절된 공간이다. 그나마 작가들끼리 이러저러한 얘기도 하고 산책도 같이하며 외로움을 달랬는데, 코로나로 그럴 수 없는 형편이다. 창작실도 방역 수칙을 지켜야 하니 어쩔 수 없다. 잠시 잠을 청했다.

"김 작가, 학교로 오셔. 교문 옆 주차장에서 만납시다. 공사 직원들이 3시까지 나온다고 했으니까 일찍 끝내고 매운탕이나 먹자고. 늦지 마슈. 거북섬 상태를 모르니 운동화 신고 오슈."

이 교수는 약간 들뜬 목소리다. 가마우지 배설물로 온통 섬들이 허옇게 변했다는 관리인의 걱정이 생각난다. 가끔 뒷산이라도 오르려고 차 안에 둔 등산화를 꺼내 신었다. 오 작가도 일찍 나선 모양인지 창작실 어디에도 기척이 없다.

교문 안으로 들어서자 방역반원들이 자리를 잡고 차를 세운다. 창문을 열고 체온을 쟀다. 방역반원들의 지시에 따라 주차장에 차를 세웠다. 이 교수가 멀리서 손짓한다. 세 명의 직원들이 이 교수와 동행이다. 노란 조끼를 입은 공사 직원들은 어깨에 멜빵을 건 가슴 장화 차림이다. 은근히 걱정이다.

"처음 뵙습니다. 이 교수가 불러서 오긴 왔는데, 등산화면 될까요?"

"괜찮겠지요. 김 작가님 말씀은 많이 들었어요. 매지리 창작실에 계신다고요. 전 이 팀장이고요, 우리 직원들입니다."

"가까운 곳에서 가장 늦게 오네. 작업 잘 되셔?"

"그렇지 뭐. 이 신발이면 되겠지?"

"한참 동안 비가 안 왔으니 땅이 질척이진 않을 겁니다. 혹시 모르니 이 장화를 신으시죠. 가마우지 배설물로 섬이 온통 요산 덩어리입니다. 시멘트도 부식시키니까요."

장화로 갈아 신고 저수지로 내려가자 젊은 직원이 배에 올라 시동을 건다. 이 팀장이 배로 올라가는 작은 사다리 받침을 고정시키자 일행은 모두 배에 올랐다.

"이 교수님 말씀대로 거북섬 가마우지는 이곳으로 물이 흘러들어오는 매지천의 원주민이죠. 원래는 철새였던 놈들이 서식 환경이 좋아지자 자리를 잡았다고 봐야 합니다. 그 이후 떠나지 않으니 녀석들은 텃새가 된 겁니다. 사실 처음에는 저수지 경관을 위해 섬을 만들며 이놈들이 여기에 머물길 바랐죠. 저수지에 새들이 날아

　　　　　김홍정 소설집

다니면 풍경이 그만이거든요. 그것만이 아니죠. 섬을 만들고 나무를 심었으니 가꿔야 하는데 저놈들 배설물에 구아노 성분이 있어요. 질소 외에 인산도 풍부해요. 자연 비료가 되리라고 생각했죠. 잘 먹고 증식도 왕성해요. 덕분에 플랑크톤이 풍성해지니 물고기들이 먹을 것도 많죠. 잘 번식하고 씨알도 굵고요. 그런데 이 사태가 벌어진 거죠. 이곳에는 가마우지 천적이 없어요. 그러니 무한 번식이 가능하게 되어 그 수를 감당할 수가 없게 된 겁니다. 가마우지 배설물이 너무 많아지다 보니 토양이 산성화되어 나무가 견디질 못하고 죽어요. 푸른 섬을 기대했지만 허옇게 변해 보기가 흉해졌죠. 쫓을 수도 없고 진퇴양난입니다."

"민원이 많은 모양이지요?"

듣고 있던 젊은 직원이 씩 웃는다.

"말도 못 할 정돕니다. 이 교수님께서 생태 연구자시니 그래서 모신 겁니다. 무슨 방법이 있을까 하고요."

이 교수는 눈을 지긋하게 감고 못 들은 체한다. 그가 새들을 쫓을 리가 없다. 그의 속셈은 뻔하다. 섬의 원주인이 사는 방식으로 이해하면 될 일이다. 살기 어려우면 스스로 퇴거할 것이다.

"이 교수님, 이 가마우지들은 조류 독감도 안 걸려요?"

이 팀장의 질문에 순간 이 교수의 표정이 일그러진다. 괜한 질문이다. 조류 독감에서 전이된 감염으로 가금류뿐 아니라 축산 농가, 나아가 소비자에게도 위험이 될 거라는 인터뷰를 했다가 양계 농민들이 몰려와 시위를 벌이자 학교 관계자들이 나서서 겨우 무마했던 기억이 떠올랐다. 아직도 농민들의 반발로 곤혹스러운 것을 모르지 않은 터다.

"가마우지도 감기에 걸리지. 워낙 먹성이 좋아 습지에서 발생하는 조류 콜레라에 걸리기도 하고. 어쨌든 가마우지만 문제가 아니라 인간에게도 위협이 되죠. 그게 문젭니다."

의외로 이 교수는 이 팀장이 묻는 뜻을 간파한 듯 중얼거렸다.

배가 거북섬에 도착했다. 공사 직원이 먼저 내려 배를 잡고 이 교수가 내리는 것을 도왔다. 이 교수는 성큼성큼 거북섬에 오른다. 가마우지 떼들이 일제히 소릴 지르더니 날아올랐다. 갑자기 소란스러운 기운을 느낀 가마우지들은 우두머리를 따라 편대 비행을 시작한다. 공사 직원들의 노란 조끼들이 푸른 물빛에 반사되어 선명했으나 실상은 검은 가마우지들과 대비되었다. 갑자기 소리를 높여 괴성을 지르는 가마우지 무리의 비행이 두려웠다. 다행히 우두머리는 섬 반대쪽 학교로 방향을 잡았다. 여전히 나뭇잎 하나 없는 흰 가지에 앉은 새들의 눈이 사납다. 새들은 갑자기 나타난 사람들에 대해 경계를 거두지 않는다. 이 교수는 아무런 말도 없이 가지고 간 가방에서 봉지를 꺼내 흙을 퍼 담고 푸석거리는 나뭇가지들을 주워 담는다. 공사 직원은 우두커니 이 교수의 행동을 지켜보다가 이 교수의 지시에 따라 몸을 움직인다.

김홍정 소설집

"김 작가, 저 위로 가 보슈. 부처님이 계실 거요."

이 교수가 가리킨 곳으로 천천히 걸어 올라갔다. 흰 분을 바른 둥근 볼과 가는 눈, 다문 입, 가슴까지 패인 옷, 약간 굽은 듯한 몸을 가지런하게 모은 다리 사이로 긴 치마가 늘어진 여염집 여인이다. 미륵보살. 구름무늬로 땋아 올린 머리와 이마 위의 장식은 보주 모양이다. 머리 위에 길게 올린 도톰한 모자는 관을 세웠던 받침이다. 미륵보살은 미소가 없지만 시무외인을 하고 있다. 발목 아래는 새로 조성한 대좌 위에 조금 드러냈으나 허연 분으로 덕지덕지하다. 허옇게 달라붙은 가루들은 가마우지의 배설물이다.

잠시 미륵보살을 들여다보다가 약간 패인 이마와 문드러진 콧날은 지독한 고통이 배어 있는 것을 보았다. 문득 추어탕집 사내의 말이 떠올랐다. '가마우지들이 몰려와 행패를 부렸다니까.' 미륵보살은 제자리를 떠나 가마우지 섬으로 들어와 있지만 사는 게 아니다. 머리부터 발끝까지 가마우지 배설물로 뒤집어쓴 미륵보살은 금방이라도 두 손을 내려트릴 듯 시무외인[2]을 힘겹게 하고 있다. 중생들의 모든 두려움을 없애고 위안을 주는 미륵보살이지만 자신의 운명도 이겨내기 어려운 모습처럼 보였다. 도대체 누구에게 위안을 주고자 견디고 있는 것인지 납득할 수 없다. 답답하고 불편하여 되돌아가고 싶었다.

"누구슈?"

---

2 시무외인(施無畏印) : 부처가 중생의 두려움을 없애주기 위해 베푸는 인상

거북섬

배설물을 뒤집어쓴 여인이 슬그머니 다가왔다. 아무리 봐도 여염집 아낙처럼 보이진 않았다.

"누구세요?"

"나요? 나야 여기 사는 사람이죠. 아저씬 누구요?"

"저요? 이 섬을 돌아보려 잠시 들른 건데요?"

"이 섬을요? 저수지 관리 직원이슈?"

"그건 아니고요."

"직원도 아닌데 여길 들어와요? 얼른 나가요. 괜히 경치지 말고."

"아주머닌 여기 사셔요?"

"사는 건 아니지만 산다고 할 수도 있는 거죠."

물 적신 수건으로 여인은 미륵보살의 얼굴을 닦았다. 왜 그렇게 확신했는지는 알 수 없지만, 여인이 그 용수골댁임이 분명했다. 여인은 미륵의 몸에 달라붙은 허연 배설물들을 닦아내기 시작했다. 여인의 얼굴이 점점 미륵부처의 얼굴로 변했다. 여인의 얼굴에서 감춰진 미륵의 미소를 보았다. 순간 흰 나뭇가지에 앉아 있던 가마우지 떼들이 악다구니를 쓰며 건너편 산으로 날았다. 소란이 멈추자 순간 거북섬에 고요가 감돌았다. 나는 슬그머니 자리를 옮겨 섬 아래로 내려갔다. 이 교수와 공사 직원들은 채취한 토양과 떨어진 나무 조각, 부서진 나뭇잎들을 마대에 담고 있었다.

"갑시다. 김 작가, 가자고. 내려오슈. 저놈들이 돌아오기 전에 내 줘야지. 놈들 집인데."

김홍정 소설집

공사 직원이 배에 시동을 걸었다. 가마우지 떼들은 저수지 건너에서 수면에 부딪힐 정도로 낮게 비행하며 붉은 눈을 번뜩이고 있다. 가마우지들은 거북섬으로 돌아갔다. 이 교수는 입술을 씰룩거리며 추어탕이나 먹으러 가자고 제안했다. 공사 직원들은 가장 유명한 추어탕 맛집은 종합운동장 인근에 있는 식당이라고 거들었다. 저녁 먹기에는 조금 이른 시간이어서 시내까지 가도 늦어질 것은 없었다. 이 교수가 고개를 끄덕이자 이 팀장이 식당으로 전화했다. 예약을 했다며 이 팀장은 이 교수에게 물었다.

"가마우지들이 어느 날 그냥 사라졌으면 좋겠어요. 가능할까요?"

"그거야 제 놈들이 가고 싶으면 가겠지요."

"그야 그렇지만 강제로라도 가게 해야 하지 않을까요?"

"사람들 생각이야 그렇지만 그놈들 생각은 다를 겁니다."

저수지를 나오며 자꾸 거북섬 위를 돌아봤지만, 여인은 보이지 않았다. 굳이 저수지 관리 직원들에게 여인에 대한 이야길 꺼내지 않았다. 섬 위로 올라가 본 것은 미륵보살뿐이었다.

거북섬

그날, 사루비아 호텔에 있었다

「…… 자기를 기다려. 파프리카.」

「3월 25일 금요일인 어제가 지난 52분. 그러니까 정확하게 3월 26
일 토요일 00시 52분, 당신은 사루비아 호텔 913호실에 있었습니
다. 핸드폰 문자들을 확인했고, 파프리카가 보낸 문자도 그때 확
인한 것으로 기록이 남아 있습니다. 굳이 밝히자면 호텔에 들어
온 3월 25일 23시 43분에는 로비에 있었고, 913호실에 들어와 이
를 닦고, 샤워한 후 침대 위에 누워 영화를 보다가 잠이 들었을 것
입니다. 그리고 00시 54분에 문자를 보냈습니다. 어찌된 일인지 그
밤 02시에 당신은 벌거벗은 몸으로 엘리베이터 앞에 있었고, 곧이

김홍정 소설집

어 놀라 달려온 룸서비스 직원이 닫힌 913호 방문을 열어주었습니다. 당신의 모습은 호텔 CCTV에 녹화되었고, 룸서비스 직원이 확인해준 사항입니다. 당신은 자신을 밝히지 않으려고 숙박계에 이름을 쓰지 않았는데, 그 이유는 체크카드로 계산했고, 카드에는 당신의 모든 정보가 들어 있으니 구태여 숙박계에 이름을 남길 필요가 없다고 했습니다. 호텔 사루비아를 자주 들른 이유는 단순히 이름이 좋아서라고 했습니다. 동의하시죠? 분명히 당신은 어제 사루비아 호텔 913호실에 있었습니다. 분명히 당신은 옆방 914호실 살인사건 혐의자입니다. …… 그럼 서명하시지요. 이 진술 조서는 모든 조사에서 유효합니다.」

그날 우섭을 만나 저녁부터 시작된 술자리는 칼리포 주점까지 이어졌다. 칼리포는 황 부장이 은근히 챙기는 우 사장의 주점이다. 우 사장을 황 부장의 여자라고 아는 사람은 없다. 물론 아니라고 의심하지도 않는다. 사무실 사람들에게는 거래처와 2차 혹은 3차 마지막 뒤풀이는 으레 칼리포에서 하는 것이 불문율이다. 황 부장이 같이 자리할 때는 우 사장은 늘 황 부장의 곁에 앉는다. 우 사장은 테이블로 나오는 아가씨들보다 나이가 열 살은 족히 더 들어 보이지만, 여전히 예쁘고 늘씬하고 탄력 있다. 처음 칼리포에 갔을 때, 나는 우 사장을 여배우 우경인으로 알았다. 우경인은 별 이유 없이 영화판에서 사라졌고 근황을 아는 이가 없었다. 그날 '우경인 씨죠?'라고 물었을 때 우 사장은 가볍게 미소를 지었을 뿐이다. 우 사장은 평소 말을 많이 하지 않지만, 사소한 농담에도 잘 웃는다. 웃을 때 드러나는 가지런한 이는 치아교정 전문 병원의 광고모델보다 훨씬 튼실하고 건강해 보였다. 우 사장은 회사에서 인정하는 법인카드의 한계를 정확히 알고 손님들의 불편을 줄이는 능력을 갖추었다. 감사부의 추적을 피하려 이틀이나 사흘로 쪼개 결재하는 복잡한 절차 정도는 모두 우 사장 수완이다.

  풍물패 상쇠 우섭은 늘 시위 대열의 선봉이었다. 우섭은 풍물패를 이끌고 교문을 나서고 먼저 거리로 진출했다. 경찰이 시위대를 막기 위해 몰려오면 우섭은 풍물패를 대열 옆으로 빼내어 오방진 가락이나 양산도 가락으로 바꿔 놀이판을 펼치듯이 진을 구성하여 시위대의 기세를 높였다. 시위대 앞에서는 이미 진압 경찰들과 투석전이 시작되었어도, 시위대의 후미는 풍물패의 가락에 맞춰 춤을 추거나 단체 율동을 하는 기괴한 모습이 섞이곤 했다. 그러다가 풍물패가 시위대의 후미에서 휘모리장단을 치면 시위대 후미에 섰던 투척꾼들이 대열을 헤치고 앞으로 나가 돌과 화염병을 던졌고 이들을 잡으려는 경찰들과 드잡이가 시작되었다. 그쯤에서 풍물패는 자리를 떴다. 본격적인 시위 주동자 연행을 위해 특공대가 교내로 투입될 즈음엔 우섭은 학생회관 지하 풍물패 연습실에서 이미 옷을 갈아입고 교정을 빠져나갔다. 학생회에서 주로 격문이나 대자보 문장을 작성하던 나는, 우섭의 날렵하고 빠른 행동에 늘 놀랐다. 우섭은 다른 고시파와는 달리 드러내놓고 행정고시를 준비했다. 정해진 시간만큼만 시위에 가담했고, 특히 지방자치론 특강에 빠지지 않기 위해 모든 시간을 분 단위로 쪼개 철저하게 활용했다.

학생활동에서 활동가들은 으레 먼저 희생을 감수해야 한다. 나는 휴학하고 확신과 열정으로 희생하는 활동가 조직을 만들려 했다. 거리로 진출한 시위로 경찰과 대치하는 것으로는 언론이나 시민들의 결정적인 관심을 끌어낼 수 없었기 때문이다. 미얀마에서 군부정권과 싸우는 젊은이들을 이끌던 승려가 대열 앞에서 기름을 뒤집어쓰고 분신하는 사진은 강렬하고 도발적이었다. 시위대에게 소총 사격을 가하는 군인들에게 저항하기 위해 택한 승려들의 분신은 사태의 심각성을 알리는 명쾌한 행위다. 나는 자주적 기독교 연합인 〈소망과 단결〉을 만들려고 대자보를 붙이고 활동가들을 만나러 다녔다. 풍물패 우섭이 〈소망과 단결〉에 관심을 보인 것은 의외였다. 우섭은 풍물패 회원들과 함께 가입서를 냈고, 나는 우섭을 공동리더로 받아들였다.

〈소망과 단결〉은 투쟁의 선봉인 K대학 열심당이다. 나는 굳건한 학생운동의 기반 조직에는 종교적 신비성을 갖춘 모험주의가 필연이라 제안하고 열심당원을 학습했다. 스스로 가입한 회원의 탈퇴는 없다. 탈퇴는 곧 학교를 떠나는 것을 의미한다. 나는 〈소망과 단결)의 제안서에서 열심당원의 이야길 인용했다.

「······ 열심당원들은 제국의 지배에서 벗어나고자 했다. 제국은 총독을 신의 대리인으로 내세웠다. 유대인들은 총독을 신의 대리인으로 인정하고 싶지 않았지만, 믿음보다 이익 때문에 굴종했다. 목숨을 우선하는 유대인들의 비겁에 칼을 꽂은 이들이 열심당원이다. 예수는 신의 아들이다. 예수 앞에서 총독이 신의 대리인이란 말은 말장난이다. 예수는 그 모든 모순된 현실을 갈아엎어야 했다. 예수는 회당으로 들어가 비둘기를 파는 사람들과 환전상을 모두 내쫓았다. 열심당원은 환호했다. 열심당원은 예수를 구원자로 확신했다. 열심당원이 예수에게 가서 그가 한 일에 대해 물었다. 뜻밖에 예수는 황제의 것과 신의 것을 구분했다. 현실은 황제의 것이라고 했다. 열심당원은 실망하여 욕을 퍼붓고 함께 섰던 자리에 침을 뱉었다. 예수는 열심당원이 돌아가자 '저들이 나를 십자가에 달겠지.' 중얼거렸다. 열심당원은 예수를 십자가에 매달기로 했다. 예수는 골고다 언덕에서 열심당원의 조롱을 받으며 죽었다. 더 이상 그는 신의 아들이 아니었다. 그런데 다시 살아난 예수가 열심당원 앞에 신의 아들로 나타났다. 예수가 십자가 죽음을 택한 것은 신의 아들임을 입증하는 과정이고, 열심당원은 입증자 역할을 수행했다. 이후 신을 확인한 열심당원은 제국을 부정하는 유대인이 되어 스스로 죽음의 길로 나갔다. 그들을 희생의 자리로 이끈 것은 소망이다. 죽음을 선택하는 유대인들은 구원을 얻는 소망을 지녔고, 그들은 함께 같은 자리에서 죽었다. 그들에게 단결은 필수였다. 우리는 이들의 노선에 따라 투쟁에 동참해야 한다. ……」

〈소망과 단결〉에 의외로 회원들이 몰렸다. 복음주의 맹종만으로는 끝이 보이지 않는 독재 정권에 대한 투쟁을 충족할 수 없었다. 숨은 기도보다 희생의 대열로 나선 행동이 절실한 때였다. 절실함은 보이지 않는 힘을 이끈다. 회원들은 서로 형제라고 부르고 점거와 방화 같은 극한투쟁을 계획했다. 낮은 자리의 예수를 본보기로 무저항 실천을 새로운 투쟁 방법이라 극찬했던 학생회는 점거와 방화, 투신을 전제하는 우리의 과격성과 신비적 모험성을 비이성적 태도로 몰고 학생회 사업으로 승인하지 않았다. 우리는 때를 기다리고 있었다. 단 한 번으로도 투쟁의 방향을 바꿀 수 있는 계획, 우리는 모여 기도하다가 벌떡 일어서서 신의 계시를 받는 순서로 희생자를 정했다. 첫 희생자를 결정하던 중 공동리더였던 우섭이 지방 행정고시에 합격했고, 학업이 끝나기도 전에 연수원 과정을 위해 학교를 떠났다. 나는 휴학 중이어서 우섭이 이듬해 대학을 졸업했는지는 모르지만, 고시 합격생을 졸업시키지 않는 대학은 없었다.

K시에 뿌리를 내린 ㈜신우개발은 늘 선거에 깊숙이 개입한 복

음교회의 든든한 지원에 기대고 있었다. 우리 팀은 K시에서 발주할 공감지구 개발사업계획서와 제안서를 들고 도시개발사업본부로 들어섰다. 우리 팀은 오 상무의 지시 '이미 복음교회 담임목사를 통해 사전에 약속이 되어 있는 일이니, 계획서나 잘 만들어 접수하라.'는 말을 믿고, 자신감이 있었다. 두 달 동안 잘 포장하여 만든 '꿈·이룸·행복' 계획서가 심사위원들을 설득할 수 있기를 간절히 바랐다. 하지만 사업본부의 분위기는 우리의 기대와 전혀 달랐다. 담당 직원들은 대기업에서 제출한 사업계획서에 몰두해 있고, 우리 ㈜신우개발에서 제출한 서류는 접수인증서 한 장 발부받은 것으로 끝인 듯했다. 사업본부의 사무실은 거래 실적이 있는 대기업의 개발사업팀 팀장들이 시민을 위한 사업이니 뭐니, 설레발을 날리고 흰소리를 하며 안면 있는 직원들과 자기 사무실처럼 나대는 동안 온통 난전처럼 북새통이 되었다. 우리 팀은 우두커니 사무실 한쪽으로 밀려났다. 아무리 봐도 상황이 녹록하지 않았다. 우리 팀이 사업 공모 접수를 했을 때 아는 척하는 시청 직원이 하나도 없는 것으로 보아 오 상무의 말은 공연한 선거꾼들의 말에 현혹된 것으로 보였다. 그렇다 하더라도 오 상무는 우리 팀이 만든 개발계획이 채택되지 않으면, 뒤에서 다 만들어준 사업을 계획서 하나 제대로 못 만들어 죽 쒀서 개나 줬다고 난리를 칠 게 뻔하다. 돌아가는 판세로 보아 한심하고, 속이 답답하고, 기분이 우울했다. 이미 틀린 판이다. 커피를 사러 민원실 입구 장애우들이 운영하는 커피점으로 갔다.

"아니, 이게 누구요? 구 선배? 맞죠? 대자보 전담 행정학과 구 선배?"

커피점 앞 민원 대기실 의자에 앉아서 동행인들과 커피를 마시던 우섭이 자리에서 벌떡 일어나 아는 척했다. 나는 우섭의 출현에 무척 당황했다. 휴학과 복학을 반복하는 동안 우섭과는 어떤 교류도 없었다. 엉거주춤 고개를 끄덕이며 악수를 청하는 그의 손을 잡았다. 그는 손을 힘껏 잡고 흔들며 조금은 과장되게 목소리를 높였다.

"야, 이거 오래 살아야 한다고. 구 선배님을 여기서 만나다니? 우리 형제들은 가끔 선배님 얘길 하지요. 틀림없이 어디선가 〈소망과 단결〉을 잇고 있을 거라고요."

목숨 건 투쟁을 결의하지 못하고 〈소망과 단결〉 후배들이 학교를 떠나 현장에서 하방을 실천할 때, 나는 후배들 몰래 남은 한 학기를 마치고 졸업했다. 하지만 그 사실을 아는 후배들은 없었다.

"그런데 여긴 웬일이우? 민원실에 무슨 볼일이라도? 나 여기 시청에서 근무해요. 가끔 대자보에 명문 구호를 만들던 선배가 생각날 때가 많았어요. 우리 직원들은 선배만큼 그렇게 상큼한 구호를 만들지 못해요. 선배가 그쪽은 짱이었지. 아, 인사나 해요. 여기는 S건설 개발팀장. 이번에 공감지구 재개발 때문에 들어오셨다고 하시네. S건설은 우리 시를 위해 물심양면 지원을 많이 하시고. 아마 이

그날, 사루비아 호텔에 있었다

번에 기부하신 금액도 적지 않지요? 역시 최고의 기업이 통 큰 기부를 하신다니까."

나는 엉겁결에 으레 하던 대로 명함을 꺼내 우섭과 S건설 개발팀장에게 건넸다. 우섭은 내가 건넨 명함을 보다가 S건설 개발팀장에게 지나치는 말을 건넸다.

"어허, 우리 선배님께서 개발사업 때문에 들어오셨나 본데, 어떻게 하지? 이 팀장? 같이하실 방법이 없겠어? 어차피 S건설에서 직접 할 것은 아닐 것이고?"

"그거야, 회사에서 결정할 일이지만, 국장님 말씀이라면 고려해야지요. 더구나 막역한 선배님이시라니 뭐 돕기는 해야겠지요. 계획서 이름이 뭐요?"

"아, 드림투해피니스(꿈·이룸·행복)입니다."

"역시 선배님 작품이시죠? 멋있어요. 우리 시의 정책과도 딱 맞아요."

우섭은 공감지구 개발사업본부 국장이었다. 순간 우리 계획서가 채택될 일은 없어도 하도급을 받을 수는 있겠다는 생각이 들었다. 나는 우섭과 S건설 개발팀장에게 정중하게 인사를 했다.

"우리 회사 명운이 달려 있습니다. 잘 부탁합니다."

머리가 화끈거렸다. 내가 잘 부탁한다는 말을 우섭에게 한 것인지 S건설 개발팀장에게 한 것인지는 명확하지 않았다. 하지만 우섭은 씩씩하고 순발력이 넘쳤다. 풍물패를 이끌던 상쇠 모습 그대로

김홍정 소설집

였다.

"대학 두 해 선배님이셔. 휴학하고 어려움을 겪으셔서 졸업은 나보다 늦었지만 날리던 선배님이셨지. 같이하지 뭐. 내가 시장님께 그렇게 말씀드릴 테니. 구 선배님, 서류는 제출하셨죠?"

"우리 직원이 접수증은 받은 걸로……."

나는 고개를 끄덕이며 말을 짧게 잘랐다.

사업은 예정된 대로 S건설이 가져갔다. S건설은 계열사 중 하나인 전자회사의 생산 공장을 시에서 선정한 공감지구 개발지역 인근에 세우기로 하고, 시는 공장 부지를 조성 단가에도 못 미치는 헐값에 넘겼다. 관변 언론인들이 나서서 공감지구 개발로 시민들의 일자리 창출과 차고 넘칠 시의 재정 수입에 대해 청사진을 펼쳤다. 시장을 지지하는 시민단체들도 공감지구 개발은 곧 시민의 복지를 완성할 수 있는 시정이라 들떴고 시민들은 S건설의 힘을 믿었다.

오 상무와 황 부장은 사업계획서를 만든 우리 팀의 해체를 선언하며 주는 밥도 제대로 못 먹는 등신들이라며 막말을 했다. 나는 졸지에 대기 발령자가 되었다. 오 상무는 황 부장에게 돈은 제대로 전달했는지 질책했다. 황 부장은 우리 회사 이름으로 복음교회에 감사헌금을 미리 오천만 원이나 보냈고, 따로 그 담임목사를 통해 시장에게 그만큼을 보냈다는 말로 우리를 당황하게 했다. 시장과 부시장이 복음교회 장로이고, 시장 사모님이 권사인 교인 수가 8천

그날, 사루비아 호텔에 있었다

이 넘는 대형교회 목사님이 헛말을 했겠느냐는 말에는 기가 막혔다. 공모 접수 현장에서 나는 시장과 약속했다는 복음교회 목사의 얘기는 들어본 적도 없었다. 우리팀은 그저 접수증 한 장 받고 돌아왔을 뿐이다. 비록 대기 발령자가 되었지만 나는 어쩌면 황 부장과 오 상무의 코를 뭉개줄 기회가 올 거라는 가당치 않은 생각에 빠졌다. 나는 〈소망과 단결〉의 공동리더 우섭의 말을 믿었다.

그 기회는 오래 걸리지 않고 찾아왔다. 시청으로 들어오라는 우섭의 전화를 받은 것은 팀이 해체된 열흘 후다. 우섭은 나를 S건설 개발팀장과 만나게 하고 사무실을 나갔다. S건설 개발팀장은 도급 비율을 제시하고 개발사업 도급량 중에서 오 분의 일을 주겠다고 제안했다. 사업계획은 이미 작성되었고, 우리 회사 사장의 날인만 비워둔 상태였다. 사업의 규모를 꼼꼼히 살폈다. 하도급 공사로 얻는 이익 중 S건설과 약속된 이익을 돌려주고 남는 이익만으로도 ㈜신우개발 사업이익의 반 정도는 늘릴 수 있었다.

하도급 계약 건을 회사 내부 계획으로 작성한 후 지분 계약 하루를 남겨놓고 사장에게 직접 면담을 요청했다. 비밀을 요하는 건이라는 말을 더하고 오 상무와 황 부장을 제외한 자리였다. 아무 기대 없이 차나 한잔 들라던 사장은 도급지분 건을 듣자 의자를 바짝 당겨 앉았다.

"구 팀장, 그거 말고 뒷거래 조건이 뭐야? 이거 우리가 꼭 해야 하거든. 그래야 회사가 살지."

"그건 제게 말할 것은 아니고요, S건설에서 사장님께 직접 얘기할 거라 했습니다. 우선 저희는 본 계약만 관여하고, 이면이야 사장님께서 하셔야지요."

"그렇지. 그건 그래. 그리고 이건 오 상무도 알고 있나?"

"아직 보고 전입니다. 날짜가 급해서 먼저 달려왔습니다. 오 상무님 해외 출장이시라고 하던데요."

"오 상무가 해외? 또 핑계 대고 골프 치러 갔구먼. 에이. 알았어. 내가 직접 조치하지. 개발팀 해체되었나? 다시 구성해. 마음 맞는 직원 고르고. 법인카드는 골드로 주지. 일 열심히 하라고. 뒤는 내가 책임진다. 알았지?"

하도급과 관련된 계약서가 회사에 들어온 주말 오후, 느닷없이 회사 사무실에서 예배가 열렸다. 오 상무는 개발팀을 앞자리에 앉게 하고 전 직원이 참여하게 했다. 복음교회 목사의 축도는 유난히 길었다. 예배가 끝나고 황 부장은 한 눈을 찡긋하며 적당히 쓰라며 내게 골드 법인카드를 내주었다. 카드 밑에는 칼리포 우 사장 명함이 있었다.

우섭은 후배였지만, 이제는 상전이고 제왕이다. 우리 팀은 늘 대기상태였다. 우섭과 함께 오는 시장, 부시장, 시의회 의장, 시의원들의 접대는 모두 우리 팀의 몫이었다. S건설의 임직원들도 상전이다.

그날, 사루비아 호텔에 있었다

3월 25일 금요일, 모처럼 우리 팀원들이 불금을 즐기기로 한 날이었다. 나는 팀원들과 삼겹살 회식을 하고 2차로 노래방을 가려고 길로 나왔다가 마침 날라 온 파프리카의 메시지를 읽었다.

「때가 다가오고 있어. 기다림이 너무 길면 서로 지치지. 자기를 지치게 하진 않을 거야. 파프리카.」

특별하지 않은 내용이다. 파프리카는 윤의 기호다. 나는 윤이 왜 파프리카를 쓰는지 묻지 않았다. 어차피 답장이 필요 없는 문자다. 나는 윤이 누군지 정확히 모른다. 꼭 알아야 할 이유도 없다. 숱하게 날아드는 스팸 중 하나다. 수시로 날아오는 문자의 내용으로 보아 나는 파프리카라고 발신인이 찍힌 문자는 틀림없이 처음 스팸으로 날아든 윤이라고 생각했다. 또 윤이란 성을 지닌 여자들을 헤아려 봤지만, 홍보실장 윤을 빼고는 그렇게 뚜렷하게 인상이 남아 있는 여자는 없었다. 물론 윤이 성이 아니라 이름이나 이니셜일수도 있을 것이다. 놀랍고 흥미로운 것은 파프리카가 보내는 내용으로 미루어 파프리카인 윤은 나의 신상에 대해 너무도 정확히 알고 있었다.

홍보실장 윤과 사적인 관계가 전혀 없는 것은 아니다. 편하게 밥도 먹고 술도 마셨다. 공감지구 개발계획에 몰두해 있을 때 윤이 고생한다며 저녁 약속을 잡았다. 윤을 만난 곳은 공감지구 개발지

김흥정 소설집

역 인근 〈피자&카페〉였다. 카페 창으로 내다보이는 풍경은 듬성듬성 소나무와 잡목들이 우거진 너무나 특징 없는 야산이었다.

"구 팀장님, 잘 보세요. 이 야트막한 언덕을 배경으로 아이들이 자유롭게 노는 풍경이 보이셔요? 놀이시설 안쪽으로 유치원을 배치하면 아이들이 유치원으로 들어오기 전에 놀이시설에서 시소나 그네를 먼저 타려고 하겠지요. 엄마의 손을 놓지 않으려 울먹이는 아이들도 없을 거고요. 또 아이들을 데리러 오는 젊은 부모들도 이곳에 조성된 조경숲을 보며 대단히 만족할 겁니다. 보이시죠? 이 조경숲, 바로 이 자립니다."

나는 윤 실장이 갑자기 내게 그런 말을 왜 하는지 관심이 없어 별 대꾸를 하지 않았다. 카페에서 피망과 파프리카가 섞인 피자를 시켜 나눠 먹었다.

"혹시 파프리카를 재배하는 농장을 본 적 있어요? 없죠? 파프리카 농장 안으로 들어가면 아주 이국적이거든요. 저기 저 산자락 보이죠. 거기 숲 끝에 작은 저수지가 있어요. 그곳에 파프리카를 재배하는 농장을 짓는 게 제 남편의 한때 꿈이었지요. 전 지금도 그 꿈을 접지 않고 있답니다."

나는 윤 실장이 말한 파프리카 농장은 관심 밖이라 더는 묻지 않았다. 하지만 윤 실장이 적어 준 테마, 개발지역 초입 놀이공원과 유치원 '드림투해피니스(꿈·이룸·행복)'의 서막은 제법 흥미로웠다. 그렇다고 수시로 날아오는 파프리카 문자 발신자가 윤 실장이

그날, 사루비아 호텔에 있었다

라는 근거는 없다.

  나는 때가 오고 있다는 문자를 읽으며 피식 웃었다. 전화벨이 울린다. 우섭이다.

  "선배님, 왕년의 〈소망과 단결〉이 모였어요. 아직도 우린 그때를 기억하거든요. 여기 이화갈빈데요? 선배님이 왕림하시면 영광이지요. 기다립니다."

  잠시 난처한 표정을 짓자 팀원들이 사태를 파악하고 이화갈비를 검색해 내게 위치를 알려주었다. 나는 경리 담당 한 대리에게서 법인카드를 챙겨 부랴부랴 이화갈비로 갔다. 우섭과 함께 자리한 사람들은 기억할 수 있는 대학 후배들이다.

  "인사들 해라. 구 선배님이시다. 알지? 명문장으로 날리던 대자보의 주필. 늬덜 인사나 하라고 특별히 모셨다. 공감지구 개발사업을 맡은 ㈜신우개발의 팀장이기도 하고."

  우섭이 나를 소개하자 함께 자리한 후배들이 일어나 고개를 숙여 인사를 하고 손을 내밀었다. 그들 중 둘이 내민 명함에는 남부지원 판사 강충모. 국토부 재개발기획과장 김창환이라 적혀 있다. 다른 후배는 이미 술에 취해 횡설수설하고 있었다. 그가 물었다.

  "선배님, 신우개발이 뭐 하는 회사요? 인력 관리? 아니면 부동산 투자?"

  머리를 자꾸 술상에 처박는 그는 이미 벌건 눈이 반쯤 감겼다.

김홍정 소설집

"건설회사지요. 아직은 4부 리그 정도 될까요."

"아하, 건설. 나는 신우개발이라고 해서 교회상조회 줄 알았지 뭡니까? 선배님은 아직도 〈소망과 단결〉의 텃밭을 일군다고 생각했죠. 어허허. 말 놓으세요. 우리 모두 후배입니다. 이 새끼는 강 판사인데, 이 자식이 날 징역 때렸고요. 저 새끼는 김 과장, 기억하시죠? 지금 국토부 실세라네요? 강바닥이라고 생긴 것은 죄다 파던 놈이죠. 우리 때 같으면 강바닥 파는 놈들을 그냥 뒀겠어요. 화염병 한 방씩 날려버렸죠. 안 그래요? 저 새끼 한번 날려주셔요."

나는 민망한 표정을 지었지만, 술에 취한 친구의 말에 후배들은 껄껄대며 웃었다.

"야 임마, 너 징역 6월이면 많이 봐준 거야. 짜아식, 6년 보낼 걸 그랬네."

"그래? 그래, 고맙다. 네가 봐줬지. 확실히 봐줬지. 강 판사가 절 징역 안 넣었으면 저, 채권자들에게 맞아 죽었을 겁니다. 땅에 파묻었을 겁니다. 들어보셨지요? 돈 못 갚으면 잡아다가 신장도 떼고, 눈알도 떼 가고, 아참, 내가 교도소로 가니까요? 거기까지 돈을 받으러 왔다니까요. 세상 더러운 놈들!"

"그만해라. 뭐 좋은 소리라고 자꾸 하냐? 야, 난 과장 아니야. 승진에서 밀린 말단이야, 임마."

김창환은 동기들 말이 부담스러운지 사무실에 처리할 일이 남았다며 먼저 일어섰다. 김창환이 일어서자 우섭이 분위기를 바꾸려 했다.

"선배님, 저 새끼 아시죠? 천재 시인 박두수. 대열 앞에서 기가 막히게 시를 날리던 영웅 박두수요. 저 새끼 이미 꽐라됐어요. 이해하세요. 선배님, 우리 한잔 더하러 갑시다. 오늘 선배님이 2차 쏘세요. 부탁합니다. 야, 창환아, 한잔 더하자."

술에 취한 것은 박두수만이 아니었다. 우섭도 몸을 제대로 가누지 못했다. 김창환이 먼저 일어나 밖으로 나가자, 강 판사도 판결문을 손봐야 한다며 먼저 양해를 구하고 자리를 떴다. 박두수가 눈치껏 2차를 사양하자, 나는 그들의 밥값을 먼저 계산하고 뛰어나가 택시를 잡았다. 나는 택시를 타고 칼리포로 가면서 겨우 천재 시인 박두수를 기억했다.

그날 경찰은 교문을 봉쇄했고 시위대는 위축되었다. 시험 기간과 겹친 탓에 모인 학생들의 수가 적어 학내 집회로 끝내기로 했다. 여학생회에서 집회 소음으로 시험에 방해된다는 항의를 받은 터라 집회를 시작할지 말지 고민할 때였다. 희생자 선정 기도에서 응답받고 희생을 다짐하던 박두수가 예정에도 없이 대열 앞으로 나가 마이크를 잡았다. 음향팀은 진군가를 급히 껐다. 박두수는 호주머니에서 종이 한 장을 꺼내 읽기 시작했다.

"푸른 하늘을 보라/ 이제 우리는 자유로울 것이라/ 말하는/ 젊은 청년들의 말은 수정되어야 한다."

　　　　　　　　　　김홍정 소설집

웅성거리던 학생들이 침묵하기 시작했다. 나는 그가 김수영의 시를 패러디하고 있음을 알았다. 그 시절 김수영은 영웅이었고, 그의 시는 항상 정의롭고 순수했다. 우리는 김수영을 모방하려 했다.

"자유를 위해서/ 저 옥상에서 날아본/ 사람이면 알지/ 내가 이제 저곳으로 오르려 하고/ 그리하여 우리들의 자유에는/ 피의 냄새가 흩날리는지/ 왜 우리들은 오늘/ 이처럼 고독한지// 이제 나는 고독을 위해 간다."

박두수가 대열 앞에서 손가락으로 가리키던 건물을 향해 달리자 학생들이 놀라 함성을 질렀다. 사태를 파악한 학생회 간부들이 그를 잡기에는 너무 늦었다. 방심하고 있던 사이 그는 쏜살같이 시위대를 내려다볼 수 있는 가정대학 건물 안으로 뛰어 들어가 옥상으로 달리기 시작했다. 다행히 옥상으로 나가는 출입문은 쇠사슬로 잠겨 있었다. 그는 학생들이 모여 있는 광장 창문을 열고 밖으로 나가려 했지만, 창문은 모두 강의실을 통해야 했고, 강의실마다 시험을 치르고 있었다. 시험을 치르던 여학생들이 느닷없는 남학생의 침입에 소리를 질렀고, 박두수는 조교들의 연락을 받고 뛰어온 직원들에 의해 끌려 내려왔다. 시위대는 '풀어줘.'를 외쳤고, 박두수는 시위대들의 박수를 받으며 대열 밖으로 사라졌다. 그날 이후 어디에서도 박두수가 옥상에서 뛰어내렸다는 소문을 듣지 못했다.

택시에서 내려 칼리포 안으로 들어갔다. 조금 이른 시간이다. 우 사장이 방을 안내하고 잠시 후 술과 안주를 챙겨 들어왔다. 우 사장은 아가씨들이 금방 들어올 거라며 활짝 웃으며 잔에 술을 따랐다. 우섭은 우 사장의 어깨를 감싸며 술을 받았다. 우 사장이 나의 눈치를 살폈다. 나는 고개만 끄덕거렸다. 잠시 후 들어온 아가씨들에게 잘 모시라면서 우 사장이 자리를 떴다. 우섭의 파트너는 작심한 듯 우섭에게 착 달라붙어 비비적거렸다. 술이 덜 취한 나는 연거푸 술잔을 비웠다. 제정신이 아니어야 살 수 있는 세상이다. 아가씨들이 먼저 노래방 기계음에 맞춰 노래를 불렀다. 우섭은 학생 시절 부르던 노래를 불렀다. 골목길, 골목길에서, 우리는 뛰어나와 돌을 던졌네. 골목길, 골목길, 화염병 맞은 짭새들은 불이 붙었네. 우섭이 노래를 부르는 동안 천장에서 별빛들을 한꺼번에 쏟아내면서 빙글빙글 도는 등을 보았다. 세상이 돌고 있었다. 노래를 마친 우섭이 파트너를 안고 춤을 추었다. 나는 술잔을 계속 비웠다. 양주 병이 늘어났다. 파트너들은 연두색 멜론을 먹고 물을 마셨다. 나는 연두색으로 브릿지 염색을 한 그녀의 몸도 연두색일 거라고 생각했다.

"너는 연두색이냐?"

"예에? 무슨 소리예요? 오빠 정신 좀 차려요? 노래도 안 하시면서, 물 좀 마셔요."

"네 몸이 연두색이냐고 물었다. 안 되니?"

"에이, 뭘 물어봐. 자 봐. 연두색이야? 아니지? 난 외계인이 아니야."

김홍정 소설집

피에서 초록빛이 흐르는 외계인이 아니었다. 난 밖으로 나왔다. 우 사장이 우섭과 파트너의 외박까지 알아서 법인카드로 처리했을 것이다. 나는 거리로 나왔다. 그때 문자가 왔다. 윤이었다. 22시 34분이었다.

「아직도 출발하지 않았지? 파트너가 괜찮은 모양이야. 나는 공원 주차장에 있어. 자길 기다리지. 파프리카.」

술집들과 노래방들이 찬란하게 밤을 밝히고 있는 거리를 지났다. 가게 안에는 사람들이 북적거리며 숱한 이야길 쏟아놓고 있었다. 그들의 이야기가 궁금하지 않았다. 너무 흔하다. 그들은 오늘 회사에서 화가 나 말다툼을 했고, 지금 화해를 하고 있지만 잠시 후 더 심각한 싸움이 되어 마침내 등을 질 수도 있다. 다른 자리의 남자와 여자는 진실한 사랑을 원했고, 누가 더 진실한지 천천히 끝없이 설명했다. 남자가 설명하기 시작하자 여자는 팔짱을 꼈고, 여자가 설명할 때는 남자는 고개를 앞으로 내밀어 귀를 기울여야 한다. 또 다른 자리의 젊은 사내들은 집권 여당을 비판하고 속았다는 말과 함께 대척점에 선 보수 정당을 깔아뭉갤 것이다. 그들도 머지않아 보수주의자가 되거나 수구꼴통처럼 행동할 것이다. 그들 중 몇은 화장실로 가서 터질 것 같은 오줌통을 비울 것이고, 몇은 가게 밖으로 나와 담배를 피운다. 어제와 오늘이 다르지 않은 모습이 내일도 반복될 것이다. 나는 천천히 그들의 이야기를 하나하나 되새겼다. 우리 팀원들도 그들 속에 한 자리를 차지하고 울분을 터트릴 것이다. 나는 문득 유리창 속 한구석 어둠 속에 앉아 있는 나를 보았다. 나는 이 거리를 떠나야 한다. 유리창 속의 사람들을 떠나서 하얗게 포말이 부서지는 백사장 끝, 해당화가 붉게 피는 바닷가 구석에서 작은 창문을 통해 들려오는 파도 소리를 들어야 한다. 파도 소리는 사나운 바람에 실려 가슴을 텅텅 두드릴 것이다. 가슴이 퍼렇게 멍이 들어도 좋다.

무리를 진 사람들이 스쳐 지나가면서 소란스럽게 웃었다. 순간 나는 우섭에게 돌아가야 한다고 생각했다. 돌아가서 먼저 일어서도 된다는 우섭의 허락을 받아야 한다. 나는 아직 우섭의 노비다.

나는 서둘러 오던 길을 되돌아갔다.

"주인님, 저는 오늘 먼저 떠나겠습니다. 허락해주십시오."

나는 단역 배우가 모처럼의 대사를 잊지 않기 위해 반복하는 것처럼 뇌고 또 뇌었다. 나는 칼리포로 다시 들어갔다. 술을 마시던 방으로 갔다. 우섭은 어디론가 가고 그 방은 정리 중이었다. 우 사장이 나를 보고 놀라며 다른 빈방으로 안내했다. 맥주 세 병과 과일을 들고 온 우 사장은 내 잔에 술을 따랐다.

"나도 한 잔 줘요. 칼리프는 늘 팀장님을 기다려요."

나는 우 사장을 물끄러미 쳐다보았다. 우 사장의 왼쪽 눈꼬리에

두 개의 작은 원 모양 흔적이 눈에 들어왔다.

"마마 자국이오?"

"예? 뭐라고 하셨어요?"

"마마 자국이냐고 물었지요."

"아, 마마 자국? 그걸 어찌 아세요. 언제 내 가슴을 보셨어요? 이
상하네. 내가 보여드렸나? 그럴 리가 없는데."

"가슴에 있어요? 나는 다행히 엉덩이에 남았어요. 보여드릴까?"

"에이, 그만두셔요. 제 가슴에 흔적이 남았는데, 남들이 그걸 알
지 못하더라고요."

"그래요? 본 사람은 있수?"

"글쎄요."

나는 황 부장이냐고 묻지 않았다. 다만 황 부장이 그녀의 흔적
을 찾아내지 못했길 바랐다. 나는 그녀의 왼쪽 눈꼬리의 원을 자꾸
보았다. 틀림없는 흔적. 나는 다시 술을 마셨다.

"노래하실래요? 아까도 노래를 안 하시던데. 아니면 저하고 블루
스라도 추실까요?"

나는 그녀가 틀어놓은 음악 반주에 맞춰 그녀와 블루스를 췄다.

"흔적을 보고 싶소."

"그래요? 별일이시네. 내 가슴이 보고 싶은가 봐요? 특별할 게 없
지만, 그래요. 그러지요."

우 사장이 웃옷 단추를 풀고 브래지어를 내렸다. 두 개의 마마

　　　　　　　　　그날, 사루비아 호텔에 있었다

흔적이 선명했다. 나는 우 사장의 젖꼭지를 물었다. 젖꼭지가 팽팽하게 긴장했다.

"지금은 영업 중이라서. 호텔을 알려주면 일 끝나고 찾아가지요."

나는 우 사장의 노래를 듣고 자리에서 일어섰다. 우 사장은 술값을 사양했다.

"문자 주세요. 자더라도 전화를 받아야 해요. 헛걸음치게 하는 거 아닙니다."

나는 다시 거리로 나왔다. 빠른 걸음으로 술집이 늘어선 거리를 지났다. 호텔이 모여 있는 거리로 들어섰다. 렉싱턴, 사보이, 아스트리아, 그랜드스위스, 덩치가 크고 성처럼 솟은 호텔들을 모두 지나쳤다. 호텔 사루비아. 흰 벽에 붉은 칠을 세로로 길게 세 줄을 그린, 사루비아꽃 모양의 불빛이 밝은 호텔 사루비아로 들어갔다. 카운터에 젊은이가 정장 차림으로 반듯하게 서 있었다. 젊은이는 사루비아 호텔에서 가장 전망이 좋은 곳이라며 913호를 권했다. 이 캄캄한 밤에 무슨 전망이 필요할까 하는 반발심이 있었지만 우 사장을 위해 전망 좋은 특실을 고르는 것이 마땅하다고 생각했다. 나는 여자를 처음 만나는 숫총각처럼 긴장했고, 젊은이에게 10달러짜리 한 장을 팁으로 주며 두 시간 정도 후 한 여자가 오면 보조키로 방을 열어주라고 부탁했다. 젊은이는 걱정하지 말라고 웃으며 10달러짜리를 앞뒤로 돌려보았다. 엘리베이터 안으로 들어가면서 나는 좀 더 멋있게 팁을 주지 못한 것을 후회했다.

김홍정 소설집

잠시 후 엘리베이터 문이 열렸다. 나는 엘리베이터를 내리려고 하다가 문득 엘리베이터 안으로 들어오는 여자를 보고 놀랐다. 여자를 보고 놀란 것이 아니라 엘리베이터 버튼을 누르지 않아 9층으로 올라가지 못하고 1층에 머물러 있던 나의 어리석음에 당황한 것이다. 벌써 머리가 깜박깜박하는 것인가 두려웠지만 곧장 평정을 찾았고, 숨조차 크게 쉬지 않으려 했다. 엘리베이터에 함께 탄 여자에게 나의 술 냄새가 곤혹스럽지 않을까 하는 배려였다. 엘리베이터는 천천히 오르기 시작했다. 함께 탄 여자는 돌아서서 머리카락을 습관처럼 쓸어 올렸다. 엘리베이터가 서자 나는 얼른 먼저 내려서 방으로 갔다. 나는 전자키를 출입문의 위치에 대고 문을 열려고 했다. 문이 열리지 않았다. 다시 시도했지만 마찬가지였다. 뒤따라온 여자가 내게 물었다.

"방 번호가 뭐죠?"

"913호인데요?"

그때 나는 눈을 제대로 뜨고 그 여자를 보았다. 여자는 아주 미인이었다. 화장하지 않은 맨얼굴의 여자는 눈썹을 밀어 눈 위가 퍼렇지만, 콧날이 오뚝하고 작은 얼굴에 선이 갸름했다. 순간 우 사장의 모습이 그 여자와 겹쳤다.

"913호는 저 옆방이고, 여긴 914호 내 방이야."

나는 전자카드의 방 번호와 문에 적힌 방 번호를 확인했다. 914호. 내 방이 아니었다.

그날, 사루비아 호텔에 있었다

"미안합니다. 제가 착각했군요. 그런데 왜 말이 짧아요?"

나는 머뭇거리며 방의 호실을 착각한 것을 자책했지만, 여자의 말투에 기분이 상했다.

"시비 걸지 말고. 나 몹시 피곤해. 비키셔. 안으로 들어가게."

"어, 그러시죠. 자, 들어가세요."

"잠깐만요."

그 여자가 안으로 들어가려고 문을 열었을 때, 다른 엘리베이터에서 나온 세탁실 여자가 그녀를 불렀다. 여자의 양손에는 그녀가 맡겼을 옷들이 들려 있었다. 여자는 그녀를 따라 방 안으로 들어갔다. 나는 내 방문을 열고 방으로 들어왔다. 비로소 나는 그 여자가 누군지 떠올랐다. 여배우 우경인. 한때 그녀에 대해 언론은 많은 가십거리를 기사로 올리고 있었다. 그의 상대는 영화제작자이자 감독이었다. 그들은 불륜이지만 당당했다. 사람들은 그들의 불륜이 낯설지 않았고, 나무랄 생각도 없었다. 그들은 손잡고 거리를 활보했고 기자회견장에서 나란히 앉아 자신들은 서로 연인이라고 말했다. 애틋한 사랑을 꿈꾸던 연인들은 환호했고, 중년의 사내들은 부러움에 질투했으며, 여인들은 자신의 사내를 바라보며 혹시 무슨 일이 생기지나 않을까 전전긍긍하며 욕을 했다. 어떤 이는 사랑과 불륜이 어찌 같을 수 있겠느냐는 댓글을 달며 입에 거품을 품었다. 여배우와 감독의 사랑은 오래가지 않았다. 여배우는 공연장에서 만난 젊은 가수에게 빠져들었다. 감독은 오래 참지 않았다.

여배우들은 넘쳐났다. 사람들 관심은 흘러간 유행가처럼 식상하고, 그들의 움직임은 스포츠 신문 연예면에서도 사라졌다.

어쨌든 나는 여배우의 민낯을 보았고, 그 민낯조차 예쁘다는 생각으로 기분이 좋아졌다. TV를 켰다. 영화는 심야 방송용으로 제한된 성인 채널로 가슴이 큰 여자들이 수영장에서 자신의 몸매를 뽐냈다. 그 가슴은 실리콘이 빚은 오류라고 생각했다. 침대에 누웠다가 심한 갈증으로 벌떡 일어나 냉장고에서 시원한 물을 꺼내 마시고, 이를 닦고, 몸을 씻고 돌아와 핸드폰 문자를 확인했다. 파프리카는 3월 25일 23시 43분에 다시 문자를 보내왔다. 물론 내가 문자를 본 시간은 그보다 훨씬 지났을 것이다.

「나는 옷을 벗고 있어. 이미 샤워도 했지. 자길 기다리며. 파김치는 이미 코를 골고 있어. 내가 적당히 욕망을 채워줬다고. 오래는 아니야. 아주 짧게. 파김치니까. 자기라면 천천히 즐길 거야. 삼십 분? 한 시간? 어떤 걸 원해? 자기를 기다려. 파프리카.」

파프리카의 문자를 보며 우 사장을 떠올린 것은 참으로 이상하다. 전에는 그런 일이 없었거니와 칼리포에서 우 사장이 한 말도 어쩌면 지나가는 말이었을 것이다. 하지만 약속대로 난 우 사장에게 사루비아 호텔 913호라고 문자를 보냈다. 그 시간은 3월 26일 00시 54분이었다.

그날, 사루비아 호텔에 있었다

나는 우 사장에게 언제 올 수 있는지 전화를 할까 하다가 침대에 누웠다. 영화 속의 배우들은 과장된 동작을 보여주었다. 나는 옆방의 여배우에게 방해가 되지 않을까 하여 TV 볼륨을 줄였다.

어느 정도 시간이 지났을 것이다. 나는 영화를 보고 있던 것이 아니라 잠을 자고 있었다. 내가 잠에서 깨자 영화 속의 남자와 여자는 연출된 신음과 과장된 행동으로 서로를 탐닉하고 있었다. 내가 잠을 깬 것은 오줌이 급했고, 욕실에서 나는 물소리 때문이었다. 높인 수압으로 샤워 꼭지를 벗어난 물이 사방으로 흩어져 소란스러웠다. 나는 팽팽해진 오줌보의 긴장감을 느끼며 욕실로 들어섰다. 욕실에는 우 사장이 물을 맞고 있었다. 그녀의 어깨 위에 허연 수증기가 그득했다. 우 사장은 긴 수건을 두르고 욕실 밖으로 나왔다.

용변을 보고 나오자 우 사장은 슬금슬금 몸을 더듬고 뱀이 되어 혀를 날름거렸다. 허물을 벗은 뱀이 긴 혀를 내밀고 개구리를 잡아먹는 것을 본 적이 있다. 팽팽한 긴장감이 돌다 양 볼때기를 부풀린 개구리가 긴 혀에 말렸다. 개구리는 입을 벌리고 소리를 지르려다 뱀의 찢긴 눈을 보고 두려움으로 소리를 삼켰다. 뱀이 스멀거리며 기어올랐다. 나는 뱀이 다리를 지녔다는 신화를 믿었다. 뱀은 몸뚱이를 둘로 갈라 좌우 날개를 펼치듯 다리를 만들어 단단히 제 머리통을 지탱하고 먹이를 빨아들였다. 우우욱 개구리는 뱀의 입안으로 밀려 들어갔다. 뱀은 맑은 소화액을 분출하여 진득거리는 거품으로 개구리 몸통을 감쌌다. 개구리의 입과 살갗에서 온통 누런 독물이 쏟아졌다. 뱀은 천천히 먹이를 몸속 깊숙이 재우고 천천히 다리를 접고 미끄러져 내려왔다. 우 사장이 귓속말을 했다. '내 안에 담아둘 거야.' 나는 우 사장의 말에 소름이 돋았다. 우 사장이 서둘러 옷을 입고 밖으로 나갔다. 나는 뱀이 둥지를 튼 짙은 어둠에 갇혀 조금씩 삭여졌다.

발가락이 저리더니 통증이 사라졌다. 아무 감각이 없었다. 발가락을 만지자 툭 하나가 떨어졌다. 발톱은 이미 시꺼멓게 변했다. 다른 발가락도 흐늘거렸다. 발목이 떨어졌고, 무릎까지 견고하고 딱딱하게 지탱하던 경골과 비골이 부서졌다. 한쪽 다리의 슬개골도 이미 녹아내리고 있었다. 다른 발로 깡충거리며 양말과 구두를 찾아 신었다. 앞이 보이지 않았다. 뿌연 안개가 내리고 가는 소리를 내며 실지렁이들이 재빠르게 달리다가 극장의 암막처럼 모든 빛이 차단되었다. 두렵지 않았다. 수십억 마리 살아 움직이는 나의 분신들이 어디에선가 자리를 잡고 꿈틀거리며 움직이고 있을 것 같았다. 으아악. 나는 분명 고함이나 짧은 비명 소릴 들었다. 나는 혹시 내가 이 어둠을 두려워하여 비명을 지른 것이 아닌가 하여 이불을 뒤집어쓰고 으아악 소리를 질렀다. 곧 와지끈 무언가 짓밟혀 부서지는 소리도 들렸다. 신경이 곤두섰다. 사방이 고요해졌다. 무언가에 눌려 막혔던 숨을 내쉬었다. 나는 겨우 TV 리모컨을 찾아 전원

그날, 사루비아 호텔에 있었다

을 눌렀다. 화면 속에는 일본말을 하는 여자와 사내가 천천히 옷을 벗고 욕실로 들어서고 있었다. 나는 집중력을 잃었고, 이 방을 떠나고 싶었다. 침대에서 일어나 방문을 열고 엘리베이터 앞에 섰다. 순간 나는 아무것도 입지 않을 걸 알고 소스라치게 놀라 도로 방 안으로 들어오려 했지만, 방문이 열리지 않았다. 난감했지만 어디선가 룸서비스가 나타나 방문을 열어줬다. 다시 침대에 누웠다. TV 불빛만이 다른 세상 속으로 나를 이끌었다.

「당신이 뱀의 허물을 뒤집어쓰고 독에 빠져 약속을 잊은 것을 용서할 수 없어. 파프리카. 아마 돌이킬 수 없다고 하겠지. 파프리카. 하지만 결국 모든 것을 잃고 난 뒤에 돌아온다는 것도 알고 있지. 그때까지 기다릴 거야. 파프리카.」

연속되는 발신음으로 분간할 수 없는 시간이 고통스럽다. 갈증이 심해 겨우 눈을 뜬 나는 핸드폰을 확인하고 싶었지만 어디에 두었는지 기억이 없었다. 아니면 어젯밤 먼저 온 핸드폰 문자를 확인하고 화가 나고 놀라서 던졌을지도 모른다. 나는 이불을 끌어당기며 파프리카가 누군지 골몰했다.

순간 문을 급하게 두드리는 소릴 듣고 자리에서 벌떡 일어났다. 머리가 무거웠지만 겨우 방문을 열었다. 정복을 입은 경찰들이 둘이나 방 안으로 들어왔다. 그들은 출입구에 신발을 벗지도 않은

김홍정 소설집

채, '당신을 살인 혐의로 체포한다'라며 화가 난 몸짓으로 크게 말했다. 수갑을 꺼내 내 손에 채우려 하자, 난 경찰들에게 무슨 일인지는 모르지만 잠깐 기다리라고 사정하고 옷을 챙겨 입었다. 또 다른 경찰들은 내가 머물던 방을 조각조각 사진에 담았고, 내 핸드폰은 압수되었다. 나는 무슨 영문인지도 모르고 호텔을 나와 경찰차에 올랐다. 경찰서로 호텔에서 잠자던 숙박객들이 하나둘 연행되었다. 경찰서 조사실이 갑자기 북적거리고, 용의자와 참고인들로 분리되었다. 그들 모두가 살인 용의자는 아니었다. 참고인들은 간단한 조사를 마치고 돌아갔다. 살인 용의자는 나와 룸서비스를 담당한 직원과 세탁실의 여직원, 낯선 사내 한 사람이 전부였다. 나는 3층 독방으로 불려가 수사 형사 앞에 앉았다.

"당신, 어제 913호에 투숙하기 전에 914호 여자와 다투었지?"

"다투다니요? 제가 기억하기론 제가 방을 잘못 알고 914호 문을 열려고 했지요. 물론 함께 엘리베이터를 타고 간 914호 여자가 저의 잘못을 지적하길래 저는 제 방으로 갔을 뿐인데요."

"세탁실 여직원이 당신들이 다투고 있었다고 증언했어, 제대로 불지?"

"아, 그건 그 여자가 제게 반말을 해서 제가 왜 말을 짧게 하냐고 했는데요."

"짧은 말? 잘도 둘러대네. 그런데 왜 엘리베이터에서 그 여자가 오길 기다리고 있었어. 제대로 말하는 게 좋을 거야. 호텔 카운터

그날, 사루비아 호텔에 있었다

에서 다 증언한 거야. 당신은 그 여자가 오길 엘리베이터 안에서 기다리고 있었잖아? 이 자식아!"

형사의 목소리가 높아지며 욕이 섞였다. 주먹이라도 날아올 판이었다.

"아니오. 내가 착각을 한 거요. 그 여자가 엘리베이터에 탔을 때 나도 놀랐소. 나는 그때 엘리베이터가 섰을 때 내리려던 참이었소. 가만히 생각하니 나는 엘리베이터 승차 후 가고자 하는 층수를 누르지 않았던 거요. 착각이었소."

"다들 그렇게 말하지. 그래? 그럼 지금부터 당신의 일정을 확인하자고. 그 여자와 만난 전후만 확인하면 된다고. 당신은 23시 43분에 온 문자를 확인했지. 그러니까 호텔로 들어오기 전이야. 당신은 웨이터에게 10달러를 주고 누군가에게 방문을 열어주라고 했고. 00시 52분에 다른 문자를 확인했고. 그리고 02시에 엘리베이터 앞에 섰다고. 벌거벗은 몸으로. 그때까지 당신은 깨어 있었고, 그 시간에 뭘 했지? 그 사이에 뭐 했냐고 이 새끼야? 당신 뒈지고 싶나? 당신, 지금 장난인 줄 알아? 넌 살인자야, 이 개새끼야!"

형사의 목소리가 날카롭게 찢어졌다.

"씻었지요. 이도 닦고, 머리도 감고, 샤워도 하고. 그리고."

"그리고 뭐야?"

"……"

"왜? 왜 말 안 해? 뭐 샤워? 넌 샤워를 한 시간이나 하나? TV 봤

254   김홍정 소설집

다고는 하지 마. 당신이 본 케이블 TV는 그때 꺼져 있었다고. 이 새
끼 봐라. 너 내가 누군지 알아? 강력계 이 형사야! 이 형사! 이 바
닥에서 내 손에 걸리면 다 불게 되어 있다고, 새꺄! 너 전깃줄에 달
려보고 싶어? 좋아 그러자. 응. 그래. 잠깐 하나만 더 물어보자. 파
프리카가 누구냐? 이 여자 누구야? 새꺄!"

"사실, 그게 그렇습니다. 나도 파프리카가 누군지 곰곰이 생각해
봤습지요. 그런데 아무래도 누군지 모르겠어요. 윤이 맞은 것은 같
은데……"

말이 끝나기도 전에 형사의 주먹이 얼굴을 향해 날았다. 코피가
터졌다.

"야, 이 개새끼! 옷 벗고 샤워하고 자기를 기다린다는데도 누군
지 몰라? 너 이 새끼 사이코구먼. 하긴 사이코니까 아무 상관도 없
는 여잘 죽이지. 너 이 새끼 네가 죽인 여자가 누군지는 알지? 누구
야 말해봐! 빨리 말해!"

형사의 주먹이 다시 날아와 머리통에 꽂혔다. 나는 아픔을 느끼
지 못했다. 얼른 그 여배우 이름을 떠올려야 했다.

"알지요. 알고 있었어요. 그 여배우, 이름이 그래요. 감독과 스캔
들이 있던,"

"어쭈, 이우송 감독을 어찌 알아. 우경인을 말하는 거야?"

"그렇지요. 우경인이에요. 틀림없어요. 저도 놀랐거든요."

"그래 우경인이라고 알았다는 거지? 틀림없는 거야? 나중에 딴

소리하지 마."

나는 형사의 부드러워진 말투로 미루어 나의 진실이 조금씩 먹히고 있다고 느꼈다.

"너 이 새끼, 그 여자하고 했어? 안 했어?"

"무슨 말씀이세요?"

"무슨 말씀? 야 이 새끼야, 여기 벌거벗고 밖으로 나온 놈이 너 맞잖아. 여기 증거가 다 있는데, 개새끼, 너 죽고 싶어?"

나는 형사가 독사의 눈보다 더 매서운 눈을 지녔음을 알았다. 형사가 일어섰다가 다시 자리에 앉았다.

"얼른 얘기해. 했지? 그 여자하고."

"누구요? 그 여자라니요?"

나는 우 사장은 감추고 싶었다. 순간 형사의 주먹이 날라오고 발길질이 시작되었다. 형사는 내 옆구리를 사정없이 걷어차고 짓밟았다. 옆구리 갈비뼈가 모두 부러진 것 같았다. 나는 쓰러진 채로 웅크리고 있었다.

"했어? 안 했어?"

나는 당황했고, 어떤 말로도 변명할 수 없었다. 우 사장과의 일도 형사들은 모두 알고 있었던 모양이었다. 그들은 호텔에서 얻을 수 있는 정보를 확인했을 터였다.

"했어요. 그 여자가 찾아왔어요. 내가 하자고 한 게 아녀요. 그 여자가 하자고 했단 말이죠. 술집에서 만났거든요."

김홍정 소설집

"개새끼 진즉에 그렇게 말했어야지. 미련한 새끼 왜 얻어맞고 말하니? 나라고 패는 거 좋아하겠니? 재수 없게. 그럴 줄 알았어. 술 먹다가 한번 하자 그렇게 해서 같이 오고 엘리베이터에서 기다렸다가 같이 탔고, 방에 들어가 한번 했지? 그런 거잖아 새꺄. 그런데 왜 죽였냐? 왜 잘나가는 여배우와 하고 나니까 겁나냐? 겁이 나서 죽였어? 아니면 그 여자가 목을 졸라달라고 해? 쾌감을 높이려고 그러다 우연히 손에 힘을 주고 그 여자가 질식해서 죽은 거야? 그런 거지. 앞에 거야? 뒤 거야?"

나는 정신이 없었다. 우선 이 자릴 어서 피하고 싶었다. 나는 경찰이 말하는 내용을 하나도 이해하지 못했다. 다만 형사의 폭력이 두려웠을 뿐이었다. 이미 형사는 모든 것을 알고 있었다. 파프리카의 전화번호를 추적했을 것이고, 우 사장을 데려다 진술서를 받았을 것이다. 나는 있는 사실대로 시인할 수밖에 없었다.

"예, 맞습니다. 다 맞는다고요. 그런데, 제가 한 것은."

"닥쳐, 새끼야. 이 변태 새끼 어쩌다 이런 놈에게 걸려 애꿎은 여자가 죽었구먼. 아 이 새끼, 아주 질이 나쁜 놈이야. 너 그 여자가 여배우라고 했지? 지랄해요. 어떤 여배우가 너 같은 놈에게 몸을 내주냐? 이 새끼, 아주 복을 탔다 했겠네. 복을 탔으면 곤히 자야지, 새꺄. 아휴."

조사하던 형사의 핸드폰이 울렸다. 형사는 눈살을 찌푸리며 자리에서 일어섰다.

"아니 뭐라고? 알았어. 너 꼼짝 말고 어젯밤 한 짓을 곰곰이 생각해두는 게 좋을 거야."

형사가 밖으로 나갔다. 담배 태울 시간이 지나도 그는 돌아오지 않았다. 나는 개새끼가 되었다. 짐승처럼 살아온 삶을 후회했다. 그것이 무엇이었든 남들이 짐승이라면 짐승이 되는 사회였기 때문이다. 수갑이 채워진 채로 오전 내내 책상에 묶여 있었고, 옷을 입은 채로 오줌을 쌌다. 넘겨졌던 바닥에 오줌이 흘렀다. 이제 잠시후 저 오줌 바닥에 다시 나뒹굴 게 뻔했다. 누가 나를 개돼지 취급하지 않겠는가. 나는 눈이 뻘겋도록 울었다. 갑자기 죽고 싶었다. 자리에서 일어나려고 했지만, 손과 발에 채운 수갑이 의자에 묶여 있어 달리 방법이 없었다. 머리를 책상에 내리박았다. 세 번째 머리를 박자 이마가 터져 피가 흘러 눈 안으로 밀려 들어왔다. 온통 세상이 벌겋게 보였다. 나는 나 자신을 경멸하며 울다가 웃었다. 그때 〈소망과 단결〉 리더답게 먼저 옥상에서 뛰어내렸다면 이런 추한 꼴은 보지 않아도 되었을 것이다. 나는 통곡하며 울었다. 나는 빈 조사실에 이틀 동안 더 묶인 채로 조사를 받았지만 더는 말할 게 없었다. 이상한 일은 칼리포 사장과의 일은 아무도 묻질 않았다.

사흘 지난 저녁 수사과장을 앞세운 경찰서장이 조사실로 들어와 내 앞에 앉았다.

"살다 보면 별일이 다 있지요. 살인사건이라 우리도 조사가 좀

과하고 급했지요. 시민들의 권리와 인권을 위하는 일이니 가끔 오류가 생깁니다만, 다행히 사건이 잘 해결되었습니다. 물론 호텔에서의 일은 유감입니다만 아마 방안에만 계셨어도 별일은 없었을 것입니다. 어쨌든 우리 경찰은 이후로 좀 더 세밀하게 과학적인 수사를 약속하겠습니다. 치료와 보상은 우리가 성심을 다할 것입니다."

914호 살인사건 혐의가 풀린 것만으로도 다행이다. 길게 그림자처럼 이어졌던 꼬리 하나가 잘려 나간 편안함이 밀려왔다. 수사과장과 경찰서장의 말을 듣고 수없이 고개를 숙여 고맙다고 말했다. 나는 오후 늦게 경찰서에서 풀려나 병원으로 실려 갔다. 머리를 열다섯 바늘이나 꿰매고 갈비뼈 둘이 부러져 보조기를 둘렀다. 칼리포 우 사장이 새벽 영업이 끝나고 병원으로 찾아왔다. 우 마담은 치료비에 보태라며 봉투를 내려놓고 서둘러 나갔다. 점심을 먹고 나자 1인실로 옮겨졌고, 나를 취조했던 형사가 찾아와 봉투를 꺼내며 미안하다고 말했다.

"재수 없었다고 생각하슈. 나도 임무인지라 어쩔 수 없었습니다. CCTV에 얼굴이 잡힌 사람이 당신뿐이라서 솔직히 말하면 나도 뭔가에 씌워서 말입니다. 이거 우리 한 달 수사비 다 털은 겁니다. 당신이 소송을 걸면 아마 나는 옷을 벗어야 할 거요. 돈이 부족하면 어찌 더 해볼 터인데. 당신이나 나나 다 월급 받고 사는 사람들이니 이해했으면 합니다. 의사에게 물어보니 한 사흘 있다가 퇴원하면 된다고 합디다. 열흘 정도 여기서 편히 쉬시고요. 병원비는 우리가 모두 계산할 겁니다. 약소하지만 이 돈으로는 몸에 좋다는 약이나 사 드슈. 또 들리겠수. 합의서는 잘 생각하시고 사흘 후에 쓰러 오겠습니다. 그리고 말이우. 그 파프리카 잘 기르슈. 재미있어 알아보니 대포폰입디다. 우리가 추적할 수 없었소. 자 여기 당신 핸드폰."

나는 저녁을 먹고 어둠이 내리자 환자복을 갈아입고 병원을 나섰다. 옷에서 온통 지린내가 진동했다. 어둠이 내리자 거리는 다시 사람들로 술렁거렸다. 사람들은 여배우를 죽인 감독이 유서를 남기고 자살했다는 보도에 아쉬워했고, 그들의 아름다운 사랑을 받아주지 못한 현실에 대해 팬들은 불만을 쏟아냈다. 나는 집 밖으로 나가지 않았다. 회사에서는 알아서 병가 처리를 해주었다. 회사에서는 팀원들과 술을 마시고 취해 호텔에서 잠을 잔 것이 화근이란 말밖에 없었다. 몸을 추스르고 출근한 첫날, 황 부장을 만났다.

"나는 구 팀장이 사람을 죽일 사람이 아니라는 것은 확신했지. 칼리포 우 사장이 알리바이를 만들어주었다고 하더라고. 여자가 의리가 있어. 살인 혐의를 뒤집어쓴 사람의 알리바이를 만드는 일이 쉽지 않을 텐데. 거래는 그렇게 끝까지 믿는 마음이 있어야 해. 다음 주 불금에 칼리포로 인사나 하러 가자고. 내가 쏘지."

나는 종일 회사에서 사람들의 눈치를 봤다. 무혐의로 풀렸지만, 회사 직원들은 자기들끼리 쑤군대다가 나를 보면 모른 척 흩어졌다. 조퇴를 하고 밖으로 나왔다. 현관을 나서자 윤 실장이 불렀다.

"구 팀장, 고생했어요. 하지만 날 그런 파렴치한으로 몰다니, 아주 불쾌해요. 왜 하필 나였지요? 내가 파프리카야?"

"실장님, 저는 아무 짓도 안 했어요? 형사들이 알아서 조사한 거지요."

"참. 기분 나빠서. 그 여자가 여배우가 맞긴 맞대요?"

"저도 잘 모릅니다. 하여튼 미안합니다."

일찍 집으로 돌아왔지만 더 이상 회사에 다닐 용기가 나지 않았다. 회사를 떠나기로 작정하고 사직서를 작성해서 우편으로 보내기로 했다. 파프리카로부터 문자가 왔다.

「남편이 떠났어요. 이제 당신에게 갈 수 있을 것 같아요. 파프리카」

그날, 사루비아 호텔에 있었다

수부首府

상좌평 사택적덕沙宅積德은 왕흥사로 향하는 궁성 포구에 용선을 띄우고 자온대에서 임금을 맞았다. 이른 아침 왕흥사로 건너간 무왕은 향을 올리고 담욱曇旭의 법문을 들었다.

　"이 나라의 평안은 계율대로 살아야 이루어질 것이옵니다. 부처님도 그 계율에서 벗어나지 않았으니 어라하[3]께서도 싸움을 일으키어 살생하지 말고 욕심과 헛된 생각도 버려야 하옵니다. 오로지 정법으로 정진하셔야 하옵니다."

　무왕은 고개를 끄덕이며 담욱에게 예를 표했다. 상좌평은 늘 다를 것이 없는 율사의 가르침에 참지 못하고 한 마디 더했다.

---

3 어라하 : 임금을 뜻하는 백제어

264　　　　　　　　　　　　　　　　　　　　　　김홍정 소설집

"나라가 풍전등화요. 어찌 나가서 싸우지 않을 수 있겠소."

무왕은 상좌평의 말을 못 들은 척 율사에게 절하고 물러나 용선에 올랐다. 용좌에 앉은 무왕은 백강의 푸른 물을 물끄러미 본다. 강물은 절벽의 푸른빛과 두견화 붉은빛이 짙게 물들었다.

"상좌평께서도 자리에 앉으시지요. 빛이 곱습니다."

"아니옵니다. 어라하, 어찌 신하된 자가 어라하와 나란히 앉을 수 있겠나이까? 잠시면 호암사에 이를 것이옵니다."

상좌평은 정사암회의[4]를 요구한 귀족들이 전례와 달리 함께 용선에 오르지 않은 것이 못내 불편하다. 귀족들이 무왕과 거리를 두려는 뜻이 분명하다. 귀족들은 정사암회의에서 이미 조정한 의견을 제안하고 무왕을 겁박할 수도 있다. 또 귀족들이 좌평들의 직책을 바꾸자고 요구하면 부득이 상좌평의 자리에서 물러날 수밖에 없다. 아들 지적의 나이가 어릴뿐더러 상좌평을 계속 이을 만큼 사택씨 가문은 충분한 세력을 갖추지도 못했다. 상좌평의 마음이 어지럽다.

용선을 호위하는 배들이 정사암회의가 열릴 호암사로 오르는 강가에 먼저 이르렀다. 군사들이 달려와 무왕이 오를 길에 용연을 세웠다. 무왕이 용선에서 내릴 때 웅진강에서 백강으로 흘러드는 물살에 힘입어 천웅天熊 깃발을 앞세운 배가 빠르게 밀려들었다. 천웅 깃발은 웅진성 군사들의 깃발이다. 웅진성 방령을 위시하여 진

---

4 정사암회의 : 좌평 임명 등 중요한 국사를 결정하는 귀족회의

수부

씨 가문의 귀족들이 타고 있는 배다. 천웅 깃발은 곰을 그린 것이
나 어찌 보면 북방신인 현무처럼 보였다. 두고 온 북방 세력의 위세
를 드러내려는 듯 크고 현란하다. 용선의 군사들이 북을 울리며 외
쳤다.

"멈추시오. 천웅 깃발은 배를 세우시오. 아직 용선이 포구에 있
소이다."

빠르게 달려오던 웅진성의 배가 주춤거리는 동안 무왕이 용선에
서 내렸다. 용연에서 대기 중이던 군사들이 힘차게 소리를 높였다.

"어라하를 뵈옵니다. 용연에 오르시옵소서!"

무왕이 용연에 오르자 천웅 깃발에 이어 주작朱雀 깃발을 돛 위
에 높게 단 배가 포구로 들어왔다. 왕흥사 포구에서 출발한 주작선
이다. 해씨 가문의 주작선은 뱃머리가 온통 황금빛 새의 형상이다.
상좌평은 곱지 않은 시선으로 주작선을 내려봤다.

남방신 주작. 가림성을 거점으로 위사좌평 백가苩加가 반란을 일
으켜 동성왕을 죽였다. 임금으로 등극한 무령대왕은 백가의 반란
을 진압할 때 해씨 가문의 군사를 동원하여 백가를 죽여 백강에
던졌다. 선대왕들이 임금의 존엄을 세우려 했으나 귀족들의 반란
은 끊이지 않았다. 무령대왕은 해씨의 군사들을 왕궁의 지키는 정
예로 키웠다. 해씨 가문 주작 깃발의 군사들은 용감했고 싸움에서
물러서지 않았다. 무령대왕의 행렬 앞에 늘 주작 깃발의 군사들이

김홍정 소설집

섰다. 갱위강국更爲強國 위업도 해씨 가문의 공이라고 떠들었다. 웅진성에서 사비성으로 천도한 성명대왕은 주작 깃발을 앞세우고 남부여라 칭했다. 해씨 가문의 위세는 거리낄 것이 없다. 나라는 온통 주작 깃발로 뒤덮였다. 선대왕(위덕왕)이 노환으로 세상을 뜨자 선대왕의 아우와 조카를 연이어 왕위를 잇게 한 세력도 주작 깃발이다.

상좌평은 주작선에서 내리며 거들먹거리는 병관좌평 해수를 보자 고개를 숙여 먼저 절했다.

"이른 새벽부터 병관좌평께서 용선에 함께 오르시길 기다렸습니다."

"아, 그러셨소이까, 숙취로 결례하였소이다."

"아하, 특별한 모임이라도?"

"나라를 걱정하는 모임이었소이다. 어라하께서 새벽에 나선 것은 아니라 들었소이다."

"하지만 어라하께서도 용선에 함께 오르시길 원하는 모습이었소이다."

"그래요? 이런 불충을? 소신이 큰 죄를 지었소이다. 그 왕흥사 승려가 정법正法만을 지키라 하니 당최 듣고 있기 불편해 자꾸 거리를 두게 됩니다."

"저런, 저런, 법사의 말보다는 오로지 어라하를 모시는 일에 마

수부

음을 두시지요."

"그리 보이십니까? 상좌평의 말씀에 다른 생각이 있으신 것은 아니지요?"

"그럴 리가요? 어서 가십시다. 어라하께서 차를 드실 시간이 되었소이다."

무왕 3년(602년) 오월, 정사암회의.

위사좌평 진성이 신라 아막성을 공격하여 취하자고 주장했다. 상좌평을 제외한 귀족들이 진성의 의견에 따랐다.

"어라하, 신라 백정(白淨, 진평왕)은 오로지 불교에 빠져 군사를 일으키지 못할 것이옵니다. 어린 나이에 왕위에 올라 겨우 섭정을 벗어났으나 노회한 신하들에게 휘둘려 작은 일도 스스로 결정하지 못하옵니다. 고구려와 맞서 싸우던 노리부가 상대등이 되었으나, 노리부는 두려운 자가 아닙니다. 이미 노쇠하여 자기 몸도 감당키 어려운 자가 어찌 싸우러 나오겠나이까. 지금이옵니다. 서라벌 관문을 부수어 관산성의 패배를 갚고 선대왕의 한을 푸셔야 하옵니다."

무왕의 눈에 붉은빛이 돌았다. 관산성의 패배는 신하의 입에 올리지 않는 것이 불문율이다. 성명대왕은 관산성에서 신라군의 매복에 걸려 포로로 잡혔고, 목이 잘렸다. 선대왕이 복수를 다짐하고 군사를 일으켜 신라를 겁박하고 싸움을 벌였으나 끝내 복수하

김홍정 소설집

진 못했다. 백제의 신하 누구도 정사암회의에서 관산성의 일을 거론한 적이 없었다.

상좌평은 입을 다물고 결정을 미뤘다. 무왕은 군사를 일으키라는 진성의 주장에 대해 상좌평의 뜻을 알고 싶었다. 정사암회의는 반대가 있으면 결정을 내릴 수 없었다. 무왕은 더 참을 수 없다.

"좌평께서 관산성을 거론하니 참담하오. 과인이 군사를 이끌고 나서라는 말씀이오? 상좌평은 어찌 말씀이 없으시오?"

상좌평이 머뭇거리자 진성이 몸을 일으켰다.

"어라하, 천부당하옵니다. 겨우 아막성 하나입니다. 아막성을 취하는 싸움에 어라하께서 나설 일은 아니옵니다. 장수들이 나서면 족할 것이옵니다."

아막성은 서라벌로 가는 관문이다. 진골 출신 건품乾品이 지키는 성으로 아막성을 탈취하면 대야성까지 군사를 파죽지세로 몰아갈 수 있다. 하지만 무왕은 여러 차례 아막성 공격에 나섰던 장수들이 이기지 못한 것을 알고 있어 진성의 주장을 탐탁하게 여기지 않았다. 아막성 성주 건품과 부장 무은武殷은 용장이고, 휘하의 젊은 장수들도 화랑으로 일당백의 기세를 지니고 있다고 들었다. 또한 고구려의 침공도 걱정거리다. 송산성과 석두성에서 고구려 군사와 싸우고 있으나 지원군을 보낼 수 없어 전전긍긍하던 터다. 그렇다고 웅진성을 장악한 진씨 가문과 사비궁성을 차지한 해씨 가문의 요구를 모른 척할 수도 없었다. 그들은 선대왕이 죽자 왜에 머무는

수부

아좌 태자를 부르지 않고 일흔이 넘은 숙부 계(季, 혜왕)를 임금으로 세워 전횡하려던 이들이다.

"어찌하여 꼭 지금이어야 한단 말씀이오?"

"어라하, 통촉하소서! 아막산성에서 대치 중이던 우리 군사들이 백정의 기병에게 대패하여 목숨을 잃었나이다. 저들의 오만함이 하늘을 찌르고 있사옵니다. 백정의 공격을 그대로 둔다면 저들은 이 나라 남부여를 업신여기고 사비성마저 넘보려 할 것이옵니다. 더 큰 낭패를 보기 전에 대군으로 먼저 공격하여 씨를 말려야 할 것이옵니다."

진성의 말에 찬성하는 좌평들이 분노를 터트리고 이구동성 아막성 공략을 주장했다. 무왕은 승산이 적은 싸움으로 여겼다.

"지금 싸우고 있는 석두성으로 군사를 보낼 수 없는 형편을 모르지 않을 터, 어찌 아막성까지 군량과 무기를 제대로 갖출 수 있소이까?"

"어렵사옵니다. 하지만 어라하, 어렵기는 신라도 마찬가지이옵니다. 신라도 고구려의 공격을 받고 북방이 어지럽습니다. 아막산성으로 더 많은 군사를 보낼 수는 없을 것이옵니다."

무왕은 난감했다. 왕후의 친정인 신라다. 고구려의 기세를 막기 위해 신라와의 싸움을 멈추고 오로지 불사에 전념하여 아름다운 불국토를 이루고자 했다. 선대왕은 장인들을 신라로 보내 불사를 담당하게 했다. 그렇다고 신라 백정의 기병들에게 패한 아막산성을

김홍정 소설집

모른 척할 수는 없었다. 정사암회의는 지루하게 계속되었다. 무왕은 결정을 미루려 했으나 해씨 가문의 좌평들까지 진성의 의견에 가세하여 물러서지 않았다. 마침내 입을 굳게 다물고 있던 병관좌평 해수가 나섰다. 해수는 가림성 방령을 지낸 바 있고, 선대왕이 친히 나선 싸움에서 늘 선봉장을 맡는 장수다.

"어라하, 가림성의 해수가 가겠나이다. 목숨을 걸고 아막산성을 취하여 이 나라를 바로 세우겠나이다."

무왕은 고개를 돌렸다. 상좌평이 고개를 젓자 무왕이 자리에서 일어섰다.

"병관좌평께서 전장으로 가시면 사비성은 누구에게 맡길 것이오?"

해수는 주춤했다. 무왕이 싸움에서 물러서려는 뜻이 분명했다. 해수도 자리에서 벌떡 일어섰다. 좌평들은 해수의 행동에 놀랐다.

"어라하, 이 사비성은 상좌평께서 굳게 지킬 것이옵니다."

해수의 생각은 굳건했다. 아막성 싸움에서 이기고 돌아오면 사택씨 세력과 결합한 무왕의 기세를 단숨에 꺾을 수 있다. 잠시 사비성의 병권을 상좌평 사택적덕에게 넘기는 무리수가 군사를 일으키는 묘수가 될 것이라 여겼다. 물론 사비성의 병권을 사택씨 가문에게 넘겨주는 것은 해씨와 진씨 가문에서 늘 경계하던 수다. 무왕도 더는 물러설 수 없었다. 상좌평은 여전히 입을 굳게 다물고 있다. 해수가 상좌평을 지목했다.

수부

"상좌평께서 사비성을 맡으시오. 아막산성을 취하고 곧 돌아올 것이오. 그때까지만이오. 약속하시오."

상좌평이 고개를 끄덕였다. 손해가 아닌 패다. 아막성 싸움이 길어지면 사비성의 군사들을 휘하로 둘 수 있다. 만약 해수가 패하기라도 한다면 군권 또한 사택씨 가문들이 차지할 수 있었다. 정사암회의는 병관좌평 해수를 사만 원정군의 수장으로 임명하고 회의를 마무리했다. 날이 이미 저물고 있었다. 무왕은 정사암회의에서 논의하려 한 불국토에 대한 말은 꺼내지도 못했다. 무왕은 무거운 마음으로 용연에 올랐다.

불국토. 임금에 오른 후 무왕은 하루도 편히 잠을 잘 수가 없었다. 무왕이 어린 시절을 보낸 금마 옥룡천에서 몸을 일으키는 흑룡의 조화가 너무도 선명하다. 옥룡천 물이 모인 용지에서 용틀임한 흑룡을 타고 미륵삼존불이 승천했다. 놀란 무왕이 자리에서 일어나 멈추지 않고 절했다. 온몸이 땀으로 흠뻑 젖었다. 다시 침상에 누워 눈을 감았으나 흑룡이 만경 들판을 가로지르는 사수(四水, 만경강)의 흐름을 이끌고 마침내 서쪽 바다로 향하는 모습이 선명했다. 무왕은 벌떡 자리를 털고 일어나야 했다. 흑룡이 변신하여 드러낸 모습은 선대왕이기 때문이었다. 불국토를 염원하여 성명대왕을 모신 능사를 세우고, 금동대향로의 세계로 영면하길 기원하던 선대왕이다. 선대왕의 꿈은 불국토였다. 불국토를 이루기 위해

김홍정 소설집

궁성에 정림사, 군수사, 대조사 등을 세웠고 바다 건너 왜倭에 비조사飛鳥寺를 세우기 위해 관리와 승려, 장인들을 보냈다.

무왕이 용연에서 내려 용선에 오르려 했다. 용선 앞에 서 있던 해수가 다가왔다.

"어라하, 불국토를 이루시려 한다는 소문을 들었나이다. 일찍이 웅천에 흑룡이 나타나 조화를 일으키면 이 나라는 늘 궁지에 몰렸나이다. 미혹한 백성들이 어라하의 모습에서 흑룡의 기운이 넘친다고 하며 행여 나라의 곤궁함이 생길까 두려워하나이다. 통촉하소서. 다만 제 군사들이 아막산성을 취한다면 그로 하여 흑룡이 아니라 청룡靑龍의 기운을 얻었다고 할 것이니, 이는 주작朱雀의 기운을 얻고자 했던 성명대왕의 뜻에 어긋나지 않을 것이옵니다. 지금은 오로지 군사들을 일으켜 나라를 바로 세울 때이옵니다. 혹시라도 다른 일은 도모하지 마옵소서."

해수는 용선에 오르는 무왕에게 다짐을 두었다. '다른 일이라?' 무왕은 좌평들이 이미 자신이 꿈꾸는 불국토를 알아차리고 경계하는 말이라 여겼으나 불편했다. 해수의 다짐을 마음에 두지 않을 수 없으나 어차피 알게 될 일이다. 주작신을 따르는 남부여의 꿈은 이미 사라진 지 오래다. 사신四神은 이미 백제의 주신이 아니다. 귀족들은 앵무새나 악어, 코끼리, 원숭이, 사자 등에 의미를 둔 사교에 빠져 현실에서 벗어난 환상에 도취하고 술에 취하고 여흥에 빠

수부

졌다. 백성들의 배고픔은 귀족들이 알 바가 아니다. 가문의 영락을 걱정하는 귀족들은 사신 깃발을 내세워 싸움을 일으키고 싸움에 필요한 군량을 빙자하여 백성들의 양식을 취하고 나라의 곳간을 비울 뿐이다. 사해 바다를 지키던 용신은 더는 귀족들을 용서하지 않기로 했다.

무왕 3년(602년) 팔월.

아막성을 공격한 싸움에서 백제군은 대승을 거두는 듯했다. 해수는 아막산성으로 보병을 전진 배치하여 성안의 신라군을 고립시키고, 좌장들에게 기병들을 거느리고 인근 작은 성들을 공격하게 했다. 신라 화랑 귀산貴山과 추항箒項이 작은 성을 공격하는 백제의 기병들과 맞서다 죽임을 당했다. 사기가 오른 백제 군사들은 달아나는 신라군을 추격했다. 아들 귀산을 잃은 신라 장수 무은은 분루를 삼키고 작은 승리에 도취한 백제의 주력을 저수지 인근 습지로 유인했다. 백제 군사들이 승리에 도취하여 의심하지 않고 신라군을 추격하다가 습지에 갇혀 매복했던 신라군에게 떼죽음을 당했다. 해수는 말을 돌려 군사들을 수습하고 물러났으나 사만 군사 중 살아남은 자는 겨우 수천에 불과했다. 아막성 공략에 나선 백제 군사들이 대패했다.

아막산성의 패전 소식이 사비성에 전해졌다. 좌평들은 싸움에 나선 군사들을 구하러 지원군을 보내야 한다고 했으나 앞에 나서는 장수가 없었다. 무왕은 군사를 철수하라 명했다. 정사암회의가 다시 소집되었다. 해수에게 패전의 책임을 물어 죽이라는 주장이 강했으나, 무왕은 해수의 죄를 묻지 않았다. 사비성과 가림성의 맹주였던 해씨들은 임금의 자비로움에 고개를 숙였다.

"어라하, 이곳 주작의 영령함이 쇠하여 더는 정법을 바로 세울 수 없나이다. 어라하의 땅으로 돌아가 옛 마한의 강성을 이으소서!"

상좌평 사택적덕의 뜻이 분명했다.

"마한이라 하였소이까? 이 나라 남부여의 기세, 주작신의 기운이 다했다고 보는 것이오?"

"어라하, 이 땅은 본디 대부여의 고토가 아니옵니다. 오로지 마한의 기운이 있을 뿐이옵니다. 부디 전륜성왕이 되시옵소서!"

"전륜성왕이라 하였소?"

"그렇사옵니다. 전륜성왕이어야 하옵니다. 저 하늘의 별자리와 온 세상의 산맥과 물의 흐름조차 모두 전륜성왕만이 이끌 수 있나이다. 어라하께옵서는 사해 용신의 기운을 힘입어 하늘에 올라 태백성이 되시었사옵니다. 전륜성왕이옵나이다."

오합사에서 아막성 싸움에서 희생된 군사들의 위령제가 끝나자 무왕은 웅진성 수원사 관륵觀勒을 불렀다. 관륵은 웅진성 진씨 가문의 비호를 받고 수원사에 머물고 있었다. 관륵은 미륵선화를 만나 불법을 깨닫게 된 후 정진하여 큰 도량을 갖췄다. 웅진성은 웅천 흑룡이 때때로 조화를 일으켜 나라에 해를 끼치는 곳이다. 흑룡의 조화가 웅진성에 미칠 때마다 미륵불의 이름으로 흑룡의 조화에 맞섰고 웅진성이 태평하게 되었다. 소문이 신라에 이르자 신라 승려들이 웅진성으로 몰려왔다. 그들은 오로지 미륵불이 현신한 까닭을 알고자 했다. 관륵은 미륵불에 대한 어떤 말도 하지 않고 선문답으로 답할 뿐이다. 무왕도 관륵에게 미륵불의 현신에 대해 물었다.

"선사께서 미륵선화를 뵈었다는 소문을 들었소이다. 그 뜻이 매우 깊다고 하여 의지하고자 모셨지요."

"어라하의 말씀이 큰 공덕이옵니다. 수원사는 본래 물이 깊은 곳이나 미륵부처께서 일찍이 정하시고 불사를 일으키셨사오니, 웅천 용신의 조화가 미륵부처를 따르는 것이옵니다. 소승 또한 어라하의 발원을 알고 있었나이다. 용신이 미륵불을 이끄시는 뜻을 진정으로 아시니 그 뜻을 이룰 것이옵니다. 다만 도성의 신하들이 어찌 따를까 걱정할 뿐이옵니다."

"도성의 신하들이라고요? 과인이 부덕하여 그런 말이 떠도는 모양이오. 삼가고 정한 마음을 알게 되면 장차 백성들도 따를 것이오."

"황공하옵니다. 달리 명하실 다른 말씀이라도 있사온지요?"

무왕은 관륵의 말이 진중하고 그 뜻이 자신과 다르지 않음을 알았다. 무왕은 마음에 두고 있던 말을 꺼냈다.

　　　　　　　　　　　　　　　　김홍정 소설집

"선사께서 왜를 다녀오심이 어떨까 하오."

"왜를요?"

"아니 되겠소?"

"그런 말씀이 아니고 갑작스런 말씀이시라 그 뜻을 헤아리기 어렵사옵니다. 왜에는 혜총법사께서 이미 가 계셔서 혹시 법사께 전하실 말씀이라도 있사옵니까?"

"으흐음, 선대왕께옵서 보낸 장인들이 있는데, 그 장인들을 데려와야 하겠지요. 혜총법사께서는 반대하실 것이나 과인이 뜻한 바 있어, 그들의 힘을 빌려야 할 듯하오."

"비조사에서 일하고 있는 장인들을 이르는 말씀이옵니까?"

"그렇소."

"어라하, 지금 새 불사는 아니 되옵니다. 벌써 여러 번 싸움을 일으켜 곳간이 비었사옵니다. 또한 몇 해 동안 가뭄과 기근으로 백성들이 굶고 있나이다. 먹을 것이 없어 떠돌고 머물 곳이 없어 굴을 파고 움집이라도 찾고 있으나 그나마 초옥이라도 차지하려 하면 땅 주인들이 나서서 가로막는 형국이오니, 불사는 가당하지 않사옵니다."

무왕은 고개를 끄덕였다. 임금에게 망설이지 않고 고언을 하는 이가 많지 않은데, 서슴지 않고 직언하는 관록이 믿음직했다.

"하룻밤도 그냥 지나치지 않고 용신의 인도를 받는 미륵삼존불을 뫼시고 있소."

277   수부

"용신과 미륵삼존불의 현신이옵니까?"

"그 뜻이 무엇이겠소?"

"어라하, 이는 불사만을 이르는 뜻이 아니옵나이다. 용신께옵서 인도하는 미륵삼존불이시라니요? 이는 전륜성왕이 이루시는 불국토를 이루라는 계시이옵니다. 통촉하소서. 새 세상을 이루는 일은 이 나라 색동옷을 입은 귀족들을 모두 적으로 돌리시는 일이옵니다. 자색과 비색, 청색의 옷을 입는 귀족들이 흰옷을 입는 이들과 섞이지는 않을 것이옵니다. 자색은 자색이고, 비색은 비색이어야 하옵니다. 전륜성왕을 꿈꾸시었던 선대왕들도 모두 저들을 감당하지 못하였나이다. 어라하, 통촉하소서."

관륵은 대전에 엎드려 고개를 조아렸다.

"선사, 그대는 이미 알고 있을 것이라 여겼소. 과인은 집을 지을 것이오. 집이 이루어지면 백성들을 그 안에 모두 들어오게 하고 함께 살 것이오."

"어라하, 소승은 그 일을 감당할 수 없사옵니다. 그저 마음속으로나 미륵부처님을 모시고 절을 지킬 참이옵니다. 소승에게 그 일을 감당하라 명하지 마옵소서."

"이보시오. 선사. 달리 말하지 마시오. 오로지 그대가 가서 혜총에게 말하고 장인들을 데려오시오. 그것이 선사의 일이오. 집은 내가 그들과 함께 지을 것이오."

관륵은 어둠이 내릴 때까지 물러서지 않았다. 말을 더하지 않고

김홍정 소설집

내려다보는 무왕 앞에서 움직이지 않고 엎드려 있었다. 무왕이 꿈꾸는 불국토가 옛 마한의 고토로 되돌아가고자 하는 것임을 모르지 않았다. 막아야 했다.

무왕 7년(606년) 여름, 왜 나라현 비조사.

퍼붓던 비가 멈췄다. 비조사 장인들은 비에 젖은 몸을 씻고 금당으로 향했다. 네 해 전 백강포에서 배에 올라 왜로 달려온 관륵이 장인들 앞에 섰다. 네 해 동안 심혈을 기울인 비조사 장육불상이 대웅전으로 들어서는 날이다. 관륵은 금강경을 읊은 후 설법했다.

"모든 보살마하살은 청정한 마음을 내야 하느니. 보이는 것에 얽매이지 않고 마음으로 그 뜻을 내야 하고, 소리, 향기, 느낌 관계에도 얽매이지 않아야 하느니. 나무관세음보살."

내해를 건너온 무지개가 노을에 섞이어 비조사 경내로 스며들었다. 장인들은 머리에 두른 두건의 끈을 잡아당겼다. 이제 온몸이 부서지도록 제대로 힘을 써야 한다. 장인들은 영험한 장육불상이 친히 협시 보살들을 이끌고 금당 안으로 성큼 들어설 것이란 예언이 실현되기를 기도했다. 장인들이 소리높여 나무관세음보살을 불렀다.

장인들을 데리고 돌아가려면 불국토를 위한 이적이 실현되어야 했다. 바다 끝에서 불국토를 이루겠다는 생각을 버리지 않는 태자

수부

를 설득하는 유일한 방법이다. 관륵은 금당에 비조사 건축 계획에 없는 장육불상을 세우라는 계시가 있었다고 전했다. 관륵이 전하는 장육불상은 금당 안으로 들어갈 수 없는 크기지만, 장육불상 스스로 금당 안으로 들어가 좌정할 것이라 했다. 금당에 모실 삼존불을 조성하던 혜총이 혜자와 함께 금당 자리에서 관륵을 맞이했다.

"어찌 불가능한 일을 하자고 우기시오? 도대체 무슨 생각이오?"

"어라하께 계시가 있었다고 들었나이다."

"어라하께 계시가요?"

그들은 일찍이 바다를 건너와 비조사에 머물고 있었다. 혜총은 관륵의 말을 믿을 수 없었다. 관륵이 전하는 계시를 믿는 장인들은 없었다. 하지만 관륵의 뜻은 분명했다. 관륵은 장육불상을 조성하는 동안 숱한 예언을 쏟아냈다. 관륵의 예언을 듣고자 백성들이 몰렸다. 그들은 집안 깊숙이 두었던 천은을 쏟아냈다.

장인들이 믿지 않는 장육불상 조성은 더디었다. 관륵은 장인들의 말대로 장육불상을 먼저 세우고 금당을 새로 지어야 하는지 고민했다. 장인들의 말은 그르지 않다. 하지만 관륵은 무왕의 꿈을 시험하고자 했다. 불가사의한 예언이 왜에서 실현되지 않으면 백제의 불국토는 이루어질 수 없으리라 여겼다. 관륵은 장인들의 말을 듣지 않았다. 무왕의 뜻이 옳다면 장육불상께서 몸을 일으켜 금당 안으로 들어갈 것이다. 그렇게 이루어져야 했다. 장육불상이 몸을

김홍정 소설집

일으키지 않고 부서지면 다시 세울 것이고 다시 금당 안으로 스스로 걸어 들어갈 때까지 기다릴 참이었다. '어라하, 용서하소서.' 관륵은 눈을 질끈 감았다가 떴다.

혜총이 붉은 가사를 손으로 감고 금당 안으로 들어가 절하고 나왔다. 거대한 장육불상이 금당 안으로 들어가는 것은 불가능하다. 혜총은 관륵을 슬그머니 돌아봤다. 관륵이 고개를 숙이며 속삭였다.

"법사께서는 오늘 예언이 이루어지는 것을 보실 것이옵니다."

혜총의 눈빛이 예리했다.

"그리될 것이오? 아무래도 저들이 종일 비에 젖은 것은 아마 다른 뜻이 있을 것이오. 내해 청룡이 운신하시는 듯하였소이다."

관륵은 생각이 달랐다. 장인들을 데리고 백제로 돌아가야 했다. 예언은 이루어질 것이다.

관륵은 혜총을 조심스레 응대하고 장인들 앞에 섰다. 노을이 눈부시다. 빗물을 머금은 나뭇잎들이 붉게 물들고 후드득 물방울들을 떨군다. 장인들이 일제히 달려들어 장육불상인 세존불을 들어올렸다. 어기영차. 찬란하다. 노을빛을 받은 세존의 몸이 온통 불덩이다. 순간 장인들이 놀라 움찔거리자 불상이 앞으로 기울면서 기우뚱 균형이 어그러졌다. 둘러섰던 승려들이 달려들어 온몸으로 불상을 받쳤다. 갑자기 푸른빛이 비조사 경내에 겹치고 우르릉 꽝 천둥이 울었다. 맑았던 하늘에 흑룡이 날아오르듯 먹구름이 모이

수부

고 비가 쏟아졌다. 하지만 불상을 받치고 있던 장인들과 승려들은 달아나지 않았다. 다른 이 누구도 힘을 거들지 않았지만, 일제히 몸으로 받쳐 불상을 높이 들었다. 잠시 후 장육불상이 바로 서자 무겁던 기운이 사라졌다. 장육불상의 머리가 수그러들고 활짝 열린 금당 문으로 들어섰다. 머리를 받치던 승려들은 무릎을 꿇고 경문을 읊었다. 당장이라도 불상이 무너져 내릴 듯했다. 승려들은 푸른빛이 자신들을 감싸는 것을 느꼈다. 온몸이 붉게 달구어지며 우욱 무릎을 세웠다. 순간 그저 잔바람만으로도 공중에 떠오르는 민들레 꽃씨처럼 사뿐 금당에 올라선다.

"아, 장육불상이 고개를 숙이고 금당 안으로 들어섰소이다!"

"만세, 금당 안으로 들어섰소이다! 나무관세음보살!"

장인들이 탄성을 질렀다. 다시 하늘이 맑아졌다. 몰려왔던 백성들은 모두 부복하여 절했다. 협시 보살들도 마찬가지로 금당 안으로 들어섰다. 장인들도 끝없이 절을 올렸다. 관륵은 엎드린 채 일어서지 못했다.

혜총이 바다를 건너온 지 십여 년이 지났다. 나라는 태평하지 않았다. 끊임없이 공격하는 고구려는 수시로 금강을 향해 말을 달렸다. 용맹한 백제의 군사들이 앞다투어 싸움터로 달려가 목숨을 던져 나라를 구했다. 선대왕들도 마찬가지였다. 누구 하나 물러서지 않고 나라를 지켰다. 장인들은 바다 건너 백제의 소식이 도착할 때마다 서쪽을 향해 절했다. 서방 백호신과 남방 주작신이 사해에서 용틀임으로 나라를 구할 것이란 믿음을 버리지 않았다. 이제 금당에 자리한 장육불상은 백제를 구하려는 장인들의 염원을 오로지 담고 있을 것이다.

"어라하의 발원이 있었소이다. 용화산 아래 못에서 승천하는 용을 보았다고 하더이다. 용의 인도를 받은 미륵삼존이 나타나시었으니 미륵을 모시는 것이야 물어 의심할 일이 아니오이다."

관륵의 눈빛이 매서웠다.

"사자사 지명知命께서 하룻밤 새 못을 메웠다고 들었습니다."

혜총의 제자 도엄道嚴은 관륵의 눈빛을 끝내 피했다. 한참 망설이던 관륵이 다시 말을 이었다.

"그야 신통한 일이지요. 다만 용을 모시는 일이 남았을 뿐이오이다."

"용을 모시다니요?"

하룻밤에 못을 메울 수는 없는 일, 전날의 이적조차 눈속임일 수도 있었다. 도엄은 의심의 눈초리로 물었다.

"법사께서는 좋은 제자를 두었소이다. 지혜로운 도반이니 하는 소리요. 허허."

얼굴이 붉어진 도엄이 슬그머니 뒤로 몸을 빼내 물러나 앉았다.

"도엄께서는 노여워 마시오. 내 좋아서 하는 소리요."

"송구하옵니다. 허나 용을 모신다는 뜻을 몰라서 물은 것이옵니다."

관륵은 다시 눈을 감았다. 싸움터에서 죽은 이들을 위무하는 오

수부

합사는 선대왕이 창건했으나 창건 후 붉은 말이 울며 돌아다닌다는 해괴한 말이 떠돌았다. 아좌 태자를 대신한 숙부 혜왕이 단명하고 효순 태자가 왕위(무왕)에 오르게 되자 서둘러 세운 오합사다. 이제 무왕은 사비성을 떠나 용신의 땅, 금마저로 돌아오고자 했다. 때마침 용신이 미륵을 이끌었으니 무왕은 미륵불의 현신이어야 했다.

"제와장製瓦匠을 데려가야 합니다. 이는 어라하의 지엄하신 명이지요."

관륵의 단호한 말에 혜총은 당황했다.

"제와장이라 하옵시면, 마나문노麻那文奴 그 사람을 말씀하시온지요?"

"그렇소이다. 빛이 좋은 기와를 올려야 한다고 하셨소이다."

"태자께옵서 허락하시지 않을 것이옵니다."

관륵은 물러서지 않았다. 왜국의 태자 소가노우마코蘇我馬子의 요청으로 선대왕은 마나문노, 양귀문, 포능귀, 석마제미 등 제와장들을 왜국으로 보냈다. 무왕이 그들을 데려오고자 한 뜻이 분명했다. 천도. 새 왕궁의 위엄은 빛이 뛰어난 기와지붕과 웅대한 치미를 세울 수 있는 와박사들이 있어야 했다. 혜총이 관륵 옆으로 바짝 다가와 물었다.

"대선사, 대역사를 꼭 해야 한다고 봅니까?"

관륵도 더는 물러설 수 없었다.

김홍정 소설집

"법사께서도 보지 않으셨소이까? 그 예언이 누구의 것이라 여기셨소이까? 소승이야 오로지 전륜성왕의 말을 전했을 뿐이오이다."

"전륜성왕이시라고요?"

"놀랄 일이 아닙니다. 이미 지난해 팔월 신라 아막산성을 공략했지요. 신라의 임금이 누굽니까? 백정이오이다. 그는 동륜성왕이라 일컬었던 진흥왕의 아들이요. 고구려와 싸움에서도 물러서지 않은 장수지요. 물러설 그가 아닙니다. 그런데도 어라하께옵서 감히 강성한 신라와 싸움을 벌인 것이지요. 더구나 신라왕의 셋째 딸이 정비임에도 말입니다."

"그 싸움에서 패했다고 들었소이다만."

"그렇지요. 하지만 이기신 것입니다. 사비성의 군사들을 모두 얻었으니까요."

"그건 또 무슨 뜻이오이까?"

"상좌평이 군사들을 거느리게 되었다는 말씀이오이다. 상좌평 사택적덕께서 어라하를 보좌하십니다."

"어라하께옵서 사비성에 머물고 계신 것으로 아옵니다만."

"지금이야 그렇게 하고 있소이다. 어라하께옵서는 사비성에도 별궁을 세우고 있소이다. 허나 그것이 전부는 아니오이다. 용신의 땅으로 돌아가려 하십니다. 어라하의 땅은 용의 나라이어야 한다는 뜻이지요."

"용이라고요?"

수부

도엄은 놀란 입을 다물지 못했다. 관륵의 말은 거침이 없다. 이미 옥룡천을 발원한 사수 물줄기가 장강을 향해 흐르기 시작했다.

"금마저金馬渚는 준왕이 세운 마한이지요. 옥룡이 일어나 이끄는 사수의 힘찬 흐름이 이젠 백가제해百家濟海, 바다를 향해 나가려 한다는 뜻입니다. 분명히 말씀드리면 금마저에 미륵불국토를 이루고 어라하께옵서 스스로 전륜성왕이 되시고자 한다는 말씀이오이다."

관륵은 이마에 흐르는 땀을 닦고 찻상에 놓인 차를 단숨에 마셨다. 여느 때와 달리 차가 달고 시원했다. 막혔던 가슴이 툭 터졌다. 폭포수처럼 퍼붓던 관륵의 말이 멈추자 혜총은 눈앞에 펼쳐진 붉은 평원으로 나갔다. 바다로 이르는 길은 끝이 없다. 벼가 한나절 내린 비로 머리를 빗은 듯 푸르고 가지런하다. 어쩔 수 없다. 전륜성왕을 모시는 일. 후천개벽이 이루어져야 가능한 일이었다. 조국의 임금은 스스로 전륜성왕이 되고자 한다. 훅 불어오는 바람에 실린 피비린내를 애써 모른 척하고자 했으나 깊은 속에서 불쑥 치솟는 화증을 가눌 수 없다. 혜총은 도랑물에 머리를 담갔다. 가라앉지 않는 마음을 어찌지 못하고 텀벙, 개울로 뛰어들었다. 나라의 위기마다 웅천에 나타나 온갖 요동을 치고 사라지는 흑룡이 떠올랐다. 비와 가뭄이 연이어졌고, 산불과 지진으로 온 나라가 소란스러웠다. 집을 잃은 백성이 떠돌고 쳐들어온 적들의 손에 집집마다 백성들이 죽어 나갔다. 백성들을 살리는 일이라면 임금의 일을 뒤로 미루게 해야 한다. 그러나 임금을 물리칠 수는 없는 일이다. 나

김홍정 소설집

무관세음보살. 나무 관세음보살. 혜총은 태자궁으로 발길을 돌렸다. 아좌 태자阿佐太子라면 그 답을 줄 수 있지 않을까 하는 간절함이 앞서 걸음이 빨라진다.

"미륵불국토라고 했소이다. 물러설 일은 아니오."

뜻밖이다. 혜총은 찻잔을 비우며 아좌 태자의 말이 가슴을 비집고 들어오는 칼날이라 여겼다. 어쩌면 아좌는 깊숙이 숨겨 두었던 비수를 이제 꺼내 원한을 갚으려 하는 것처럼 보였다. 혜총은 순간 핏물이 넘쳐흐르는 사수와 불타오르는 갈대숲이 보여 고개를 흔들었다.

"태자께서는 싸움을 멈추고 오로지 공덕을 베풀라는 선대왕의 당부를 잊으셨사옵니까?"

"선대왕의 당부라 하셨는가요? 약속을 어긴 것은 숙부이신 대내좌경대부大內左京大夫(임성왕자)였지요. 선대왕께서는 왜에 경전을 전하고 곧 돌아오라는 사신의 일을 제게 맡기셨지요. 하지만 나는 이곳에서 쇼토쿠聖德 태자와 그 동생 에구리, 야마시로의 입상을 그리느라 발이 묶였지요. 그 사이에 선대왕의 왕위는 숙부와 사촌인 효순에게로 이어졌지요. 종실의 대업에 따를 것이나 언젠가는 바로잡아야 할 일이었지요. 그동안 국운이 다한 것은 아닌가 하여 탄식할 뿐이었소이다. 용의 힘으로 바로잡고자 하나 나설 수 없는 것을 한탄할 뿐이요."

수부

"어라하께옵서는 비조사의 장인들을 속히 데려오라 하였나이다. 하지만 장인들이 금마저에 이르면 전륜성왕을 모실 불사와 새 궁을 짓는 일이 시작될 것이옵니다."

"새로 지을 궁? 새 도읍이란 말이요? 또 전륜성왕이라니요? 새임금이 스스로 전륜성왕을 칭했다는 말이요?"

아좌는 자리에서 벌떡 일어섰다. 무왕의 속뜻이 분명했다. 북방에서 나라를 세우고 소서노 국조모를 따라 남쪽으로 내려와 북방으로 다시 나갈 꿈을 키웠다가 미력하여 패하였다. 무령 증조부에 이르러 갱위강국을 이루고 이제 남부여의 기개를 천하에 떨치고 있는 백제였다. 그런데 이제 또 도읍을 옮겨 어찌하겠다는 것인지 사뭇 불편했다. 혜총은 분함을 참고 있는 아좌에게 머리를 숙여 속내를 드러냈다.

"어라하께옵서 장인들을 데려오라 하였사오나 장인들을 보내고 안 보내고는 태자께서 결정하셔야 하옵니다. 태자께옵서 국운을 위해 결단을 내려주셔야 하옵니다."

"장인들을요? 그건 어려운 일이오. 아직 사천왕사의 일이 남았고, 그 일이 끝나면 백제사도 지어야 할 것이오. 어찌 장인들을 데려가려 한단 말이오?"

"어라하께서 데려오라 명하셨나이다."

"어라하께서?"

"백제의 평안을 생각하소서. 부디 장인들이 바다를 건너는 일은 없어야 하옵니다."

"어라하의 명이라니 달리 방법이 없지 않소?"

"불국토를 이루는 일을 마무리해야 한다고 이르시고 장인들의 발을 묶으소서."

"불국토라. 이미 사비성과 웅진성에 수십 개의 불사를 일으켰어도 불국토는 요원하오. 불국토는 사찰로 이루어지는 것이 아니오. 불국토는 전륜성왕이 오셔야 가능한 것이오. 전륜성왕. 그분이 오셔야 하는 것이오."

아좌 태자는 눈을 감았다. 백제의 새 임금은 불국토를 보았을 것이다. 용이 오르는 연못에서 솟아난 미륵삼존불은 바다 건너에서 이룬 거대한 장육불상과 다르지 않다. 그 장육불상이 이적을 보여준 뜻은 조국을 둘러싼 세 바다를 지키는 용신의 용틀임일 것이다. 물길을 가르고 솟는 부처는 미륵불이 분명하다. 바다 끝에서 백제의 하늘로 이어지는 무지개를 건너 미륵불은 백성들을 도솔천으로 이어지는 수미산으로 이끌 것이다. 미륵불은 사자상좌師子上座에 앉아 설법하여 용화세상을 이룰 것이다. 아좌는 고개를 가로저었다. 금마저가 진정 용화세상이 자리할 곳이고 금마저의 용화산에 진정 수미산이 있다는 것인가, 되새기지만 믿기 어려웠다. 아좌는 가슴이 불덩이에 휘말려 견딜 수 없었다. 그동안 왜로 건너와 겪었던 날들이 바람처럼 달려왔다. 이제 돌이켜보면 서동薯童 그가 주인이었다. 한갓 못가에 마를 심던 과부댁의 치마폭을 벗어나지 못하던 그 아이가 용의 아들이었다는 생각에 이르자 머리가 아팠다. 그 아이는 외모가 곱고 맑으며 심지가 곧고 호걸의 면모가 있다고 했던 선대왕의 말이 되살아났다. 어차피 선대왕은 그 아이의 시대를 기다리고 있었으리라는 생각에 이르자 아좌는 불편했다. 아좌는 그 아이를 떠올리려 했으나 일찍이 본 적이 없어 달리 기억할 것은 없었다. 아좌를 왜로 보낸 후 끝내 부르지 않고 그림에 몰두하게 한 선대왕의 뜻이 분명했다. 아좌의 침묵이 길어졌다. 혜총은 머리 숙여 예를 올린 후 돌아갔다.

"밝은 날 다시 오겠나이다. 하룻밤 사이 답을 주시옵소서. 다만 별일은 없길 바라옵나이다. 불국토는 태자께옵서 계신 이곳에 세워야 하옵니다. 전륜성왕은 태자만이 이룰 수 있는 것이옵니다."

아좌는 혜총이 문밖으로 사라지는 것을 보고 사립을 나섰다. 굵은 대나무들이 숲을 이룬 언덕으로 올라갔다. 너른 들판 끝에 넘실대는 바다가 파도를 일으킬 것이다. 파도는 수백 수천 리 밖의 해저를 송두리째 뒤집고 센 바람에 몸을 맡겨 저 바다 끝에 이를 것이다. 아좌는 해풍이 밀려드는 대숲에 앉아 미륵의 가르침을 외기 시작했다. 마음이 진정되지 않아 자신이 외는 가르침이 경전에 있는 것인지 아니면 스스로 지껄이는 옹알인지 알 수 없었다. 그저 몸 안에서 울려 나오는 대로 읊었고 생각나는 대로 소리로 옮겼다.

별빛이 찬란하다. 사비성에서 보던 별빛과 다를 것이 없다. 대조

김홍정 소설집

사로 돌아온 혜총은 용신의 몸을 얻은 장수가 용지에서 몸을 일으킬 것이라고 한 옛 마한 준왕이 남긴 유언을 되새겼다. 준왕의 유언은 전설이 되었고 전설 속의 주인공은 나타나지 않았다. 용지 주변에 머물며 마한의 위업을 잊지 않던 이들이 떠나고 마한 옛땅의 기름지고 너른 땅을 차지한 이들이 사택씨 가문이다. 사택씨 가문은 사수와 백강을 거쳐 바다로 나가는 장삿배를 띄웠다. 세마포와 저포를 싣고 바다로 나간 장사치들을 남쪽 바다와 서쪽 바다를 가로질러 마한에서는 볼 수 없었던 침목과 유리, 구슬과 천은을 싣고 돌아왔다. 사비성의 해씨와 진씨들도 사택씨의 교역 물품을 사기 위해 몰려들었다. 혜총은 장사치들을 이끌던 청년, 서동을 잊지 않았다. 서동을 따르는 패거리들은 서동의 몸에 둘러 있는 비늘을 알고 신령스럽게 여겼다. 혜총은 패거리들의 말을 믿을 수 없었다. 자신의 머리를 감쌌다. 용의 아들. 서동이 오금산 용천의 용신이라면 임금으로 등극한 것은 우연이 아니다. 모든 일이 선명해졌다. 이제 아좌 태자는 백제로 돌아갈 수 없다. 바다를 장악한 사택씨 가문은 아좌에게 배를 허락하지 않을 것이다. 이제 백제는 사택씨 가문의 나라가 되었다. 혜총은 아좌가 장인들을 보내지 않을 것이라 확신했다.

　무왕은 전륜성왕이 되어야 했다. 전륜성왕은 정법을 이루어 불국토로 백성들을 이끄는 왕이다. 사찰을 세우고 백성들에게 부처

　　　　　　　　　　　　　　　　　　　　수부

의 가르침을 펼쳤다. 선대왕은 정반왕을 본받아 스스로 승려의 길로 나섰던 적이 있었다. 그러나 전륜성왕의 꿈을 이루진 못하였다. 그 꿈을 이루려 혜총을 바다 건너 왜로 보냈다. 비조사를 세우고 금당에 삼존불을 세우라 명했다. 하지만 무왕이 다시 보낸 관륵은 갑자기 장육불상을 세우자 하였다. 장육불상이 금당에 들어갈 수 없을 것이라 장인들이 반대하자 부처 스스로 그 자리에 올라설 것이라 설법했다. 부처의 뜻이라 하여 아무도 막지 못했다. 오로지 아좌 태자만이 장육불상을 막을 수 있었으나 태자 또한 달리 변명하지 않고 이적을 보고 싶었다.

물론 아좌는 관륵의 말도 믿지 않았다. 장육불상을 세운다고 하여 불국토가 이루어질 것이라면 이미 대륙의 나라들 모두가 불국토가 되었어야 했다. 세상은 그렇지 않다. 세상의 분란은 끊이지 않고 숱한 사람들이 죽었다. 전륜성왕의 세상은 태평성대여야 했으므로 지금은 전륜성왕이 올 수 있는 세상이 아니다. 아좌는 자신이 그린 쇼토쿠 태자와 형제들의 입상에 담으려 했던 소망을 생각했다. 그 그림으로 삼존불의 뜻을 세워 소가노蘇我 가문과 모노노베物部 가문의 싸움을 막고자 했다. 하지만 싸움은 치열했고, 소가노 가문은 모노노베 가문의 몰락을 보고서야 피비린내 나는 싸움을 끝냈다. 승자는 시텐노지四天王寺를 짓고 사천왕을 모셨으나 그 싸움이 끝난 것이라고 믿는 이는 없다. 아좌는 비조사의 장육불상을 막지 않았다. 더 놀라운 일은 장육불상이 스스로 비조사의 금당 안으로 들어가 자리했다는 소문이다. 소문이 발을 달고 사방으로 퍼졌다. 이적 이후 장육불상은 아좌가 그린 삼존불의 인도를 받았다는 말도 돌았다. 부처의 이적은 더 많이 일어날 것이라 했다. 아좌도 부처의 이적을 믿지 않을 수 없었다.

그날 밤, 별빛이 사라지고 거센 바람이 불고 비가 퍼붓기 시작하자 아좌는 비조사 일을 관장하는 나솔 복부福富와 장인 장덕張德, 석마제미昔麻帝彌를 내전으로 불렀다.

"가라. 곧장 금마저로 가서 사자사에 몸을 두라. 그곳에서 지명의 지시에 따르라. 이곳에서는 너희들의 이름을 지울 것이라. 가라. 어둠이 가시기 전에 첫 배를 타라. 뒤도 돌아보지 말고 바다를 건너라. 그렇다고 사비성으로 가서는 아니 된다. 금마저다."

복부는 아좌가 건네준 금판을 가슴안에 넣고 포구로 달렸다. 비가 더 거세졌다. 복부는 평소 알고 지내던 사공에게 배를 빌었다. 사공은 도롱이를 쓰고 포구에 매둔 줄을 풀고 배를 저었다. 비는 점점 거세졌다. 배가 높게 일렁이는 파도를 타고 내해로 밀려들어 갔다. 복부는 배가 내해를 벗어나 별빛이 달라진 바다 한복판에 이르자 아좌가 내준 비단 주머니를 풀고 그 안에 담긴 금판을 펼쳤다. 수부首府.

"금마저에 이르면 미륵불의 인도를 받아 수부를 세우라. 용신이 드나드는 용문을 만들고 용문을 통해 이르는 길의 끝에 세운 궁의 기와에 수부라 새기라. 수부가 분명해야 천년에 이를 것이라."

수부

어둠이 지나고 몇 번의 별빛이 달라진 후에 배는 사수 안으로 들어섰다. 복부는 장덕, 석마제미와 함께 곧장 제석사로 향했다. 짙은 어둠이 제석사를 두르고 있을 때 일행은 용지에서 오르는 푸른 빛을 보았다. 푸른빛은 용화산을 오르고 미륵산에 머물다가 다시 어둠 속으로 사라졌다. 그들은 푸른빛이 그려내는 선명한 용의 궁성을 보았다.

작가의 말

혼돈의 시간이 흐른다.

겨울의 끝자락인데도 유난스레 폭설과 혹한이 이어지며 힘든 혹한의 꼬리가 이어지고 있다. 그래도 이미 남국 산방산 아래 들녘은 노란 유채꽃이 화사하다. 바람을 타고 바다를 건너 동백꽃도 붉게 물들 것이고 바람에 실린 벚꽃도 산과 거리를 온통 화사하게 채울 것이다. 자연은 어김없이 살벌한 겨울의 꼬리를 자르고 제 모습을 보여주리라 믿는다.

도시의 거리를 걷는 것이 불편하다.

흐트러진 깃발, 떼거리로 몰려다니는 불법과 만행, 야유와 욕설이 그득한 대립의 현장에서 그저 뒷방으로 밀려난 작가는 작품 속에서조차 우울

한 불안을 떨칠 수 없다. 어쩔 수 없는 운명이리라. 하지만 다시 힘을 내려 한다. 작가는 비겁할 것이나 작품은 제 모습 그대로 공감하는 독자들에게 다가갈 것이라 믿기 때문이다.

단편집 『꼬리 자르기』를 내보낸다.

이 작품집에 실린 작품들은 여러 해 동안 작가와 어울린 동네 사람들의 이야기에 힘입은 바 크다. 그러니 작품에는 작가가 뿌리를 내리고 사는 동네의 실체가 엄연하고 이야기로 재생된다. 이 땅을 얽어맨 질긴 대립과 갈등이 지역의 주정서임에도 불구하고, 주변에는 갈등의 꼬리를 자르고 자연 속 인간의 모습으로 돌아가길 바라는 이들이 두런두런 말을 전한다. 승리를 앞세우는 자본과 강요된 억압에서 벗어나고자 몸을 던지는 사람들의 이야기에 귀 기울인다. 작가 또한 그들과 한편이 되어 산 그림자를 따라 걷고, 달빛을 즐기고, 빗소리를 들으며 차를 마신다. 세상에 온전한 것이 어디 있으랴. 새삼스럽지만 늘 낯선 이들마저 정겹게 바라보게 되는 것을 어쩌지 못한다.

강원도 고성 DMZ 경계를 허문 동쪽 끝 푸르고 깊은 바다 곁이다.

이곳에서 폭설 예보를 들으며 작품집을 마무리했다. 열정과 흔적, 기억과 그리움을 생각했다. 하루도 거르지 않고 붉게 솟는 해를 바라보며 온통 아픔으로 점철된 이야기 꼬리를 자르고, 재밌고 신나는 일이 더하길 간절히 소망했다.

비로소 봄날이다.

이 작품집이 세상으로 나설 때 세상은 또 다른 소용돌이에 휘말릴 수도 있겠다. 그때 홀가분하게 물러서지 않는 사람들 편에 설 참이다. 분명 그들은 오욕의 꼬리를 자르고 힘차게 새 희망을 노래할 것이기 때문이다. 때마침 서른 후반 혼자 사는 아들이 참으로 아름다운 연인과 함께 왔다. 혼자 세상 고통을 다 짊어진 듯 힘들어하더니 연인으로 인해 화사하고 다시 씩씩해졌다. 굳이 평설도 없이 이 책을 서두르는 이유다.

작가의 말이 길어졌다. 늘 작가에게 힘을 주는 동네 사람들과 출간을 위해 동분서주한 달아실출판사 편집팀과 박제영 형에게 고마운 마음을 전한다.

2025년 3월

김홍정

달아실한국소설 23

꼬리 자르기

1판 1쇄 발행   2025년 3월 28일

지은이   김홍정
발행인   윤미소
발행처   (주)달아실출판사

책임편집   박제영
편집위원   김선순, 이나래
디자인   전부다
법률자문   김용진, 이종진

주소   강원도 춘천시 춘천로 257, 2층
전화   033-241-7661
팩스   033-241-7662
이메일   dalasilmoongo@naver.com
출판등록   2016년 12월 30일 제494호

충남문화관광재단

＊본 도서는 충남문화관광재단으로부터 제작비 일부를 지원받았습니다.